谨以此书纪念田家英百年诞辰

（1922—2022）

《小莽苍苍斋藏与红学相关人物墨迹汇辑》

编委会

顾　问：陈　烈　张庆善　胡文彬　曾　立

　　　　曾　自　李顺兴　雷广玉

主　编：雷广平

副主编：陈庆庆

撰　稿：董志新　陈　啸　石中琪　陈庆庆

　　　　雷广平　雷广玉

小莽苍苍斋藏与红学相关人物墨迹汇辑

雷广平／主编
陈庆庆／副主编

人民文学出版社

图书在版编目（CIP）数据

小莽苍苍斋藏与红学相关人物墨迹汇辑/雷广平主编．—北京：人民文学出版社，2022（2023.1 重印）
ISBN 978-7-02-016734-0

Ⅰ.①小… Ⅱ.①雷… Ⅲ.①红学—史料—汇编 Ⅳ.①I207.411

中国版本图书馆CIP数据核字（2022）第052946号

责任编辑 胡文骏
装帧设计 李思安
责任印制 宋佳月

出版发行 人民文学出版社
社　　址 北京市朝内大街166号
邮政编码 100705

印　　刷 北京市十月印刷有限公司
经　　销 全国新华书店等

字　　数 193千字
开　　本 710毫米×1000毫米 1/16
印　　张 21.25
版　　次 2022年9月北京第1版
印　　次 2023年1月第2次印刷

书　　号 978-7-02-016734-0
定　　价 149.00元

目录

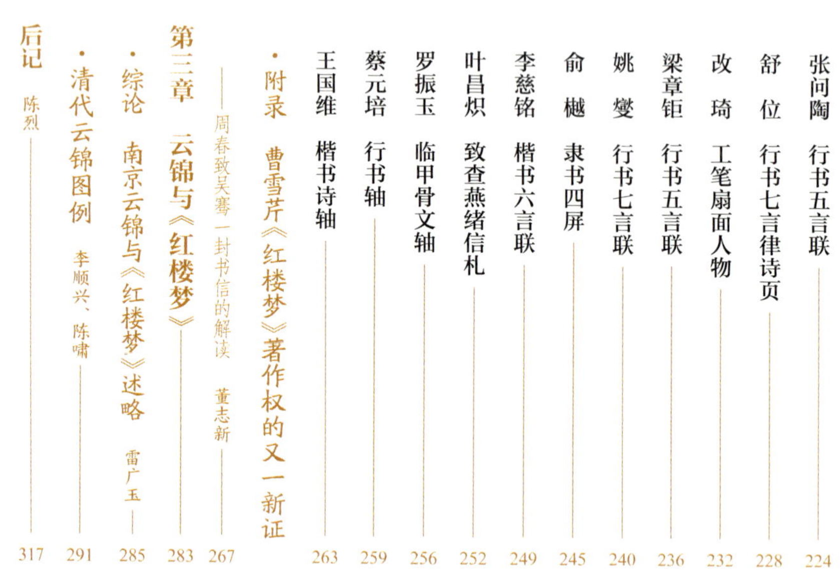

序

张庆善

去年，经广平兄的介绍，得以认识陈烈先生，他是田家英先生的女婿。说起来，我对陈烈先生是心仪已久，这当然是因为田家英的收藏与《红楼梦》的关系。当广平兄告诉我，田家英的大部分藏品现都保存在他的女儿那里，我就一直希望有一天认识他们，渴望一睹田家英的收藏。

田家英先生是一位令人敬仰的革命前辈，是一个有才华有学问而性格耿直品德高尚的人，他曾多年担任毛泽东主席的秘书，有着传奇般的经历。我喜欢看各种有关党史和军史的著作，还喜欢看历史人物的传记，因此我对田家英的名字一点都不陌生。但田家英这个名字引起我的关注和兴趣，不仅仅是因为他与毛泽东的关系，还在于早就听说他的收藏中有不少与曹雪芹家世及《红楼梦》有关系的文献史料。我的好朋友胡绍棠先生著有《楝亭集笺注》，我曾为其书作序。在《楝亭诗抄》卷一《冲谷四兄寄诗索拥臂图，并嘉予学天竺书》一诗的“题解”中，记云：“在今人田家英‘小莽苍苍斋’收集的书画作品中，有曹寅所书条幅，即书此诗前一首。”这一条“题解”给我留下很深的印象，但我给绍棠兄的书作序时，还没有见到曹寅条幅原件。记得有一年，山西大同红楼梦学会会长邹玉义先生，在中国国家博物馆的一个展览上看到了田家英收藏的这幅曹寅的字，他告诉了我，我非常高兴，就拜托他拍一张照片给我。虽然看照片与看原件的效果是不一样的，但看到曹寅的手书，还是非常高兴的，毕竟他是曹雪芹的祖父。

说到曹寅，人们最感兴趣的话题就是曹寅到底对曹雪芹创作《红楼梦》有多大的影响。我们知道，任何一部成功的作品无不是作家人生体验和感悟的结晶，《红楼梦》更是这样。《红楼梦》不是曹雪芹的自叙传，但根据以往的研究成果我们可以清楚地看到曹雪芹的家世及其兴衰与《红楼梦》的创作有着密切的联系，《红楼梦》中的许多素材就直接来源于曹家的生活。

我们知道，曹家真正的辉煌是在曹雪芹的爷爷曹寅时期。曹寅与康熙皇帝的关系非常密切，深得康熙皇帝的信任和赏识。当年康熙皇帝六次南巡，曹寅就接驾了四次。《红楼梦》第十六回写到贾府的大小姐贵妃娘娘元春要回来省亲了，准备修盖省亲别墅，一天贾琏的奶妈赵嬷嬷想给儿子谋点差事，就来走王熙凤的后门，当说到元春要回来省亲这件事情的时候，赵嬷嬷就对贾琏和王熙凤说起“当年太祖皇帝仿舜巡的故事”，其实指的就是康熙南巡。在这里有一条脂批说：“借省亲事写南巡，出脱心中多少忆昔感今。”（甲戌本回前总批）清楚地点出了这一点。赵嬷嬷说：“如今现在江南的甄家，嗳哟哟，好势派！独他家接驾四次，若不是我们亲眼看见，告诉谁谁也不信的。”当年康熙南巡，曹雪芹的祖父曹寅确实接驾了四次。曹家的风光，在曹寅时代达到了顶峰，尤其接驾，曹家可谓风光无限，《红楼梦》中秦可卿给王熙凤托梦，说他们家里接驾元妃省亲是“非常喜事”，“真是烈火烹油、鲜花着锦”，这也正是当年曹寅接驾的情景。

但任何事情总有两面性，正如《红楼梦》“好了歌”中所唱的：好便是了，了便是好，盛筵必散，否极泰来。曹家四次接驾，虽然争得了无限的风光，也埋下了败落的根源。什么根源？就是亏空。《红楼梦》第十六回赵嬷嬷就说到“太祖南巡”花钱的事，她说：“只预备接驾一次，把银子都花的淌海水似的！”“别讲银子成了土泥，凭是世上所有的，没有不是堆山塞海的，‘罪过可惜’四个字竟顾不得了。”当王熙凤问接驾的甄家怎么那么有钱呢？这个赵嬷嬷说了一句很有见解的话，她说：“告诉奶奶一句话，也不过是拿着皇帝家的银子皇帝身上使罢了！谁家有那些钱买这个虚热闹去？”清人张符骧有《竹西词》也写到当年康熙南巡扬州建行宫的情景：“三汊河干筑帝家，金钱滥用比泥沙。”这和赵嬷嬷所说的情景一模一样。

当然，曹寅接驾造成的巨额亏空，康熙皇帝是清清楚楚的，他一方面要保护曹家，一方面也为他们担心，亏空国家的钱毕竟不是小事，所以他多次催促曹寅赶紧堵上窟窿，要曹寅小心。如康熙四十九年八月廿二日，康熙皇帝在李煦奏折上批道：“风闻库帑亏空者甚多，却不知尔等作何法补完？留心，留心，留心，留心，留心！”同年九月二日又在曹寅的奏折上批道：“两淮情弊多端，亏空甚多，必要设法补完，任内无事方好，不可疏忽。千万小心，小心，小心，小心！”老皇帝的关切之情，溢于言表。从中可见，即使在康熙皇帝的保护下，亏空也不是一件小事，但直到曹寅病死也没能还上亏欠的银钱。

在康熙皇帝当政的时候，曹家虽有亏空，但有康熙皇帝的保护，可以说暂且平安无事。康熙去世，雍正当皇帝，情况就发生了巨大的变化。雍正一上台，就狠抓两件事：一是整顿吏治，二是铲除贪腐，且手段非常严厉。没有了最高统治者的庇护，曹家的亏空就成了一个随时都可能爆发的火点。果然在雍正五年年底，因曹雪芹的叔父或是父亲曹頫骚扰驿站等事，引发了雍正的震怒，曹家被抄家，繁荣了近六十年的江南曹家从此一败涂地。曹家败落的时候，曹雪芹可能十二三岁，或者是五六岁，雍正六年（1728）春夏之交他跟着祖母回到北京。从一个达官显贵的公子哥儿，变成了落魄的文人，这巨大的反差，无疑会对曹雪芹的生活和思想产生重要的影响。正如鲁迅所说："有谁从小康人家而坠入困顿的么，我以为在这途路中，大概可以看见世人的真面目。"（《呐喊》自序）曹雪芹家可不是小康之家，而是江南望族，从大家贵族的子弟一夜之间跌入社会底层，其对世态炎凉的感受，自非常人可比。多少年后，他的朋友敦敏、敦诚在与曹雪芹交往时还常常提到"扬州旧梦久已觉""秦淮风月忆繁华"，江南曹家的繁华兴盛与衰落，都在曹雪芹的心中留下刻骨铭心的记忆。

江南曹家的生活无疑对曹雪芹创作《红楼梦》产生了重要的影响，甚至可以说，如果没有这些"扬州旧梦"和"秦淮风月"，就不会有曹雪芹的《红楼梦》。《红楼梦》中为什么写的是"金陵十二钗"？《红楼梦》为什么是从苏州写起？为什么"钦点"林黛玉的父亲林如海出任巡盐御史？为什么林黛玉的母亲是"仙逝扬州城"？林黛玉为什么是从扬州别父进京都？贾宝玉挨打后贾母为什么说要带他回南京老家去等等，这都与曹雪芹的家世及其兴衰有着密切的关系，特别是与曹寅的命运有着密切的关系。当你知道曹寅就曾在扬州担任过巡盐御史，最后病死在扬州，你再读《红楼梦》，感受就会更深刻了。

曹寅对曹雪芹到底有多大的影响？学者们的关注不仅仅是因为曹寅在曹家兴衰变故中的重要作用，更主要的还有曹寅本身的才华、喜好、交游和思想。曹寅是一个颇有才华的人，可谓多才多艺，文武双全。他不仅诗文创作在清代有一定的地位，而且熟知经史，精通理学，对禅宗道家也深有理解。曹寅还是一位剧作家，创作有传奇《续琵琶》《虎口余生》及杂剧《太平乐事》《北红拂记》等。他的绘画、书法也很有造诣。20世纪90年代，曾有一位年轻的收藏家到《红楼梦学刊》编辑部来，给我看过他收藏的曹寅画的册页，一共六幅，画的都是山水，我感觉画得不错，还请有关专家学者鉴定过，确定是真品。遗憾的是当时我对收藏不懂，又囊中羞涩，虽然那位年轻的收藏家有意把这六幅曹寅的册页让给我，我却满足不了人家的开价，失去了一次留住曹寅册页的机会。我后来没有再见到这位收藏家，也不知曹寅这六幅册页哪去了，至今想来仍后悔不已。据有关记载，曹寅还是一位藏书家，据《楝亭书目》著录，曹寅藏书共有3287种，其中说部就有469种。这只是著录在册的，他的友人张伯行说他“经史子集，藏书万卷”，这是可信的。曹寅甚至还能粉墨登场，其友人张大受《赠曹荔轩司农》诗中说：“多才魏公子，援笔诗立成。有时自傅粉，拍袒舞纵横。”诸多史料均可证明，曹寅不只是一个官僚、文人，还是一个才华横溢、兴趣广泛的人，他这些方面注定会对其孙曹雪芹产生影响，我们读《红楼梦》常常被作者的才学知识所震撼，常常感叹曹雪芹怎么什么都懂啊！无论是建筑、诗词、服饰、饮食，还是医药等等无不精通。俞平伯先生晚年曾不无感慨地说，《红楼梦》怎么能是一个人创作的呢？一个人怎么能创作出一部《红楼梦》呢！俞老的意思当然不是说《红楼梦》不可能是曹雪芹一个人创作的，而是对曹雪芹多方面的才华感到不可思议和由衷的敬佩。曹雪芹当然是一个天才，但天才并不是天生的，天才除了本人的天分之外，后天的学习努力则是不可缺少的，而家学的渊源也是一个重要的因素。尽管曹寅去世时，曹雪芹还没有出生，但有这样一位大名鼎鼎的祖父，对曹雪芹产生影响是不奇怪的。著名红学家、湖南师范大学教授刘上生先生曾比较深入地探讨了曹寅在思想上、精神上是否对曹雪芹有过直接影响的问题，他认为《楝亭集》与《红楼梦》的关系有重要的研究价值，“因为它们是祖孙二人的精神载体。认识曹雪芹对乃祖思想性格和精神文化遗产的继承和扬弃，有助于对《红楼梦》内在意蕴的深层把握”。刘上生先生还注意到了曹寅、曹雪芹祖孙二人一脉相承的爱石情结和石头意象在他们各自书中的突出地位，并分析了曹寅诗中表现出的自由心性、不材之愤和反奴意识及其对曹雪芹的影响等等。对刘先生的具体观点人们可能会有不同的见解，但我认为这样的研究是很有价值的。

小莽苍苍斋的藏品在收藏界是很有名的。陈四溢先生说田家英先生是学者型的收藏家，他有志于研究并拟撰写清史，因此收藏侧重于清代名人墨迹，其中不乏有与曹寅、曹雪芹及《红楼梦》密切接触的友朋和文人雅士。如本书所录周春致吴骞的信就是其中一例，这封写于乾隆五十九年的信札，明确曹雪芹是《红楼梦》的作者，明确要想读懂《红楼梦》首先要弄清作者的家世，虽然周春把曹雪芹与曹寅的关系搞错了。（见周春《阅红楼梦随笔・红楼梦记》：“其曰林如海者，即曹雪芹之父楝亭也。”）曹寅与曹雪芹不是父子关系，而是祖孙关系，但在那个时代有如此明确的记载，对论证曹雪芹的著作权，是非常有价值的。这次经汇辑整理收录于本书的其他墨迹藏品和清代南京云锦的珍贵图片，无疑对研究曹雪芹家世与《红楼梦》都具有重要的价值。毛泽东喜欢《红楼梦》，当然会影响到田家英，如果能通过田家英的收藏进一步探讨田家英与《红楼梦》研究的关系，也是很有意义的。

据我所知，红学界对整理出版田家英先生有关收藏期待已久，此次《小莽苍苍斋藏与红学相关人物墨迹汇辑》出版，可以说是满足了大家的愿望。相信这部书的出版，必将对进一步推动《红楼梦》研究产生积极的影响。

非常感谢田家英后人多年来为整理出版小莽苍苍斋收藏所做的不懈努力，非常感谢雷广平先生多年来对小莽苍苍斋收藏与红学相关人物墨迹这一课题的关注和对此书出版给予的帮助，也非常感谢人民文学出版社有关领导和编辑对《小莽苍苍斋藏与红学相关人物墨迹汇辑》出版的高度重视。

是为序！

二〇一九年己亥正月初三于惠新北里

（编者注：序文作者为中国红楼梦学会会长。）

田家英的“小莽苍苍斋”

陈庆庆

“小莽苍苍斋”是毛泽东的秘书田家英的书斋名。田家英（1922—1966），原名曾正昌，四川双流（今成都双流区）人。他自幼家境贫寒，在中共地下党的影响下，很早就接受了爱国思想，不满16岁便奔赴延安参加革命。从1948年起，他担任毛泽东的秘书，在领袖身边工作了18年。他参加了《毛泽东选集》四卷本的编辑、注释和《毛主席诗词》的编辑工作，多次跟随毛泽东进行农村调查，为党中央起草了许多重要文件。

“小莽苍苍斋”这一斋号源于戊戌六君子之一谭嗣同的书斋名。谭嗣同在戊戌变法时期，为自己在北京宣武门外大街浏阳会馆所居的小屋题名“莽苍苍斋”。田家英敬仰谭氏以生命殉事业的精神，特将自己的书斋冠一“小”字，命名为“小莽苍苍斋”。“莽苍”，语出《庄子》，为草碧无际之状，有天下一统之概也。他解释说：“‘小’者，以小见大，对立统一。”

重修清史的夙愿

田家英13岁那年因家境不济被迫辍学，当了中药店的学徒。但他不肯向命运低头，走上了漫长而艰苦的自学之路。

1937年，田家英来到延安，先后就读于陕北公学和马列学院。加入革命队伍后，生活虽然艰苦，但也摆脱了衣食之忧，田家英将全部精力投入到如饥似渴的学习中，他的好学和钻研，得到了众人的公认。到延安仅三年，他便担任了马列学院的中国近代史教员。为了讲好课，他通宵达旦地攻读史学著作，打下了一定的史学基础。对中国历史的钟爱，成为他一生的追求。

在延安政研室工作期间，田家英从杨家岭中央图书馆借到一部萧一山写于20世纪30年代的《清代通史》，很感兴趣。他佩服作者的治学精神和勇气。但毕竟该书受到时代和条件的局限，缺乏新的历史资料和研究成果，加之作者旧有的史学观念，给这部著作留下了很大的缺憾。自从看了萧一山的书，田家英便萌生了一个志向：有生之年要撰写一部以唯物史观为指导的清史。这一夙愿激发了他对清史的兴趣和探索。

20世纪50年代初，田家英接受了为毛泽东建立图书室的任务，为此，他经常出入北京的古旧书店。在购书的同时，他意外地发现，清人的书法作品在古旧书店和地摊上随处可见，因为年代较近，很少有人将它们当作文物收藏。而热衷清史的田家英看出，这些出自清代文人、学者和官吏之手的条幅、楹联、册页、手卷，不仅书法艺术水平很高，而且内容丰富，对史学研究有着重要的价值。他对夫人董边说："清代是很有代表性的一个朝代，可以说是集封建社会之大成，研究清代历史，可以了解中国封建社会的特点。…… 我很想在有生之年，以唯物史观为指导写一部新的清史。现在工作忙，不可能集中精力写书，但可以着手收集资料，为日后的写作和研究做准备。"为了收集史料，田家英从此开始了对清人墨迹的寻访和收藏。

锲而不舍的收藏

田家英持之以恒，十余年不辍地搜集清人墨迹，至20世纪60年代，他的收藏已具规模，“小莽苍苍斋”成为与上海图书馆齐名的辑藏清儒翰墨的重地。

田家英能以个人之力，成就这件很有意义的文化事业，首先得益于他抓住了机遇。历史上文物的聚散往往与时代的变迁有关。新中国建立之初，许多文物流散到社会上，被当成“封建的东西”，无人问津。一位文物商店的老职工说：“那时的东西非常便宜，尤其是字，最不值钱了。赵之谦的对联，好的10元左右；郑板桥的大中堂，才70元;《三希堂帖》4箱32本，售价32元，连装裱的本钱也不够。至于那些学者的字，不要说一般人不知其名，连我们搞专业的也很少听说，顶多一两块钱，几毛钱也是常事。”大量清人墨迹流入古旧书店和文物商店，而博物馆和图书馆却因其年代较近，无意收藏。这对于希望成系统收集文物的私人藏家来说，是一个难得的机遇。田家英就是抓住了这一机遇。十几年间，他几乎把全部业余时间和绝大部分工资、稿费都用于收集清人翰墨。北京的琉璃厂、隆福寺、东安市场、西单等处的古旧书店，是他经常涉足的地方。田家英的女儿还清楚地记得父亲带她去琉璃厂“淘宝”的情景：“每逢假期，父亲常带我去琉璃厂的古旧书店，因和那里熟悉了，店家经常让他进到里边挑选。一般都在小阁楼上，像一个小仓库，楼梯非常陡。因为去的人少，所以灰尘特别多，每次父亲翻完之后下来，都是一身的灰和蜘蛛网。每发现一件珍品，他会高兴得像孩子似的跳起来。”到外地开会或调研，办完公务，田家英也会钻进古旧书店或蹲旧书摊。上海、杭州、成都、武汉、广州等文化名城的古旧书店和文物商店，他都跑遍了。

·1960年，田家英和逄先知在广州。

田家英的收藏亦得益于“人弃我取”的独到眼光。其收藏是有明确目标的，他曾说，自己的收藏目的有三：一是为欣赏祖国的书法艺术；二是积累近300年来的史料，以便更好地研究最末一个封建王朝的历史；三是“人弃我取”，补他人不重视清代文人墨迹之缺憾。他并不在乎藏品的经济价值，而是更看重它们的文献价值。有这样一段收藏轶事：在戊戌六君子之中，田家英一直没有找到杨深秀的墨迹。1961年，他到山西搞调查，在晋祠写文件的时候，偶然发现一件木版水印的杨深秀墨迹，就毫不犹豫地买了下来。回来之后，他还在这个卷轴的题签上标注：杨深秀的墨迹很难找，影本亦很珍贵。他经常对一些爱好收藏的朋友讲：“文人书法不仅是难得的艺术品，更能留下一些难得的史料。古人云：‘画是八重天，字是九重天’，可见字的品位远在画之上。”这也是我们今天在“小莽苍苍斋”藏品中，几乎很少见到绘画作品的原因。

田家英的收藏始终坚持“一有二好”的原则，即在“有”的前提下，挑选内容好、质量高、有研究价值的作品入藏。一次田家英借到杭州开会之机，托人帮助寻找丁敬的墨迹，以补藏品中“西泠八家”之缺。杭州书画社送来两张丁敬的字轴，一张为应酬之作，写得端正，装裱讲究；另一张是丁敬自作《豆腐诗》草稿，书写随意，印章也是后人补钤，但内容好，字也天趣盎然。二者相权，田家英最终购买了丁敬的《豆腐诗》轴。

田家英的办公桌上，常年放着一本萧一山编著的《清代学者生卒及著述表》，这本书可以说是他选择藏品的“航向标”。凡收到一件藏品，就在该书所述此人前画一红圈。他对朋友戏言：此乃清朝“干部”花名册也。希望尽自己最大的努力，将书中所列1000多位学者的墨迹，尽可能收全。田家英曾为收藏活动治印数枚，如“家英辑藏清儒翰墨之记”“家英所藏清代学者墨迹”“成都曾氏小莽苍苍斋”等。凡遇到特别钟爱的藏品，他会认真仔细地钤盖上收藏印章。这些印章见证了他的收藏方向，也让后人看到了他对收藏的挚爱。

田家英的收藏还得益于朋友们的襄助。他收集清人翰墨的明确志向，得到了爱好收藏朋友们的理解和帮助。大家都愿意成全他的收藏事业，有了新的发现，彼此打个招呼，通报一下，希望将最有价值的清代墨迹集中到“小莽苍苍斋”。谷牧、胡绳、魏文伯、李一氓、辛冠杰、姚洛等人，都是田家英的藏友。他们或将所藏相赠，或代为四处寻找，或以交换的方式补充各自藏品。夏衍也曾向田家英推荐过不少好的藏品，还有上海的方行、浙江的史莽都曾给予他很多帮助。

另外，田家英收藏之丰，还与一些文物商店职工的帮助密不可分。田家英经常出入古旧书店和文物商店，他平易近人，和那里的职工建立了良好的关系，大家都乐于和他交流，帮他找东西。他与杭州书画社、上海朵云轩、北京荣宝斋等多家文物商店都订有“协约”，有了好东西协助存留。北京的琉璃厂更是田家英经常光顾的地方，那里的许多老职工成了他可信赖的朋友。他曾交给北京文物商店会计一个存有2000元钱的存折，托付他们到下边跑货时，如遇到好的清人字幅，可替他做主买下来，从不赊欠店里的钱款。这些人的帮助，对他的收藏起了不少作用。

田家英的收藏活动离不开一位学识渊博的老师，他就是主持中办秘书室工作的副主任陈秉忱。陈秉忱出身于山东潍县（今潍坊市）的名门望族，曾祖父陈介祺是著名的收藏家和金石学家，所藏秦汉古印达7000余方，青铜器300多件，斋号有“万印楼”和“十钟山房”。受家学熏陶，陈秉忱的传统文化功底扎实。中国旧时对年纪较大而富有经验的老者称为“老丈”，陈秉忱就一直被大家尊称为“陈老丈”。陈老丈凭借渊博的学识和鉴定方面的专长，成为田家英甄别文物品质高下的掌眼人。在“小莽苍苍斋”的许多藏品上，都留有陈老丈用小楷写下的考据文字，或考证作者生平，或探究作品内容。多年来，陈老丈默默无闻地辅助田家英，共同完成了“小莽苍苍斋”的收藏事业。

渐渐地，藏品多了，田家英专门请上海博物馆的朋友帮助他将零散的书页重新装裱成册。为了保存手卷、立轴类藏品，他还让家人缝制了布套。他的女儿回忆说:“那时候，布票特别紧张，家里虽然有钱，但是没有布票，所以我们穿的衣服也都要打补丁。但是父亲为了将他收藏的字轴、册页保护起来，把仅有的一点布票用来买布做成了口袋，把那些东西保护得非常好。他还开玩笑说，你们不要穿，让卷轴穿吧。”

蔚为大观的藏品

经过十几年锲而不舍地按照年代、学派、人物等系列搜集清人墨迹，到20世纪60年代中期，“小莽苍苍斋”的藏品已相当丰富。这些藏品的时限从明代晚期至民国初期，跨越300余年；涉及的人物有学者、书家、官员、文士500余位；除了中堂、楹联、横幅、册页、手卷、扇面等形式的藏品，还有大量清代铭墨、铭砚和印章。浏览田家英“小莽苍苍斋”的收藏，仿佛在阅读一部清代历史文化的长卷:这里有抗清的明遗民傅山、朱耷等人的中堂，也有明亡后侍清的钱谦益、吴伟业等人的条幅；有乾嘉时期钱大昕、赵翼、阮元、王念孙等人的书札，也有桐城派鼻祖方苞、姚鼐等人的手卷；还有晚清改良主义先驱龚自珍和鸦片战争时期民族英雄林则徐的墨宝。在“小莽苍苍斋”中，我们可以看到十几米的楷书长卷、左手反字的草书横幅；可以看到皇帝的御笔、农民的卖田契；还可以看到文人骚客的文稿、诗稿以及官吏附庸风雅的应酬文字。

· 1960年田家英在杭州

60年代的一件往事，可以看出田家英收藏之精、用功之深。当时杭州古籍书店收到海宁吴氏“拜经楼”、蒋氏“别下斋”暨“衍芬草堂”收藏的1000余通清人书札。田家英借到杭州开会之机，从书店借来这批书札，利用会议间隙和晚上的时间，历时一周，将每通书札都从头至尾释读一遍。为了弄清信与信之间的关系，挖掘深藏其中的史料，他把书札摊在所住宾馆客厅的地板上，趴在地上认真研究、鉴别。最后从中精选了40余通，高价购买入藏。书店专家在看过田家英挑选的书札后，都非常佩服他的眼力。

在收藏活动中，田家英特别注重学者信札的价值，共收集了600余通，涉及清代学者近300人。他认为，学者之间往来的书简信札，有的讨论学术问题、考据成果，有的诗词互答、往来唱和，有的涉及对社会经济问题的见解，有的描述各地风土人情……这些零散的、不起眼的材料收集在一起，是研究当时社会、政治、经济、文化、学术问题的重要史料，有相当的参考价值。他对这些信札进行了初步的考证和整理，将零散的信札装裱成册，汇编成集。如《平津馆同人尺牍》是将赵翼等多位学者写给平津馆主人孙星衍的信合为一集。又如《梅花溪同人手札》是把钱大昕、翁方纲等人给钱泳的信合为一集。还有一些是将与某历史事件有关联的书简汇编一起，如在收有冯桂芬、郑观应、杨锐、康有为、梁启超等人的专集上，注明“此册所收乃晚清输入新思想者”。

有几件藏品是田家英十分珍爱的，经常拿出来欣赏。如民族英雄林则徐所书的《行书观操守》轴，是林则徐在戎马生涯中自我修养的总结：“观操守在利害时，观精力在饥疲时，观度量在喜怒时，观存养在纷华时，观镇定在震惊时。防欲如挽逆水之舟，才歇力，便下流；从善如缘无枝之木，才住脚，便下坠。”它告诉人们，一个人的操守、精力、度量、存养、镇定要在特定的环境条件下才体现得最具体、最完备。这幅字轴的内容意味深长，笔力遒劲苍健，是林则徐思想境界的真实写照，有重要的史料价值。还有一帧谭嗣同书写的《楷书酬宋燕生七言律诗》扇面，亦被田家英视为珍品。这不仅是因为谭嗣同英年早逝，传世墨迹极少，更主要是田家英敬重其铮铮铁骨的气节和舍生取义的精神。田家英在欣赏扇面时常常情不自禁地吟出谭嗣同《狱中题壁》诗的名句：“我自横刀向天笑，去留肝胆两昆仑。”他对家人说：“人不可有傲气，但不可无傲骨。谭嗣同的骨头最硬。”还有一幅龚自珍书写的条幅也被田家英视为“小莽苍苍斋”的“珍宝”。龚自珍是晚清很有影响的思想家和文学家，能收集到他的传世之作很不容易。可惜龚氏的这件条幅在“文革”中被掠走，至今下落不明。再有就是陈鹏年的《行书虎丘诗》轴。陈鹏年是康熙三十年（1691）进士，官历江宁知府和苏州知府，以清廉称道，在当时被誉为“陈青天”。康熙四十四年（1705）他因反对贪官污吏，被构陷入狱。此事引起江宁民众呼号罢市，江宁织造曹寅在康熙皇帝南巡时面圣为之讲情，陈氏才无罪获释。几年后，陈鹏年又因作《虎丘》诗被扣上“反君”的罪名，幸得康熙皇帝亲自干预，终未酿成新的文字狱。清末学者俞樾论及此事，有“两番被逮拘囚日，市井号咷尽哭声”之句。“小莽苍苍斋”珍藏了陈鹏年书写的几乎使其丢掉性命的《虎丘》诗轴。这件墨迹是当年公案的物证，实为难得。

每当有好友来访，田家英经常拿出这些珍品与大家共同品评欣赏，对他来说实乃一件人生乐事。

特别值得一提的是，“小莽苍苍斋”还收藏着许多与《红楼梦》相关的藏品。如曹寅的《行书七言律诗》轴就是十分重要的一件。据专家考证，曹寅是《红楼梦》作者曹雪芹的祖父，满洲正白旗包衣，早年曾任康熙皇帝的侍卫，后官至江宁织造兼巡视两淮盐政。康熙皇帝数次南巡时，曹寅一家四次接驾，可见曹家与皇室的关系十分密切。曹寅还是当时负有盛名的学者，书法精工，著名的《全唐诗》和《佩文韵府》便是在他的主持下刊刻的。还有如周春致吴骞的书札。周春是浙江海宁人，乾隆十九年（1754）进士，曾任广西岑溪知县。他博学好古，精通韵学，著述颇丰。周春还是清代研究《红楼梦》的著名学者，所著《阅红楼梦随笔》是迄今发现的第一部红学专著。周春致吴骞的信中最有价值的就是谈及了《红楼梦》，提到《阅红楼梦随笔》所收《题红楼梦》诗，并称自己对“曹楝亭[①]墓铭行状及曹雪芹之名字履历皆无可考”，请吴骞“祈查示知”。周春与曹雪芹虽为同时代人，但由于曹氏晚年贫病交加，隐居北京西山，使得南方学者只知其书，不知其人，对其祖父曹寅的情况更是知之甚少。周春在此信的开头提到，“今科榜发，我邑如此寂寥，魁卷亦极草草……此榜除禾中王君仲瞿外，无一人相识者”。据《王仲瞿墓表铭》记载，王氏（名昙，字仲瞿）为浙江秀水（今嘉兴）人，乾隆五十九年举人。由此可知，这通信应写于乾隆五十九年，即1794年。这是我们所见到的、与曹雪芹同时代学者留下的有关《红楼梦》的墨迹，非常难得。此外，在“小莽苍苍斋”的藏品中，还有大量或与曹寅交往甚厚、或与曹雪

① 曹寅，字子清，号荔轩，又号楝亭。

芹及《红楼梦》相关联人士的书法墨迹。

收藏清人墨迹，不仅是田家英的业余爱好，更是他生活中不可或缺的部分。收藏活动陶冶了田家英的情操，使他的精神世界和文化生活更加充实、更加丰富。

历史性的贡献

“文革”结束后，“小莽苍苍斋”的藏品于1980年返还田家英家属，但包括傅山、龚自珍等诸名家的墨迹等大量藏品散失不知所终。

1987年底，中国历史博物馆（现中国国家博物馆）的专家们对这些劫后幸存的藏品进行了历时半年的鉴定。工作结束时，时任中国历史博物馆馆长的俞伟超先生感慨地说：这批藏品“具有研究清代历史与书法艺术这两方面的重要价值”，“家英同志集中保存这批文物，做出了历史性的贡献”。当时的国家文物鉴定委员会副主任史树青先生说：“过去知道家英同志收藏清人墨迹，以为只是收收而已，想不到竟收集得如此齐全成系统，他的鉴赏能力之高，收藏之丰，令人佩服。”史先生还说：“搞了一辈子文物鉴定，有些名家只知其名，未见其字，这次从‘小莽苍苍斋’的藏品中大饱了眼福。以往国家博物馆多把征集的注意力放在年代久远的文物上，对离现在较近的清代的东西不够重视，现在要收集到这样系统齐全的清人墨迹，恐怕是不可能了。家英同志在这件事上的眼光和做法早了我们整整30年。”

1991年，中国历史博物馆举办了“小莽苍苍斋收藏清代学者法书展”，“小莽苍苍斋”藏品首次展示在世人面前。赵朴初老人观看展览后当场挥毫，题写了“观其所藏，知其所养。余事之师，百年怀想”的词句，概括了田家英收藏的意义和他的品格修养，是对“小莽苍苍斋”的最好褒奖。展览结束后，田家英夫人董边及子女将105件藏品捐献给国家，其中包括吴伟业、龚鼎孳、王时敏、龚自珍、林则徐、何绍基等清代著名学者、仁人志士的墨迹。董边说：“家英为研究清史而收藏，也是为保护祖国文化遗产而收藏。家英说过，这些藏品是人民的，将来应让它为弘扬祖国民族文化发挥作用。我们今日之举，就是为了完成他的夙愿。”

·1953年，田家英和夫人董边、女儿曾立在一起。

2011年10月，在重新开馆的中国国家博物馆又举办了“小莽苍苍斋藏清代学者法书展”，这是“小莽苍苍斋”藏品第二次在国家最高等级的博物馆中展出，充分表达了国家对田家英家属捐赠义举的敬意。“小莽苍苍斋”再次引起世人的关注。

多年来，田家英的家人在有关专家学者的帮助下，对“小莽苍苍斋”藏品进行了系统的整理、研究，先后编辑出版了《小莽苍苍斋藏清代学者法书选集》正、续编。2013年，受国家清史纂修工程的资助，《小莽苍苍斋藏清代学者书札》一书也付梓出版了。“小莽苍苍斋”所藏的清代学者诗稿也正在整理编辑之中，不久的将来也会与读者见面。

今年是田家英诞辰100周年（1922—2022）。从20世纪50年代初，田家英开始系统地辑藏清儒翰墨，至今也已经过去了一个甲子。虽然他没有实现撰写一部新清史的初衷，但却抢救了一批弥足珍贵的史料，也为后人留下了说不尽的“小莽苍苍斋”。

观其所藏　知其所养

——田家英与《红楼梦》

雷广平

田家英曾在1948年至1966年间，担任毛泽东主席的秘书，他平生所兼备的政治家、革命家、理论家、史学家、收藏家的风范，至今令人们难忘。如今提起田家英人们都耳熟能详，说起《红楼梦》更是家喻户晓。然而，若将田家英与《红楼梦》联系起来，却是鲜为人知。

大约在十几年前，出于对《红楼梦》和收藏的偏爱，一个偶然的机会，我得识田家英的次女曾自及次婿陈烈先生，随之把我带入了田家英的收藏世界，田家英与《红楼梦》从此成为我红学研究的一个课题。

一　渐为人知的涉“红”藏品

田家英重点收藏的清人墨迹，包括著述、书画诗轴、信札等，都是研究清代史不可多得的珍贵资料，是他倾尽所有，用毕生精力积累起来的宝贵财富。几十年来，他的后人们一直潜心投入对这些史料的发掘、整理、研究工作中。时至今日，已有《田家英与小莽苍苍斋》《小莽苍苍斋藏清代学者法书选集》《小莽苍苍斋藏清代学者书札》[①]等文献资料陆续出版面世，田家英

① 小莽苍苍斋，是因田家英一生崇拜戊戌维新志士谭嗣同，故仿其书斋“莽苍苍斋”为自己的书斋起的名字。

生前遗愿正在其后人们的努力之下逐步成为现实。

令人惊诧的是，在整理出来的这些历史文物中，不断有涉及《红楼梦》或与红学相关联的藏品被发现，它们或对研究作者曹雪芹家世起到互补作用；或能了解曹雪芹及祖父曹寅的社会交往状况；了解《红楼梦》面世后的流布及影响，加深对涉“红”人物的认知度；或者成为当今《红楼梦》著作权纷争中，“曹雪芹是《红楼梦》作者”这一观点的有力证据…… 总之都是红学研究难得的文物史料。

在小莽苍苍斋浩瀚的藏品中，最早被发现的涉“红”藏品是曹寅手书诗轴。曹寅是《红楼梦》作者曹雪芹的祖父，曾继其父任江宁织造并督理两淮盐政，是清初文采风流的名儒，史载他“束发即以诗词经艺惊动长者，称神童”。曹寅一生工诗词、擅戏曲、喜书画、精鉴赏，且富有藏书，校勘精审。著有《楝亭诗钞》八卷、《诗别集》四卷、《词钞》一卷、《词别集》一卷、《文钞》一卷等，并作有《续琵琶》《太平乐事》等传奇、杂剧，还曾奉康熙皇帝谕旨主持刊刻《全唐诗》等。但令人遗憾的是其手书墨迹存世极少，目前发现的不过五六件，其中包括《曹寅题程嘉燧山水墨迹全图》、《宿避风馆》诗轴、《楝亭夜话图》曹寅题诗、自书扇面《北行杂诗》二十首等，有的藏于名馆，有的流落民间，也有的昙花一现即不知所终。

田家英收藏的这幅诗轴是曹寅三十岁时所书的自作诗，《楝亭集》有录[①]，标题为《冲谷四兄寄诗索拥臂图，并嘉予学天竺书》，但未注明写作年代。该诗轴至少为我们提供了如下信息：诗轴有落款年代为“己巳孟夏”，经查己巳年应为康熙二十八年（1689），根据该诗在《楝亭集》收录中被编排在第一卷较靠前的位置，可证实《楝亭集》所收录的作品确为按写作年代排序；诗中所称“冲谷四兄”即丰润曹鼎望之子曹鋡，字冲谷，号松茨，丰

① 《楝亭集》楝亭诗钞卷一第十九面，上海古籍出版社1978年版。

润（今河北唐山市丰润区）人，与曹寅为同宗兄弟关系，年龄稍长于曹寅，故曹寅称其为四兄，官至理藩院知事，有《雪窗诗集》《松茨诗稿》传世。《楝亭集》收入多首曹寅与他的赠答诗，如《松茨四兄远过西池用少陵“可惜欢娱地，都非少壮时”十字为韵，感今悲昔，成诗十首》《冲谷四兄归涇阳，予从猎汤泉，同行不相见；十三日禁中见月，感赋兼呈二兄》等，相互鱼笺往来、鸿雁传书，使我们能进一步了解曹雪芹祖辈与丰润曹家的交往关系。此诗是一首回忆旧事之作，可推断此前冲谷曾有信或诗寄来，夸赞曹寅所解天竺书，故又奉和而作。“天竺书”系出家人必习之婆罗谜文，或称婆罗米文，曹寅自江宁归旗后，在内务府任郎中，开始习读梵文、佛经，以求寄托。曹寅不仅自习之，还与其兄冲谷商讨展示，深得其赞，该诗流露了作者的崇佛向佛意向；诗轴所录诗句与《楝亭集》收录之诗有多处文字差异，如《楝亭集》收录时在诗题“冲谷”后加了“四兄”二字，“解天竺书”改为“学天竺书”；诗句“长城终古无坚垒”，《楝亭集》改为“长城近日无坚垒”，相较诗轴的“终古”似乎更恰当些。这些都说明诗轴是书写在前的，《楝亭集》收录时作了修订。由于诗轴篇幅容量所限，只书写该诗的前一首，后面的一首没有写，录之如下：“无遮愿力合人天，净馔频张侍讲筵。大部僧陀徒译字，终年郎署反安禅。空华想落沧江上，故纸尘劳绣佛前。能事松枝许相易，萧斋挥洒旧炉烟。”其中的“僧陀”“安禅”“空华”“尘劳”“绣佛”等，多半是与解天竺书相关，同时也表达作者当时的复杂心境。

另一件涉“红”藏品是近些年整理时发现的一封周春致吴骞的信。田家英收藏着大量的清代文人往来信札，陈烈先生曾对我说过，之前曾见到信札内容有涉及《红楼梦》的，只是一时记不起来置放于何处。2012年初，为了出版《小莽苍苍斋清代学者书札》，在整理这些书信时便发现了这封周春致吴骞谈及《红楼梦》的信，陈先生遂将复印件第一时间传给我看，令我大喜过望。周春是目前所知评论《红楼梦》并著有红学专论的第一人，吴骞则是清代浙江极负盛名的大藏书家，传世的周春著《阅红楼梦随笔》即由吴骞“拜经楼”刻印的。二人既是同乡又有共同爱好，因居异地故而书信往来不断，仅小莽苍苍斋藏周春致吴骞的信就达十六通之多。这封涉“红”的信札是周春于乾隆五十九年（1794）九月十八日写给吴骞的，其主要内容是想通过吴骞帮助了解曹雪芹及其祖父曹寅的情况，信中写道：“拙作《题红楼梦》诗及《书后》，绿饮托钱老广抄去，但曹楝亭墓铭行状及曹雪芹之名字履历皆无可考，祈查示知。”这是周春读了《红楼梦》并写完《红楼梦记》和《题红楼梦》诗之后，急于想弄清作者曹雪芹及其祖父曹寅的情况，苦于手头资料匮乏，即“皆无可考”，由此而想到一向藏书颇丰的老友吴骞，“祈查示知”。这件与曹雪芹同时代学者又是研红第一人所留下的谈及《红楼梦》的墨迹，珍稀难得。

董志新先生因此撰写的《曹雪芹拥有〈红楼梦〉著作权的又一新证》一文[①]，对该书信的发现及其对当前红学研究的价值做了详尽的分析，认为：首先该信件所涉关于《红楼梦》的文字是对当前一部分人质疑曹雪芹是《红楼梦》作者的有力驳斥。周春与曹雪芹基本属于同一时代的人，他写这封信的时间距曹雪芹离世仅隔三十年，他在信中打听曹雪芹及其祖父的情况，充分证明了曹雪芹就是《红楼梦》的作者无疑。其次，尽管周春因《阅红楼梦随笔》被后人归入“索隐”一派，但从这封信的内容看到，他读了《红楼梦》后便急于采用“考”或“查”的方法试图更详尽地了解作者及其家世，既为我们研究《红楼梦》开启了考证的先河，同时也印证了要研究一部作品，对其作者经历和家世的掌握是十分重要的。周春试图用作者家世的“可靠可信文献史料，考证曹雪芹及曹寅的生平。治曹学，

① 董志新，原沈阳军区白山出版社总编，中国红楼梦学会理事，该文最早发表在《红楼梦学刊》2014年第2期，本书转载前又作了修订。

即治《红楼梦》作者之学，这个命题是学术之核，理论之基”[①]。

据载，田家英平时为了不断丰富清代学者墨迹的收藏，手里常备萧一山编撰的《清代学者生卒及著述表》和叶恭绰编撰的《清代学者像传》，将其作为收藏清代文人墨迹的“航向标”，还戏称为清朝“干部”花名册，在这个花名册中周春理当名列其间。他每逢外出工作总不忘将这两本书带在身边。20世纪60年代初，他随毛泽东赴杭州，偶尔听当地人介绍说，杭州古籍书店从海宁收到千余封清人信简，他马上与店方联系，在一周时间内利用工作间隙将这批信札过目一遍，又征得店方同意将信札借回住处，摊在地板上，对照“花名册”逐一比对琢磨，最后从中选取四十余封买下收藏。这其中周春致吴骞的信就有十六封之多，足见他对周春墨迹的重视。

在整理小莽苍苍斋藏品的过程中，田家英的后人们逐步发现，田家英的收藏是特色鲜明的专项收藏，仔细分析他的藏品，往往是围绕一位重点人物或某一文化现象，即可构成一个专题，红学即是其中之一。如今发现藏品中与红学相关联的人物墨迹多达七十余人，其中有与曹寅交往密切者，如玄烨、周亮工、邓汉仪、宋荦、尤侗、陈维崧、朱彝尊、徐元文、赵执信、彭定求、徐乾学、王鸿绪、陈鹏年等四十余人；有与曹雪芹相关联或与《红楼梦》传播流布有过关联甚或发挥了一定作用的人物，如沈廷芳、袁枚、周春、吴骞、钱大昕、孔继涑、孔继涵、弘旿、裘曰修、铁保、张问陶、改琦、姚燮、俞樾、王国维、蔡元培等三十余人。通过阅览他们的墨迹，了解这些人物的生平业绩、活动轨迹，尤其是与红学的关联，会进一步丰富我们对红学这个大文化圈所涉学者的认知度，尽管他们的墨迹内容大都与红学无直接关系，但却从一个侧面反映着红学传播流布时代文化的印记。

据悉，田家英的藏品还在

① 摘自董志新撰文《曹雪芹拥有〈红楼梦〉著作权的又一新证》，《红楼梦学刊》2014年第2期第17页。

整理中，其中大量的清代文人诗词有许多是未曾公开发表过的，我们期待着还会有涉“红”内容的藏品被发现。

二 《红楼梦》是他所钟爱

收藏，在我国有着悠久的历史，藏品则处处反映着收藏者不同的目的和迥异的趣味，而“田家英的收藏是学者之收藏，其收藏目的十分明确，收藏标准全主研究……”[①]学者之收藏是说他的收藏不是为了增值，而是以学术研究为目的，这是文物收藏的最高境界。当年赵朴初先生在观看了“小莽苍苍斋藏品展览”后挥笔题词：“观其所藏，知其所养。余事之师，百年怀想。”可见观藏品识人品从来不是虚话。

田家英毕生热衷于清代文人墨迹收藏，其中不乏与红学相关的藏品，这与他平生对《红楼梦》的钟爱有直接关系。

田家英从小家境贫寒，不得已九岁辍学，在药店里当学徒，凭着刻苦钻研的自学精神和聪颖的悟性，不仅能阅读书报，还逐渐在进步报刊发表文章，用所得稿费养活自己。他甚至还串联一些志同道合的朋友凑钱，创办以发表诗歌、散文、报告文学为主的刊物《激光》，并在创刊号上发表《怀念》《手》等散文。所写的文章强烈表现着那个时代青年人追求光明和对黑暗的控诉。田家英十三岁时就能通读《资治通鉴》，并涉猎大量的古典文学著作，当然其中少不了《红楼梦》。可见，早在少年时代，曹雪芹与《红楼梦》便已在他心灵上打下深深的烙印。

奔赴延安投身革命后，

① 摘自《田家英与小莽苍苍斋》陈四溢先生的序言，生活·读书·新知三联书店2003年版。

刚三年的时间，田家英就开始担任马列学院中国近代史的教员，当时他还不满二十岁。后来他被选到毛泽东主席身边工作，还曾兼任毛岸英的老师。喜爱《红楼梦》的毛泽东对田家英的读书取向产生着重大影响，因为毛泽东不仅自己喜欢《红楼梦》，还鼓励身边的工作人员以及干部们都读《红楼梦》，他经常轻松自然地征引《红楼梦》中的典故来喻事说理。1938年4月28日，毛泽东在延安鲁迅艺术学院演讲，当谈到做一个艺术家要有生活经验时，提倡搞文艺的同志要读《红楼梦》，他说："《红楼梦》这部书，现在许多人鄙视它，不愿意提到它，其实《红楼梦》是部很好的小说。"1938年10月中共六届六中全会期间，毛泽东对贺龙说："中国有三部名小说，《三国》《水浒》和《红楼梦》，谁不看完这三部小说，不算中国人。"1946年毛泽东希望刚刚从苏联回国的长子毛岸英能读一读《红楼梦》，毛岸英就在毛泽东的藏书中取出《红楼梦》读了一遍，但还未得要领，毛泽东则对他讲："你读《红楼梦》要掌握要点。"1952年，毛泽东为了帮助从苏联回国、汉语不太好的女儿李敏提高中文水平，给她列出《红楼梦》一书要她读。毛泽东提倡干部读《红楼梦》的例子举不胜举，直到1973年还有被人们传为佳话的督促许世友读《红楼梦》的事例：1973年12月，毛泽东接见许世友时问他看没看过《红楼梦》，许答："看了，自从上次主席批评我，就全部都看了一遍。"毛泽东接着问："你能够看《红楼梦》，看得懂吗？"许答："大体可以。"毛泽东接着说："《红楼梦》看一遍不行，要看五遍才有发言权，要坚持看五遍。"

试想，在这样一种氛围当中，原本就爱好古典文学并有深厚造诣的田家英，怎能不对《红楼梦》产生更加浓厚的兴致。逐渐地，他已从开始的阅读文本上升到红学研究的高度。他在写文章或讲话时，常常不自觉地例举《红楼梦》词句或人物来说明问题。如1950年6月，他在国家机关职员学习会上作报告，在谈到机关工作人员身上尚存的小资产阶级工作作风和生活作风时说："有些人对群众利益可以麻木不仁，对自己利害与生活琐事却又敏感得很。群众的事可以冷冷清清、粗枝大叶；鸡毛蒜皮、鼻子眼睛的事却又可以争吵不休，弄得十分复杂。这种人‘一叶障目’，眼光看不远，满脑子转着私念私欲，和群众毫无关系，情感上是独悲独喜。《红楼梦》里的林黛玉，屠格涅夫笔下的罗亭就是这种人物的典型。”[①]罗亭是俄国19世纪批判现实主义作家屠格涅夫笔下的典型人物，这位贵族出身的小知识分子擅发议论而缺乏实干精神，即“思想上的巨人，行动中的矮子”。田家英将罗亭与林黛玉相提并论，形象地比喻那些存在这样或那样缺点毛病的机关工作人员，既说明他平时不仅阅读中国的古典文学，还大量涉猎外国名著，而且字里行间也能看出他对林黛玉这位《红楼梦》主人公的性格特点所持的态度。又如，田家英在建国之初为《新中国妇女》杂志撰写的《中国妇女生活史话》，在谈到中国封建社会的妻妾制度时举例说：“大家如果读过《红楼梦》，那上面的袭人和贾宝玉的关系就是这样。”[②]《红楼梦》被称作封建社会的“百科全书”，若谈及妻妾制度，《红楼梦》中不胜枚举，田家英这句话也可以这么理解：你要了解旧社会的妻妾制度吗，那么就请去读一读《红楼梦》吧。

田家英喜欢《红楼梦》，也同样影响着身边的人，据他的夫人董边回忆，她就是受田家英的影响开始读《红楼梦》的，而且同田家英一样不喜欢林黛玉那种“独悲独喜”的孤僻性格。她在延安报考中央研究院口试时，当时是延安马列学院教务长邓力群任考官，问：“你读过《红楼梦》吗？”她回答：“读过。”又问：“你喜欢《红楼梦》里的哪一个人物？”答：“我喜欢贾宝玉。”问：“为什么不喜欢林黛玉呢？”她回答：“因为贾宝玉反封建，林黛玉哭哭啼啼。”考官点头对她的回

① 田家英《学习为人民服务》，学习杂志社1952年版，第11页。
② 田家英《中国妇女生活史话》，中国妇女出版社1982年版，第63页。

答表示满意。董边的这些观点是受了田家英的影响产生的。

恰在本书编辑出版之际，陈烈先生在细心整理小莽苍苍斋藏书时，又惊喜地发现田家英生前常用的一部脂砚斋批评本《红楼梦》，即“乾隆甲戌脂砚斋重评石头记”，一函二册，由台北启明书局1962年影印出版。内页多处钤有田家英的印章，包括“家英藏书”“成都曾氏”“成都曾氏小莽苍苍斋”等。这部影印本的底本一直由胡适收藏，后被带往海外，现已被上海博物馆购藏。“脂评本”非市面流行的通俗读本，一般读者若不搞红学研究并不喜欢读这种本子，在那个年代即使影印本也属罕见。由此，更说明了田家英生前对《红楼梦》的钟爱以及研读《红楼梦》的深度。

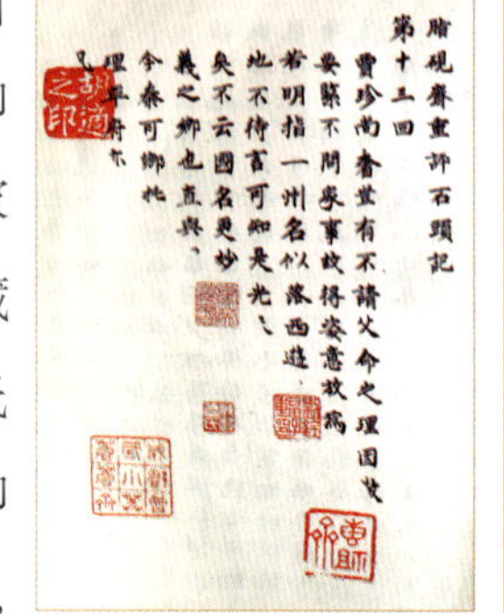

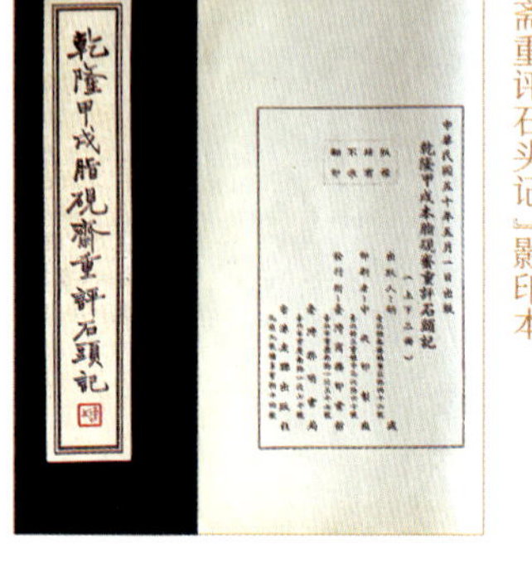

·小莽苍苍斋藏书中的『乾隆甲戌脂砚斋重评石头记』影印本

早在延安时期，田家英就通读了著名史学家萧一山著的《清代通史》，在佩服作者深厚的史学造诣的同时，他也发现了该书因受写作时代条件的局限，缺乏更新的史料和方法，加之作者较为守旧的史学观，使这部著作存在着诸多缺憾。从此他便萌生了一个志向，就是要在有生之年，撰写一部以唯物史观为指导的清史。他利用工作之余，倾尽所有积蓄，广泛收集清代史料，进而旁及清代学者文士的诗书画信。在他眼中，这些清儒墨迹包含着他所关注的那个时代人文、思想、学识和趣味，连缀着人物之间交往、友情乃至应酬和论争，反映着一个时代的社会风貌、发展进步及文明程度。从这些字里行间能体味出的东西，往往是正史或官方史料中无法得到的。然而，由于他的早逝，撰写清史的宏伟志向也随之夭折。

田家英在收藏过程中特别留意那些与《红楼梦》相关的史料，既是出自他平生对《红楼梦》的偏爱，同时也不排除他是要将《红楼梦》隆重地载入所要撰写的这部清史。众所周知，曹雪芹是中国历史上最伟大的文学家之一，《红楼梦》是中国古典文学领域“隻立千古”的压卷之作。《红楼梦》自问世后，被人们竞相抄阅、广为流传，一时间洛阳纸贵，甚至于有些士大夫们放弃经学，改研红学了。正如当时社会上流行的那句诗所云：“开谈不说《红楼梦》，读尽诗书也枉然。”对于清嘉、道年间如此重大的文化现象，理应在清代史籍中有所记载，然而，洋洋千万言的《清史稿》，却找不到有关曹雪芹及《红楼梦》的只言片语，曹寅虽被提及，却只有简短三十七个字的介绍：“曹寅，字楝亭，汉军正白旗人，世居沈阳，工部尚书玺子。累官通政使、江宁织造。有《楝亭诗文词钞》。”[①]令人失望，令人费解。

试想，如果田家英重撰清史的宏愿能够得以实现。那么，最引以为国人骄傲的曹雪芹及他的《红楼梦》必将被载入正史，甚至会被不惜笔墨地大书特书。如果田家英不是早早地离世，凭他那深厚的文学功底和聪颖的悟性，凭他对《红楼梦》的钟爱，定会为后来的红学研究事业做出更多的贡献。

① 摘自《清史稿》列传272、中华书局1977年版，第13379页。

第一章

小莽苍苍斋藏与曹寅相关清儒墨迹

综论

谈笑皆鸿儒　往来无白丁

——从小莽苍苍斋藏品谈曹寅的社交活动

雷广平

田家英的小莽苍苍斋以收藏清代文士墨迹著称，在整理这些藏品的过程中，由于曹寅手迹的发现，引起了人们尤其是红学界的特别关注，继而大量的曹寅生活时代特别是曹寅任职江宁织造期间，与其有过密切交往的文人雅士、社会名流、官府同僚们墨迹的发现，似乎形成了一个围绕曹寅交游活动的收藏专题。我们虽无法准确猜测藏品的主人当年不惜代价选定这些墨迹作为收藏对象的主旨意义，但我们如今完全可以将其汇入一个很有意义的专题，即“与红学相关的文物”。以此来进一步熟悉曹寅，阐释曹寅一生文化交游活动的深层含义。为此，本专题以曹寅为中心，选取三十人的墨迹，并配有介绍每人简历、与曹寅交往关系为主要内容的小传，供读者参阅。

有关曹寅其人，自胡适先生始至今近百年来，多有学者卓论，尤其近几十年，不断有关于曹寅的专著出版面世，影响较大的如：史景迁先生的《曹寅与康熙：一个皇室宠臣的生涯揭秘》、刘上生先生的《曹寅与曹雪芹》、方晓伟先生的《曹寅评传·年谱》等较全面地为读者和研究者展现了一位客观、真实的曹寅。冯其庸先生的《曹雪芹家世新考》，对曹雪芹家世，也可以说成是曹寅家世研究中许多较模糊的问题有更趋准确的判定。胡绍棠先生在他的《楝亭集笺注》一书所作的“前言”，更是一篇关于曹寅的专论，文章不仅全面介绍了曹寅，还客观地论证了曹寅对曹雪芹创作《红楼梦》的影响，认为："曹寅时代的曹家，不仅富贵繁荣，富有文学艺术氛围，而且在广泛的文化圈中多有交往，对曹雪芹艺术才能的养成影响尤著。"[①]

一　曹寅存世墨迹述略

曹寅生活的时代要早于曹雪芹生活的时代七十余年，但流传下来的手书墨迹却远多于曹雪芹，这主要是由于曹寅时代曹家还处于盛世，曹寅交友众多，大都是名儒名臣，许多作品是经他们辗转保留下来的。而曹雪芹生活的年代，曹家早已是"忽喇喇似大厦倾"了，没有谁会重视一个破败没落的穷酸文人的笔迹。随着《红楼梦》的影响及曹雪芹手迹的几乎失传，曹寅墨迹更成为稀世珍宝。迄今发现并保留下来的曹寅手书墨迹有如下几幅：

曹寅题《程嘉燧山水墨迹全图》。此作品为明末松圆老人程嘉燧（字孟阳）绘于崇祯十六年（1643），画面自题："崇祯癸未冬十月，邗江舟次，法白阳山人笔意，松圆老人程嘉燧。"下钤印朱文"孟阳"。画面一泓碧水，远山朦胧可见，近处几株古松，树荫处茅屋一所，画面恬淡雅静，自然风光旖旎，画者如此构思的缘由我们如今虽无从考证，但画面两侧曹寅的题跋似乎提供了线索。右侧是曹寅的题诗："长板桥头垫角巾，过江山色未烟尘。猛风吹醒相思树，犹是文园白业人。"落款署"嬉翁题"，下钤印朱文"曹寅"、白文"荔轩"。左侧的曹寅题跋："松圆老人卒于癸未十二月，见牧斋墓志。次岁即甲申之变，目不睹刀兵水火，是为吉人。受之归老空门，末路愈多钮铻，河东君想亦有新官之叹。壬辰三月，于扬州小市得此幅。笔墨灵气尚存，孟阳呼之可出

① 胡绍棠《楝亭集笺注》前言，北京图书馆出版社2007年版，第32页。

也。”下钤印白文“奇雅”[①]。壬辰，应为清康熙五十一年(1712)，曹寅卒于该年七月，也就是说这些题跋系曹寅离世前不久所书。这幅曹寅题《程嘉燧山水墨迹全图》，早年由邓拓收藏，现藏于中国美术馆。

《楝亭夜话图》曹寅题诗。康熙三十四年(1695)秋，庐江郡守张纯修到江宁访曹寅，曹寅又邀江宁知府施世纶至，三人秉烛夜话于楝亭。张纯修即兴作画，三人分别留诗于画侧。曹寅题诗二首，内容是：“忆昔宿卫明光宫，楞伽山人貌姣好。马曹狗监共嘲难，而今触绪伤怀抱。”“家家争唱饮水词，纳兰小字几曾知。斑丝廓落谁同在？岑寂名场尔许时。”诗意与夜话中追思纳兰性德有关。之后，又有顾贞观、王概、王方岐、姜兆熊、蒋耘渚、李继昌等众多名人在画侧题诗题跋，使该图愈加珍贵。此图先由番禺叶遐庵(叶恭绰)藏，后转手于大收藏家张伯驹先生。中华人民共和国成立后，张先生曾任职于吉林省博物馆，将此图捐赠该馆，现仍藏于吉林省博物馆。

《宿避风馆》诗轴。书写的是曹寅一首自作诗：“槛下寒江百丈深，一龛侧塞雨涔涔。道人自嗅香烟坐，童子能通水观心。海若何求频窥户，修罗此际罢弹琴。茫茫寄眼虫天外，已听云堂粥鼓音。”该诗未被收入《楝亭集》。诗轴早年由著名古籍文物收藏鉴赏家周叔弢先生收藏，后捐赠天津市艺术博物馆。

《李煦行乐图》曹寅题跋。题跋文字为：“行处溪山屏八驺，不然乘兴弄扁舟。东吴占断闲风月，却画潇湘一段秋。”“流泉声在斯人耳，似证因尘果位身。林里妙香谁窃得，我来抒笔遣池神。”“松萝为屋石为床，万朵芙蓉水一方。自有鸂鶒闲戢羽(乌能辟蜮)，讵须七十二鸳鸯。”“石片花枝迥不凡，竹�应得写头衔。西农褦襶何堪说，汗透青州重布衫。”落款：“戊寅修禊日奉题为莱嵩先生教粲，楝亭弟曹寅。”钤印：曹寅之印、荔轩、真我。此外，画卷还有同时代众多名人宋荦、尤

① 冯其庸《曹雪芹家世、红楼梦文物图录》，生活·读书·新知三联书店香港分店1983年版，第109页。

侗、朱彝尊、赵执信、徐树谷、蓝涟、杨宾、汪份、张大受、张士琦等题诗题跋。此图为康熙朝供奉内廷画工周道与上睿二人合作而成，是为红学研究的珍贵文物。2014年12月，北京匡时秋拍“古代书画”专场以1863万元拍出。

另有两件曹寅手书墨迹虽有影印件但实物不知所终。一件是曹寅自书诗扇面，曹寅用蝇头小字在一幅小小扇面上书写了他在康熙二十四年（1685）所作《北行杂诗》共二十首，八百余字。所谓北行，是指这一年曹寅自江宁扶父灵柩携家返京，历时四个月，相继在不同时间地点写下的一路所见所闻所感，字里行间流露出作者当时的复杂心境。另一件是周汝昌先生在他的《红楼梦新证》《江宁织造与曹家》两部著作中刊载的曹寅手书自作诗《鸦鸣歌》，该诗在《楝亭集》“楝亭诗钞卷五”可查。从笔法看似曹寅手迹，但刊者未注明来历，至今仍不知何人所收藏。

最后要谈的就是本书所收录的由田家英早年收藏的曹寅手书诗轴《冲谷寄诗索拥臂图，嘉予解天竺书》。原诗分为两首共八句、十六行，《楝亭集》“楝亭诗钞卷一”收录。或因条幅所限只书写了前一首，因前文已述（见《观其所藏　知其所养——田家英与〈红楼梦〉》），这里不再赘言。

前面说过，曹寅留下的正规手书墨迹不多，这幅诗轴，系曹寅青年时期所书，工整俊秀、刚劲有力、装裱精工，是可用于鉴别其他同类书品真伪的范本。

曹寅墨迹的记载在一些典籍资料中虽时有发现，但比较正规的书法作品主要有上述几例。

二　被收入小莽苍苍斋的曹寅交游圈人物

众所周知，小莽苍苍斋收藏有大量的清人墨迹，这里我们以曹寅为轴心精选出三十位与曹寅交往相对密切的人物手书作品供读者鉴赏，供红学爱好者和研究者参阅。虽每个人物都有小传，但为了加深了解和阅读上的便利，这里先提纲挈领式地将主要内容梳理成篇，或可与小传互补。

首先要介绍的就是曹寅“朋友圈”中最特殊人物——康熙帝玄烨。

小莽苍苍斋所藏玄烨的书轴是一幅录米芾诗，玄烨自幼好学工书，尤喜董其昌、米芾等书家笔意，常以书作赠心腹重臣，据史载他一生六次南巡，对身边接驾有功的曹寅、李煦、宋荦等常以御书“福”“寿”等字或诗词条幅相赠，如为宋荦书《督抚箴》、为曹寅母书《萱瑞堂》匾额等。《红楼梦》写贾府宗祠的门联匾额都是御笔所赐，是有生活原型的。曹寅与康熙间建立的密切关系，除了曹寅本身的素质能力外，还有赖于这样几个因素：一是曹寅祖、父有功于朝廷，可谓股肱之臣。二是曹寅嫡母孙氏曾入宫做康熙少儿时的保姆，康熙素以“自家老人”相待。三是曹寅十八岁选入宫当侍卫，有了与皇帝接触的机遇。多种因素促成曹寅接管苏州、江宁织造长达二十余年，直至辞世。

曹寅与康熙帝非同寻常的关系主要体现在如下几个方面：

曹寅是康熙帝认可的可以随时给他上奏密折的少数心腹之臣。清代密折制度始自何时尚未见明确记载，但我们当前可以看到的史料是苏州织造李煦于康熙三十二年六月的“请安折”，康熙三十五年便有了曹寅的《奏贺圣祖荡平噶尔旦事折》[①]，自此曹寅为康熙所进密折至死都没间断过。进折，是一种特权，不论职位高低，只有皇帝信得过的人才能荣膺进折之宠。

康熙一生六次南巡，曹寅四次参与接驾。皇帝甚至将其织造府当做驻跸的行宫，曹寅服侍左右，尽职尽心，受到康熙的赏赐和褒奖，两者之间的关系也不断拉近。

曹寅屡受康熙指派完成

① 《关于江宁织造曹家档案史料补遗（上）》，方晓伟《曹寅评传·年谱》，广陵书社2010年版，第373页。

交办任务。如康熙三十六年被派往苏北、河北、山东等地押运漕米赈济灾民，多次被钦点为巡盐御史，打探江南官吏行为操守，奉旨修葺明孝陵，组织刊刻《全唐诗》等。

曹寅仕途上受到康熙的特殊关照。织造一职虽品位不高，但责任重大，非亲信手足难谋此任。曹家自曹玺开始至曹頫共三代四任稳居此位达六十余年，而曹寅独占二十余年。尽管晚年出现大量亏空，由于康熙的庇护尚能保持平安无虞。曹寅离世，子曹颙继任，不久曹颙死，为确保织造一职不易于他姓，康熙亲派李煦从中斡旋，将曹寅弟之子曹頫过继曹寅，接任此职。

曹寅病笃，康熙帝钦命快马千里驱驰赴扬州送药，期间多次在密折朱批中问候，荐医荐药。

康熙一朝，时值曹家盛极之期，康熙末年虽转衰落，但正如《红楼梦》所言"百足之虫，死而不僵"，没有曹寅与康熙建立起来的特殊君臣关系，就难有曹家"赫赫扬扬，已将百载"的兴盛繁荣。这为后来《红楼梦》的创作提供了生动的素材。

接下来对收入小莽苍苍斋的曹寅友朋分几类情况择要介绍如下：

（一）明末遗老，父辈旧交。

周亮工（1612—1672），明时官至浙江道监察御史，降清后官至户部右侍郎，康熙六年（1667），调任江宁粮署与时任江宁织造的曹玺交往，遂成挚友，时年他已五十六岁，常把刚满十岁的曹寅抱置膝上指点诗文，故曹寅对他十分敬重，没齿不忘其教诲。周辞世，曹寅与其子周在都又成好友。康熙四十六年（1707），扬州人为周修葺祠堂，曹寅作记，其中写道："余丱角侍先司空于江宁，时公方监察十府粮储，与先司空交最善，以余通家子，常抱置膝上，命背诵古文，为之指摘其句读。……”[1]

陈恭尹（1631—1700），原本南明诸生，因其父陈邦彦抗清战死，被授世袭锦衣卫指挥佥事。明亡后，以诗文自娱。陈恭尹长曹寅二十八岁，素与朱彝尊、王士禛、赵执信等文士交好，虽无史料记载，但可推断与曹玺有交往，故后来为追念曹玺，欣然为《楝亭图咏》题咏。

毛奇龄（1623—1716），明末诸生，曾参与抗清，明亡后也随之流亡，直到康熙开“博学宏词”被举荐。曹寅通过舅父顾景星与之相识，时曹寅在侍卫任上，二人遂为好友。毛奇龄一向仰慕曹寅父曹玺声名，故当曹寅为追念其父作《楝亭图咏》时，他欣然题诗为记，并作小序曰：“曹使君典织署，其尊人旧任时手植楝树，蔽芾成荫。使君因慨然登亭而歌，属予和之。”

郑簠（1622—1693），名医郑之彦子，应为明末遗老。据方晓伟先生《曹寅评传·年谱》载：“从郑簠长曹寅三十六岁看，郑簠应是曹寅父执之辈。”即郑簠早年就与曹玺有过往，后在京师与曹寅相识，二人从此多有往来。曹寅有《郑谷口将归索赠》《由普德至天界寺，入苍翠庵看梅，曾为郑谷口别业，漫题二首》诗赠郑簠。郑亦有《楝亭诗赠曹荔轩》诗。曹寅刚转任江宁，便往郑簠别业凭吊，并赋诗为记。

邓汉仪（1617—1689），著名诗人，长曹寅四十余岁，可谓明末遗老。曹寅仰慕其诗坛名气，很早就与之交往。由邓汉仪所辑《天下名家诗观》收录曹寅诗三首，并作小传云：“曹寅，子清，雪樵。奉天辽阳人。《野鹤堂草》。”《野鹤堂草》是曹寅二十岁左右编辑的第一部诗集。邓所记之小传，亦成为考证曹家祖籍的力证。邓汉仪也是为《楝亭图咏》题跋者之一。邓汉仪的名句“千古艰难惟一死，伤心岂独息夫人”甚至被写进《红楼梦》小说之中，由此可见曹寅交友在文学上对曹家后

①　方晓伟《曹寅评传·年谱》第174页。

代人影响之深。

徐元文，徐乾学之弟，顺治十六年（1659）己亥科状元，官至文华殿大学士、国史馆总裁官。早年与曹玺相识，曾为所得御书赋诗《织造曹君示所赐御书敬赋》。曹玺辞世后，曹寅接续与其交往，《楝亭集》“楝亭文钞”收入曹寅作《题玉峰相国〈感蝗赋〉后》一文，即为徐元文《感蝗赋》手卷所作。

（二）广结鸿儒，以文会友。

康熙十八年，朝廷举“博学宏词”，这是在正常科举考试之外另设的一种荐拔天下能文之士的举措，此举不限制秀才、举人资格，不论已仕未仕，凡由督抚推荐者均可参试。始自唐开元年间，后虽经朝代更迭，但此举偶被朝廷沿用。这一年全国被推荐的一百四十三人中考取了五十人，考中者大都被授以翰林院侍讲、侍读、编修、检讨等文职。后在乾隆朝为避弘历讳（“宏”音形义与“弘”相近），将“宏词”改为“鸿词”，又称博学鸿儒。

小莽苍苍斋所藏曹寅交游圈墨迹，有很多出自这些鸿儒之手。如朱彝尊、陈维崧、毛奇龄、尤侗、严绳孙、汪琬、潘耒、彭孙遹、徐釚等。曹寅当时正在京任职，抓住与他们接触相识的一切机会结交，直至成为终生要好的朋友。这里择其要介绍如下：

朱彝尊（1629—1709），康熙朝名儒，诗名甚著，与王士禛合称“南朱北王”，参与纂修《明史》，可谓著述等身。曹寅之前就在纳兰性德的“渌水亭雅集”中与之相识，朱彝尊博学宏词科举仕后往来更加密切，交往达三十年之久，直至朱辞世。朱彝尊的《曝书亭集》、曹寅的《楝亭集》多收有二人往来唱和的诗作。朱彝尊还曾为曹寅创作的传奇《北红拂记》题写跋文和批语，从中可见朱对曹寅的创作给予密切的关注。曹寅诗词水平的提高也与朱彝尊的影响有直接关系。至曹寅晚年在扬州书局主持刊刻古籍，二人往来更为密切。朱去世后，其《曝书亭集》八十卷的刊刻，得到曹寅的慷慨资助。

陈维崧（1625—1682），著名词人，骈文大家。曹寅通过舅父顾景星与其相识于博学宏词科，随后一直交往密切。曹寅在京时常与之请教切磋诗词技巧："倚声按谱、拈韵分题，含毫邈然，作此冷淡生活，每成一阕，必令人惊心动魄。……"[①]这对后来曹寅诗词水平的提高颇有帮助，曹寅诗风也多受陈氏影响，直到晚年仍手不释卷地将陈的《迦陵词集》作为范本研读。《楝亭集》收入多首曹寅与陈维崧交游的诗作，可见二人非比寻常的关系。

尤侗（1618—1704），应诏博学宏词，授翰林院检讨，时年已六十二岁。次年，二十三岁的曹寅在一次酒席中经王士禛与之相识，遂结忘年之交。曹寅《楝亭集》收入的《尤悔庵太史招饮揖青亭即席和韵》一诗便是步尤侗诗韵之作。史料中可查的曹寅与尤侗的交往记载很多，如康熙二十三年（1684）曹玺病故，曹寅作《楝亭图咏》为纪，尤侗为其题诗作赋；康熙三十年（1691），曹寅母孙太夫人六十大寿，尤侗撰《曹太夫人六十寿序》，对其盛赞；康熙三十一年（1692），曹寅改编《北红拂记》成，特邀尤侗观赏，事后尤侗作《题北红拂记》记之。曹寅后来在戏曲创作上的成果，与尤侗的点播指导多有关系；同年，曹寅由苏州奉调江宁，吴人为其建生祠于虎丘，尤侗作《司农曹公虎丘生祠记》。综上，曹寅与尤侗交往感情之厚可见一斑。

彭孙遹（1631—1700），名列博学宏词科考一等二十人之列，足见其文学功底之深。素以五言、七言律诗见长，有"吹气如兰彭十郎"之誉。史载曹寅与之常会聚于王士禛家论诗谈文，相聚甚欢。曹、彭二人交往直至曹寅晚年尚有记载。

举博学宏词，是清康熙时"不拘

① 王朝瓛为曹寅《楝亭集》"楝亭词钞"所作序文。

一格”选拔人才的明世之举。曹寅借此得识其中大批鸿儒，从而在交往中充实自己的学养，是他一生中的幸事。

以文会友，是曹寅交游的一种重要形式。

早在康熙二十年前，曹寅就是纳兰性德渌水亭雅集的成员，其成员还有本文所及的朱彝尊、陈维崧、严绳孙、顾贞观等，他们都为纳兰才华所折服，并以其为轴心，将有共同爱好的文友延揽其间，谈古论今、吟诗作画，十分惬意。曹寅与著名的“岭南三大家”之一、诗人梁佩兰亦相识于此。梁佩兰也是后来为《楝亭图咏》题跋者之一。

严绳孙（1623—1702）既是通过博学宏词入仕、朝野闻名的鸿儒四布衣之一，又是渌水亭雅集成员，所以一向与曹寅交好。《楝亭图咏》卷二有他的题诗，卷三有他的绘图和题字。

曹寅与顾贞观（1637—1714）也是纳兰渌水亭雅集之旧友，后来在《楝亭图咏》题咏者，为首者纳兰性德，第二位便是顾贞观。纳兰辞世不久，曹寅游顾家小园，见“新咏堂”乃纳兰生前所题，感念至甚，作《惠山题壁》二首，《楝亭集》“楝亭诗钞”卷二收录。

曹寅的楝亭更是文友聚会的雅静之所，前文提到的《楝亭夜话图》就是在此处文人雅集的例证。康熙二十三年，曹寅请人为其父生前所置楝树、楝亭绘图十幅，遍访高人儒士，在其上题跋题咏，集成《楝亭图咏》一册传世，陈恭尹、毛奇龄、邓汉仪、尤侗、严绳孙、梁佩兰、徐乾学、宋荦、王鸿绪等都有诗词跋文墨迹在其上。

另据尤侗的《楝亭图咏》跋文云：“予在京师，于王阮亭祭酒座中，得识曹子荔轩。”王阮亭即王士禛（1634—1711），历官国子监祭酒、詹事府少詹事、户部侍郎、左都御史、刑部尚书。曹寅于京师与其相识后便成了他在家中诗友聚会的常客，并借此得识尤侗等一批鸿儒。王士禛时称诗坛领袖，曹寅对其十分推崇，《楝亭集》收入多首与其唱和交游的诗作，如《题〈彭蠡秋帆图〉，和阮亭》《旅壁读阮亭渡易水诗，且述牧斋、西樵句感赋》《南辕杂诗》等。

（三）衙署同僚，同气相求。

曹寅一生交友，不乏同朝同地为官的同僚，共同的利益、相同的爱好、相近的人生取向将他们之间的情感紧密地连缀到一起。这里例举其墨迹被收入小莽苍苍斋的宋荦、徐乾学、陈鹏年、王鸿绪等。

宋荦（1634—1713），历官江苏巡抚、吏部尚书。平生精鉴藏、善画、淹通典籍、练习掌故。其诗文与王士禛齐名，有多部诗文集传世。宋荦任江苏巡抚时恰值曹寅为江宁织造，两人的友谊便从此开始。康熙南巡，二人奉旨共同负责接驾，共同授命修葺明孝陵，合作编纂《资治通鉴纲目》等典籍，闲暇一同出游，不时与文人骚客雅聚论作诗文。《楝亭集》收入与之唱和的诗作多篇。宋荦为官、为文、为人，对曹寅影响颇深，他们同为康熙帝的股肱之臣，这层关系又为二人的友情增添了另类色彩。

徐乾学（1631—1694），康熙九年（1670）殿试一甲第三名进士及第，也就是人们所说的探花。官至左都御史、刑部尚书。曹寅早年与之相识，与纳兰性德有关，有说他们曾同拜徐为师，长期交往，直到徐离世，曹寅晚年主持扬州书局刊刻古籍，与徐氏后人尚有往来。徐乾学在《楝亭图咏》的跋诗给予曹寅父子很高评价。从《楝亭书目》中可见，曹寅对徐乾学的著述多有收藏，徐的为官、为学对曹寅有着很深的影响。

陈鹏年（1664—1723），曾任江宁知府，与曹寅同朝同时同地为官。因谗言所害，两番被贬甚至被拘囚，曹寅念陈刚正耿直，百姓拥戴，乘康熙帝驻跸织造府的机会，叩头被血为其辩解，始得“上意解”，恕其无罪，后世传为佳话。同在江宁，织造与知府必有割不断的联系，从此二人相从甚密。康熙四十八年(1709)曹寅应诏进京，陈鹏年知其北行，相念甚切，赋诗为念。

王鸿绪(1645—1723)，进士出身，官至工部尚书。曹寅与之往来，还要追溯到1672年的顺天乡试，王鸿绪与纳兰性德、曹寅为同榜举人，此后便相与交好。《楝亭图咏》有王鸿绪题咏。

(四)文人雅士，社会名流。

曹寅交游人物中还有一批在当时社会知名度极高的文士名流，如纳兰性德、吴兆骞、洪昇、赵执信等。其中赵执信的墨迹被收入小莽苍苍斋。

赵执信(1662—1744)，字伸符，号秋谷，十八岁中进士，入翰林授编修，参与《大清会典》编纂。康熙二十八年(1689)，因“国恤”期间(时为佟皇后逝世后尚未除服)参与观演《长生殿》被革职，此后远离官场，返乡筑园，诗酒作歌，四方游历、浪迹江湖数十年。曹寅与之交往虽查无明确记载，但推测与他助洪昇创作《长生殿》相关，曹寅平生喜戏曲，与洪昇往来甚密，而赵又是洪昇好友。康熙四十二年(1703)末，“洪昇为曹寅所改编的杂剧《太平乐事》作序，曹寅有诗赠之，并兼及赵执信”[①]。次年，洪昇到曹府搬演《长生殿》。赵执信被罢官后，有诗人屈复咏《曹荔轩织造》“直赠千金赵秋谷”句，由此推断曹寅与赵没间断过往来，而且对其常有资助。曹寅与赵执信之间的诗词往还也多有记载，直到康熙四十四年(1705)，赵执信去扬州曹寅主持的全唐诗局，留诗《寄曹荔轩(寅)使君真州》，曹寅有《和秋谷见寄韵》酬和。

曹寅晚年，授命扬州书局主持《全唐诗》刊刻，仅康熙钦点就有十余名翰林参与其中，

① 方晓伟《曹寅评传·年谱》第403页。

可谓文人荟萃，曹寅借此结交了更多的文友。仅小莽苍苍斋所收之墨迹就有彭定求、查嗣瑮、汪士鋐等。

上述简要介绍了小莽苍苍斋所藏墨迹中部分与曹寅交游的人物，因篇幅所限，不便一一例举，详情可阅读下文之人物小传。

三　曹寅交游活动启示

诚然，本文所及只是被发现其墨迹收入小莽苍苍斋的曹寅好友，而小莽苍苍斋所收入的又不过是曹寅好友有墨迹流传于世者的一部分，小莽苍苍斋不可能将社会流散的曹寅交游圈人物的墨迹全部囊括，如我们耳熟能详的纳兰性德、李煦等。更要说明的是，曹寅交游圈人物尚有许多人未见为后世留下墨迹者。由此，我们可从小莽苍苍斋这一相对微观但足以令人们惊诧的文物资料中，想象出当年曹寅的交游圈是多么庞大。

综上，可以看到曹寅交友主要通过这样几个渠道：一是前朝遗老与父辈有旧交者，除了原本就是曹玺的朋友外，还有舅父顾景星（1621—1687）。有专家考证，曹寅生母顾氏，即顾景星之妹，顾景星荐举博学宏词科（称病不就），正值曹寅在朝廷任职侍卫，与顾交往中得识顾的众友。二是借朝廷举博学宏词科，着意结识那些才华横溢的天下名士。三是凭职务之便结识同僚。四是通过参与各种诗会笔会、文人雅集、组织刊刻古籍等文化活动，结识更多的文友。这些当然首先不可或缺的是曹寅本身具备的文学素养。史载曹寅从小酷爱诗文，喜作剧曲，四岁可辨四声，二十岁就编辑诗稿《野鹤堂草》（后未刊印便诗稿迷失）。常言封建社会是文人相轻，而我们所见的康熙盛世则是一个文人相亲的时代。

超常的文才、共同的爱好，使得曹寅在交游中如鱼得水、游刃有余。最后，一个特殊的渠道，是凭借与皇帝的关系以及曹家的社会威望。曹寅与康熙帝的关系前文已述，曹寅是少数有给皇帝上密折特权的大臣之一，被视为心腹。康熙帝有意令曹寅打探密报江南官吏行为操守，然而那些无权进折者，包括巡抚、督抚等封疆大吏，都不免对其俯首，甚至整天战战兢兢，生怕密折内容牵涉自己。凭此，曹寅就很容易将众臣聚揽于门下。另有研究者认为，曹寅是康熙帝有意利用其文化之长"以其所负使命网罗江南名士……使这一批人团结在'斯文一脉'的旗帜之下，从而消除民族隔阂……"[①]用现在话说是做统战工作。果若如此，曹寅在任间通过如上渠道和便利条件广结名儒，不断壮大自己的交游圈，还有着一层不可言说的政治意义。

而我们所看到的则是，曹寅平生谈笑皆鸿儒，往来无白丁，所蕴涵的文学价值和意义，那就是它正孕育着半个世纪后一部伟大作品的诞生。

如今，了解和熟知曹寅交游圈人物的状况已经成为红学研究中家世考证的组成部分。所以，笔者坚信，没有这些文人儒士的影响，就不会有曹寅在文坛上的辉煌；没有对曹寅文采风流基因的传承，也不可能会有曹雪芹的《红楼梦》。

① 王利器《李士桢李煦父子年谱》序言，北京出版社1983年版，第9页。

人物小传及图录

小传撰写：石中琪

图片与释文整理：陈庆庆、陈啸

曹寅

曹寅（1658—1712），字子清，又字幼清；号荔轩，又号楝亭、雪樵、柳山、柳山居士、柳山聱叟、西堂扫花行者，亦署紫雪庵主、棉花道人、鹊玉亭、盹翁、嬉翁等。顺治十五年（1658）九月初七生于北京，康熙五十一年（1712）七月二十一日卒于扬州。

曹寅为曹玺长子，嫡母孙氏为康熙帝玄烨保姆（满人俗称教引嬷嬷），一生深得康熙帝信任。约18岁入宫任康熙帝的侍卫。约20岁擢銮仪卫整仪尉，寻迁治仪正。康熙二十三年（1684）曹玺病，卒于江宁织造署，玄烨特晋升曹寅为内务府慎刑司员外郎，命其协理江宁织造事务。康熙二十四年奉旨返京，历任内务府会计司、广储司郎中，兼正白旗包衣第三旗鼓佐领。康熙二十九年以内务府广储司郎中出任苏州织造，三十一年调任江宁织造，直到康熙五十一年去世为止。其间，从康熙四十年开始连续八年承办龙江、淮安、临清、赣关、南新五关铜觔；自康熙四十三年开始与苏州织造李煦轮番兼任巡视两淮盐课监察御史。同时，随时访查江南吏治民情，向玄烨专折奏报。康熙三十八年、四十二年、四十四年、四十六年玄烨南巡途经南京，皆以江宁织造署为行宫，曹寅四次参与接驾。康熙四十三年因捐修宝塔湾行宫、接驾“勤劳诚敬”，特加通政使司通政使职衔。康熙五十一年七月曹寅病重，玄烨特命快马疾驰数千里送药抢救。曹寅病故后，亏空织造公款白银近三十万两，玄烨乃命两淮巡盐御史为之填补，并命其子曹颙继任江宁织造；不久颙死，又命将其弟曹荃之子曹頫过继给曹寅承嗣继职。

曹寅多才艺，知识面广泛，他喜吟咏，诗、词、歌、赋、文、曲等无所不涉，无所不精，写作终生不辍，早年所作《荔轩草》即已深得时人赞赏。现存《楝亭诗钞》八卷、《楝亭诗别集》四卷、《楝亭词钞》一卷、《楝亭词别集》一卷、《楝亭文钞》一卷。他还擅书画、精赏鉴、喜收藏、爱作剧曲。著有杂剧《北红拂记》《太平乐事》《虎口余生》《续琵琶》等。曹寅藏书极富，又喜刻书，曾汇刊前人文字音韵书为《楝亭五种》、艺文杂著为《楝亭藏书十二种》(浙江省图藏有“十三种”)，校勘精审。内廷御籍多命其董督，雕镂之精，胜于宋椠。后世称“康版”者，即曹寅首创。现存《全唐诗》等书即曹寅兼任两淮巡盐御史时受命于扬州主持刊刻的。此外，他还娴于弓马骑射，熟谙朝章国体，可谓文武全才。曹寅又喜广交当时天下名臣文士，尤其与诸多明末遗老士人，己未博宏科文士及江淮名士有广泛交往，这一点从他的《楝亭集》所收大量的酬唱诗词中足见一斑，正可谓：谈笑皆鸿儒，往来无白丁。

曹寅为《红楼梦》作者曹雪芹的祖父，曹雪芹不仅继承了其性格爱好尤其文学才华，更主要的是将之所生活的时代，也可以说是曹家由盛极转衰落的时期作为背景素材写进了《红楼梦》，若仔细研读这部小说，曹寅生活时代的影子及《楝亭集》所涉内容俯拾皆是。总之，没有曹寅就很难有后来曹雪芹的《红楼梦》。

本书收曹寅行书七言律诗轴一幅，绫本，纵139.4厘米，横54.2厘米。此轴行书七律，见于《楝亭诗钞》卷一，题为“冲谷四兄寄诗索拥臂图，并嘉予学天竺书”。原诗二首，为依冲谷韵奉和之作。此轴仅录其中一首，以就教于蕉庵主人。诗句略有改动，“长城终古”刻本作“长城近日”，“费除”刻本作“废除”。刻本将诗轴的落款稍加改动作为标题，如在“冲谷”之后加了“四兄”二字，“解天竺书”改为“学天竺书”。“冲谷”，即为曹鋡，字冲谷，号松茨，乃曹寅之族兄，行四，世居丰润。《楝亭诗钞》卷二有《松茨四兄远过西池，用少陵“可惜欢娱地，都非少壮时”十字为韵，感今悲昔，成诗十首》;《楝亭诗别集》卷二有《冲谷四兄归涇阳，予从猎汤泉，同行不相见，十三日禁中见月，感赋兼呈二兄》等诗，皆咏与曹鋡事。下款“己巳”为康熙二十八年（1689），曹寅时年三十二岁。

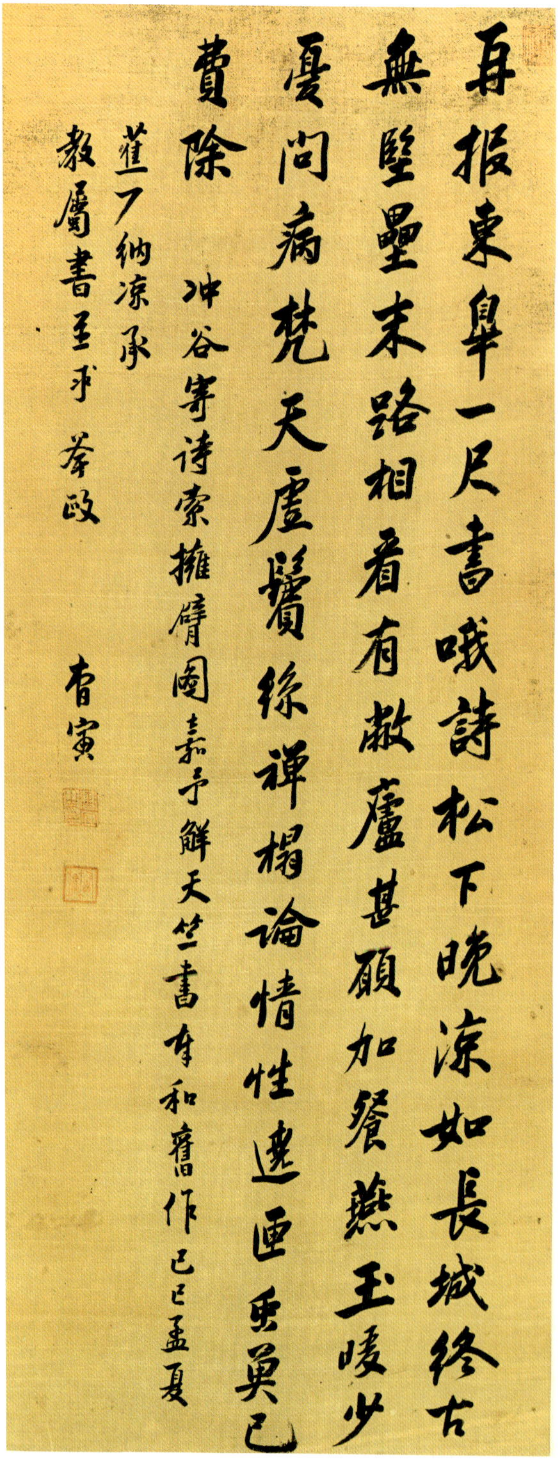

曹寅 行书七言律诗轴

绫本 纵139.4厘米，横54.2厘米（后文收录墨迹纵横数据单位均为厘米，不再一一注明）

释文：

再报东皋一尺书，哦诗松下晚凉如。长城终古无坚垒，末路相看有敝庐。甚愿加餐燕玉暖，少忧问病梵天虚。鬓丝禅榻论情性，绕匣虫鱼已费除。

冲谷寄诗索拥臂图，嘉予解天竺书，奉和旧作。己巳孟夏，蕉庵纳凉，承教属书并求斧政。曹寅。

钤印：曹寅之印（半朱文半白文方印）、西农（朱文方印）、聊复尔尔（白文长方印）

玄烨

玄烨（1654—1722），即爱新觉罗·玄烨，清朝第四位皇帝，也是清军入关以后的第二位皇帝，庙号圣祖，年号“康熙”，世称“康熙皇帝”。玄烨为清世祖福临即顺治帝第三子。八岁即位，十四岁亲政，在位长达六十一年，开创中国最后一个封建盛世。

顺治八年（1651），摄政王多尔衮死后次年被定重罪，福临将多尔衮的正白旗收归自己掌管，原属于正白旗的曹家由王府包衣转为内务府包衣，成为皇帝家奴，随即曹寅之父曹玺也由王府护卫升任内廷二等侍卫。三年后，玄烨出生。按清廷制度，凡皇子、皇女出生后，一律在内务府三旗即镶黄、正黄、正白三旗包衣妇人当中，挑选奶妈和保姆。曹玺之妻孙氏夫人，即被选为康熙的保姆。从此，曹家与皇帝的关系也就更加密切。康熙二年（1663），担任内务府营缮司郎中的曹玺被任命为江宁织造，负责织办宫廷朝堂官用绸缎布匹及皇帝交付的其他差使，充任皇帝耳目。康熙十六年、十七年，玄烨两次接见曹玺，赏蟒袍，赠一品尚书衔，并赐亲手书写“敬慎”匾额。康熙三十八年四月，玄烨南巡回銮驻跸江宁织造署，曹寅奉母朝谒，玄烨“见之色喜，且劳之曰：‘此吾家老人也。’赏赉甚厚。会庭中萱花正开，遂御书‘萱瑞堂’三大字以赐”（冯景《解舂集文钞·御书萱瑞堂记》）。曹寅为曹玺长子、曹雪芹之祖父，少年即入宫做侍从，后为玄烨侍卫，一生深受玄烨的赏识和信任。玄烨在位期间，曹家三代四人曹玺、曹寅、曹颙、曹頫任江宁织造职达六十余载。《红楼梦》中“赫赫扬扬，已将百载”之贾府，即是此间曹家生活的写照。

一般认为《红楼梦》中元春省亲的故事原型本于玄烨南巡。《红楼梦》第十六回曾借老奴赵嬷嬷与当家人王熙凤之口谈及“太祖皇帝仿舜巡的故事”，脂批：“借省亲事写南巡，出脱心中多少忆昔感今。”即为一例。康熙晚年，尽管曹家出现大量亏空而渐次走向衰落，但在康熙帝的庇护下仍可相安无事，直到雍正即位，曹家的厄运才接踵而至，江南三织造犹如《红楼梦》中“一损俱损、一荣俱荣”的四大家族忽喇喇似大厦倾了。

玄烨好学工书，尤爱董其昌书，常以书作赠廷臣和外国使臣。本书收入玄烨行书录米芾诗轴，绫本，纵168.5厘米，横40厘米。书法内容为唐朝诗人郑愔五言古诗一首《同韦舍人早朝》，个别文字与原诗有差异。

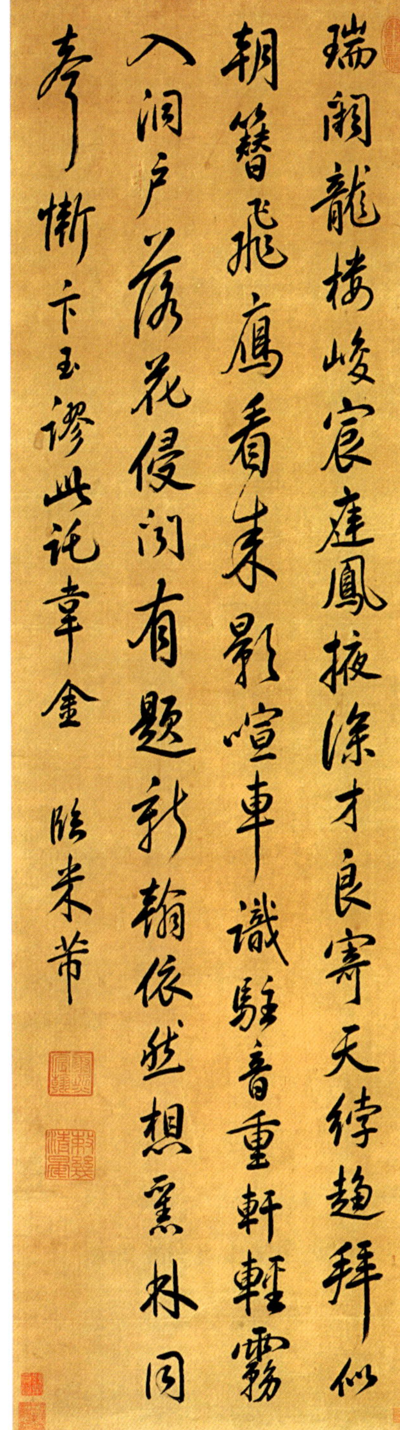

玄烨 行书录米芾诗轴

绫本 纵168.5，横40

释文：

瑞阙龙楼峻，宸庭凤掖深。才良寄天绔，趋拜似朝簪。飞雁看来影，喧车识驻音。重轩轻雾入，洞户落花侵。闻有题新翰，依然想旧林。同声惭卞玉，谬此托韦金。临米芾。

钤印：康熙宸翰（朱文方印）、敕几清晏（朱文方印）、日镜云伸（朱文椭圆印）

收藏印：吉林宋季子古欢室收藏金石图书之印（朱文方印）、铁梅真赏（白文方印）、陈庆和印（白文方印）

周亮工

周亮工（1612—1672），字元亮，号栎园，又有陶庵、减斋、缄斋、适园等号，学者称栎园先生、栎下先生。明末清初文学家、篆刻家、收藏家。原籍河南祥符（今开封市祥符区），早年移居金陵（今江苏南京）。崇祯十三年（1640）进士，官至浙江道监察御史。清军入关，从南明福王于江宁。入清后授两淮盐运使，累擢福建左布政使，迁户部右侍郎，康熙初任山东青州海防道，调江南江安粮道。一生饱经宦海沉浮，曾两次下狱，被劾论死，后遇赦免。生平博极群书，爱好绘画篆刻，工诗文，崇仰杜甫；精鉴赏，收藏书画金石极富。著有《赖古堂集》《因树屋书影》《画人传》等。

康熙六年（1667），周亮工代理安徽布政使；不久，任职江宁粮署，因而与时任江宁织造的曹玺相交。据《楝亭集·重修周栎园先生祠堂记》记载：康熙二年（1663），曹寅“丱角侍先司空（指曹玺——引者注）于江宁”。康熙六年，周亮工驻江宁（今南京）“监察十府粮储”。少年曹寅读书楝亭下，遂与之熟识，并得周亮工指点读书。被周亮工“常抱置膝上，命背诵古文，为之指摘其句读”。康熙十一年（1672），周亮工去世。约在本年，扬州人为周亮工建祠堂，以示纪念。康熙三十二年（1693），曹寅“继任织部，亲拜公墓”。康熙四十一年（1702），曹寅向高士奇“求栎园藏画”。（《楝亭集·楝亭诗钞》卷四）

康熙四十四年（1705），周亮工次子周在都（字燕客）“以奉政大夫同知扬州府事”，与曹寅“同宦是邦”（曹寅任江宁织造，同时任两淮巡盐御史，署扬州使院）（《重修周栎园先生祠堂记》）。康熙四十六年（1707），扬州人为周亮工“复为重新其宇”，周在都“以余世好，嘱为记”。曹寅作《重修周栎园先生祠堂记》。

曹寅一生对周亮工顶礼膜拜。《楝亭书目》收周亮工著作多种：《栎园书目》，大梁周减斋家藏，一卷一册（《楝亭书目》卷一《书目》）；《闽小记》，本朝，栎下周亮工撰，四卷二册（《楝亭书目》卷二《地舆》）；《读画录》，本朝，周亮工撰，四卷，一册。（《楝亭书目》卷三《书画》）；《同书》，本朝，大梁周亮工辑，四卷，一函四册（《楝亭书目》卷三《说部》）；《赖古堂印谱》，本朝，浚仪周亮工集，四卷，一函四册（《楝亭书目》卷三《杂部》）。

周亮工善书，尤擅分隶，包世臣称其草书为能品下。本书收周亮工作品行书七言律诗扇面，泥金笺，纵52.6厘米，横16.5厘米。扇面行书内容为自作《海市诗》七律四首，写呈“石翁”。石翁即题记中所称之石平，吴伟业《梅村家藏稿》卷三十九《海市记》载，石平张姓，大梁人，官两浙观察。周亮工此诗描绘了在盐官见到的海市即三山鼎峙情景，由此而联想到苏轼当年在登州所见山市多奇景，使人生疑。周亮工在诗后记“骏公所为序”，实即《海市记》，非序文也。此四诗据查《赖古堂集》未收，当是晚年之作。

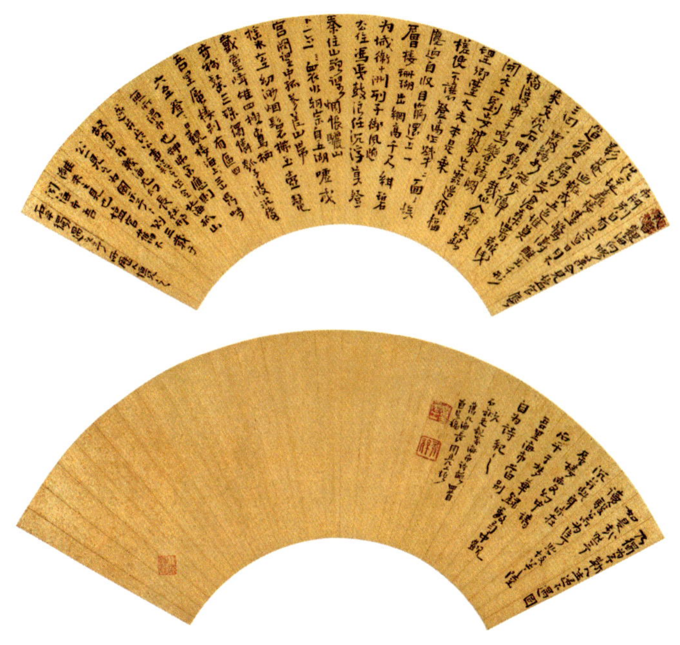

周亮工　行书七言律诗扇面

泥金笺　纵52.6，横16.5

释文：

一

我曾观海向胶莱，今见盐官蜃市开。别自有天宣日月，不从平地矗楼台。惊涛酿出千形影，罨画妆成五色堆。莫道须臾归幻妄，沧桑尝报识三回。

二

霞绮如施步障来，支机石畔锦初裁。仙人掷杖银桥渡，帝子鸣銮绛阙开。天上刘安冲举宅，云边徐福望乡台。大夫本是乘槎使，不让登高作赋才。

三

面面埃尘迥自收，目穷还上一层楼。珊瑚出网高千尺，绀碧为城卫十洲。列子御风随去住，冯夷鼓浪任沉浮。莫登秦住山头望，惆怅骊山卜一丘。

四

众水朝宗自五湖，嘘成宫阙望中孤。参差山带摇冰室，幼渺烟鬟拂玉壶。鳌戴灵峰雄四极，鸾栖奇树粲三珠。独怜郇子波沉后，吾里蜃楼别有区。

六至登，登日观楼，海上三山鼎峙，无所谓市也，神弗余应，则遂并长公事疑之。作令北海，孤山故有山市，较海尤幻。长社邢公一见之，为图示予，予则三载于潍，未之见也。盐官旧不闻海市，吾石平独遇之，予所历人恒见之，乃独为予靳，人生遇不遇，固如是哉！然予读骏公所为序，悲故国之陆沉，并此身亦在蜃楼变幻中。请石平于《梦华录》数卷中，观吾里海市，当别自为诗纪之。

次石翁老亲家海市诗韵四首，旧北海长周亮工顿首具稿。

钤印：周亮工印（白文方印）、元倞（朱文方印）、一路青山到武夷（朱文方印）

收藏印：小莽苍苍斋（朱文方印）

邓汉仪

邓汉仪（1617—1689），字孝威，号旧山，别署旧山农、旧山梅农，晚号钵叟。祖籍苏州，明末清初的诗人，著有《淮阴集》《官梅集》《过岭集》《慎墨堂诗拾》《青帘词》等。

邓汉仪崇祯八年（1635）吴县诸生，早年从海宁查继佐（伊璜）习举业，后加入复社。康熙十八年（1679），诏试博学宏词科，故意不用规定之句式，且毕卷早出，因而不第，然以年老授中书舍人。文华殿大学士冯溥欲留其修《明史》，邓固辞不受，回归田园。

邓汉仪通经史百家之籍，博洽通敏，尤工于诗，被誉为清初诗坛上“雅颂领袖”。其编著的《天下名家诗观》三集四十一卷，“皆选辑国初诸人之作”（《四库全书总目提要·集部总集类存目》），而其《诗观》二集收有曹寅早年诗作。

康熙十七年之前，曹寅编有诗集《野鹤堂草》。这是有据可查的曹寅第一本诗集。由邓汉仪辑，本年扬州慎墨堂刻本的《天下名家诗观（二集）》共十五卷，卷十三录曹寅诗三首：《岁暮远为客》《雪霁寄靖远宾及两兄》《秋夜山居柬芥庵上人》。邓汉仪于诗前作曹寅小传云：“曹寅，子清，雪樵。奉天辽阳人。《野鹤堂草》。”

邓汉仪辑曹寅第一首：《岁暮远为客》：

晓灯寒无光，驱马别亲故。残月堕枫林，荒烟白山路。

十年游子怀，惜此岁华暮。载咏无衣章，何以蒙霜露。

全诗写室外别亲所见之景，抒发游子离家之情。景中有情，情中含景，是曹寅早年得意之作。后来沈德潜将其辑入《国朝诗别裁》卷二十；铁保将其收入《熙朝雅颂集》。

康熙二十三年，曹寅的父亲曹玺在江宁任所去世后，曹寅将父亲在江宁织造署所植楝树、所盖楝亭，请人绘成十幅图画，遍访高人逸士，题跋歌吟，成《楝亭图咏》一册。其中有邓汉仪跋诗四章：

楝之树：其叶青青；浓阴密布，春晚弥荣。念昔司空，始缚茅亭；聚此双凤，口授六经。

楝之树：其干直上；映日干云，和风远贶。树以益茂，人今何向？攀条执枝，能不凄怆！

楝之树：其味最苦；当年植斯，用垂朴鲁。今日相对，如聆咳吐；敢不恪共，先训是努。

余闻公子：敬奉官守；帝鉴其诚，众服其厚。由于趋庭，谋三不朽；今者见树，惟有稽首。

《楝亭》四章，为荔轩、筠石两先生题，兼正。旧山邓汉仪拜书。

邓汉仪与曹寅的长期密切交往，似乎影响了之后曹雪芹创作《红楼梦》后四十回的构思。《红楼梦》第一百二十回临近结尾，无名氏继作者写道："看官听说：虽然事有前定，无可奈何。但孽子孤臣，义夫节妇，这'不得已'三字也不是一概推委得的。此袭人所以在又副册也。正是前人过那桃花庙的诗上说道：千古艰难惟一死，伤心岂独息夫人！"这里因嗟叹袭人引用的"前人"名句:“千古艰难惟一死，伤心岂独息夫人！”正是出自邓汉仪的诗作《题息夫人庙》。同代人邓汉仪的诗句被写入《红楼梦》小说中，此事耐人寻味。

本书收邓汉仪致梅清信札一通。梅清（1623—1697），字渊公，号瞿山，安徽宣城人，明末清初知名山水画家，尤擅绘黄山奇松。

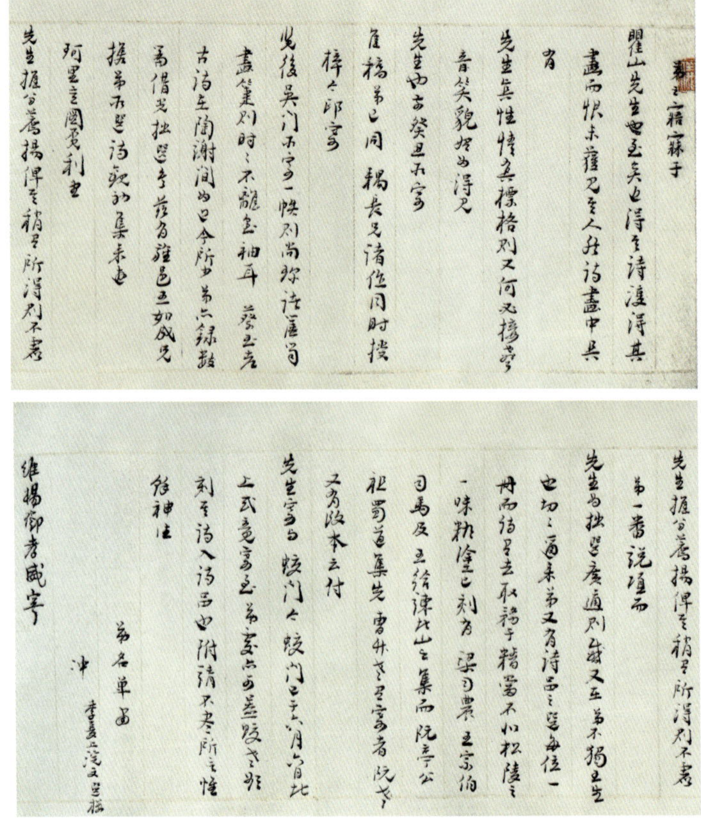

邓汉仪　致梅清信札

纸本　纵17，横56

释文：

弟之寤寐于瞿山先生也至矣。近得其诗，复得其画，而恨未获见其人。然诗画中具有先生真性情、真标格，则又何必接声音笑貌，始为得见先生也。前癸丑所寄佳稿，弟已同耦长兄诸位同时授梓，今印寄览。后吴门所寄一帙，则尚珍诸箧笥，画箑则时时不离愚袖耳。蔡玉老古诗在陶、谢间，为近今所少，弟亦录数篇借光拙选矣。兹有旌邑王如成兄携弟所选《诗观初集》来游珂里，意图觅利，望先生推分荐扬，俾其稍有所得，则不虚弟一番说项。而先生为拙选广通，则感又在弟，不独王生也，切切！迩来弟又有《诗品》之选，每位一册，而诗有去取，务于精当，不似松陵之一味糊涂。已刻有梁司农、王宗伯司马及王给谏《北山》之集，而阮亭公祖《蜀道集》先曹升老有寄者，阮老又有改本，云付先生寄与蛟门，今蛟门已于六月六日北上，或竟寄至弟处亦可。盖蛟老欲刻其诗入《诗品》也，附请。不尽所言，惟余神往。弟名单肃。季夏上浣文选楼。冲。

维扬邓孝威寄。

尤侗

尤侗（1618—1704），字同人，一字展成，号悔庵、西堂，晚年自称艮斋。江苏长洲（今苏州）人。曹寅好友。

康熙十八年（1679）召试博学宏词科，授翰林院检讨，时年六十二岁，参与纂修《明史》，历官侍讲。尤侗工诗词，尤精戏曲，作品有《读离骚》《桃花源》《清平调》《吊琵琶》《黑白卫》五部杂剧和一部传奇《钧天乐》等。诗文多新警而杂以诙谐，著有《鹤栖堂集》《西堂全集》等，受到当时文坛名流的激赏。顺治帝称其为“真才子”，康熙帝称其为“老名士”。

康熙十九年，年仅二十三岁的曹寅在时任国子监祭酒王士禛的席中得以结识尤侗，这可在后来尤侗为曹寅《楝亭图》所作跋诗内容得到证实，其文曰：“予在京师，于王阮亭祭酒座中，得识曹子荔轩。读其诗词，宛有乌衣之风，询其家世，知为完璧司空公子。盖司空织造金陵者，二十年所矣。故予闻其名，叹为是父是子……”康熙二十二年，尤侗因年老告归，家居苏州。《苏州府志》卷二十八：“尤侍讲侗宅，在新造桥，有鹤栖堂，圣祖仁皇帝御书赐额，园曰亦园，有揖青亭、水哉轩。”康熙二十三年曹玺病故，曹寅寄《楝亭图》给尤侗，侗于腊月为之题诗。传世《楝亭图咏》有尤侗诗与赋各一。康熙二十九年，曹寅出任苏州织造，时与尤侗同居一城，故往还过从甚密。寅曾数度应邀赴尤侗家园揖青亭之约，有招饮、观剧之举。康熙三十一年（1692），曹寅改编《北红拂记》，邀尤侗观赏，因此侗作《题北红拂记》记之，史载，曹寅在苏州任职间，常与尤侗探讨戏曲理论与创作问题，后来曹寅在戏曲创作上成果斐然，和他与尤侗的交往有关。

尤侗《自撰年谱》载：“康熙二十九年庚午，年七十三岁，八月与织部曹子清寅、余淡心怀、梅公燮麕、叶桐初藩会饮揖青亭赋诗。”曹寅《楝亭诗钞》卷二《尤悔庵太史招饮揖青亭即席和韵》，即是步尤侗韵之作。

康熙三十年（1691）十二月初一，正值曹寅母孙太夫人六十大寿，尤侗特意为孙氏夫人做寿，并撰《曹太夫人六十寿序》，盛赞孙氏娴习文史，具备“妇道”“妻道”“母道”，“宜其协参司空，光显鸿业，兼能玉二子以有成”。康熙三十一年，曹寅奉旨从苏州调往江宁织造任，次年，吴人为曹寅建生祠于虎丘，尤侗作《司农曹公虎丘生祠记》，尤侗与曹寅交往之厚，由此可见一斑。

本书收尤侗行书七言律诗扇面一幅，纸本，纵17厘米，横52厘米。内容为自作《旅夜闻春雁声》及《忆江南早梅》七律各一首，收录在《尤太史律诗》卷二。

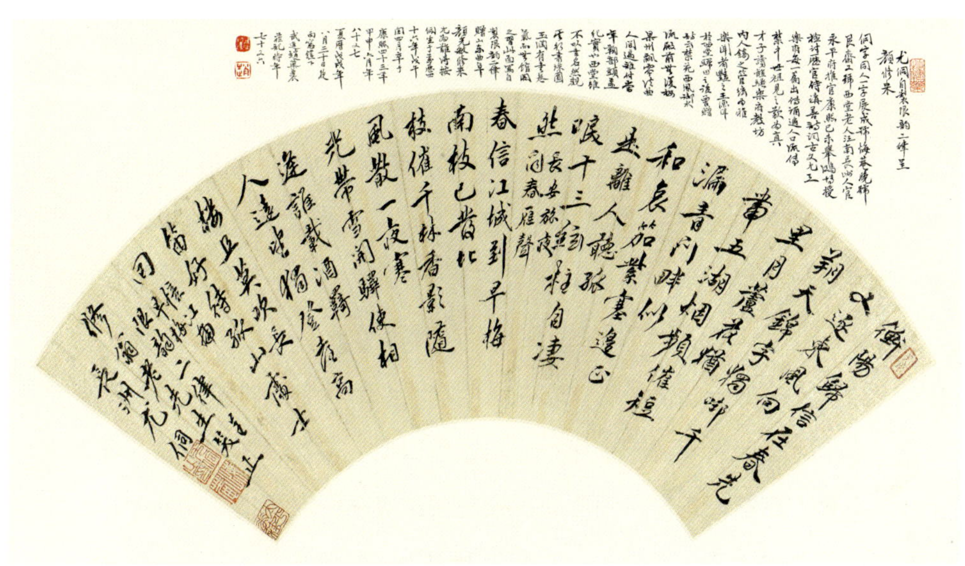

尤侗 行书七言律诗扇面

纸本 纵17，横51

释文：

衡阳归信在春先，又逐东风向朔天。锦字独衔千里月，芦花犹带五湖烟。频催短漏青门畔，似和哀笳紫塞边。正是离人听孤唳，十三弦柱自凄然。（长安旅夜闻春雁声）

春信江城到早梅，南枝已发北枝催。千林香影随风散，一夜寒光带雪开。驿使相逢谁载酒，羁人远望独登台。高楼且莫吹长笛，好待孤山处士回。（忆江南早梅）

限韵二律，呈修翁老先生笑正。长洲尤侗。

钤印：尤侗之印（朱文方印）、悔庵（白文方印）、长洲（朱文长方印）

收藏印：太平花簃（朱文方印）

郑簠

郑簠（1622—1693），字汝器，号谷口，别署谷口农、谷口惰农、谷口农民、谷口老农等，世称谷口先生，清初碑学大家。原籍福建莆田，祖上迁居江宁（今江苏南京）。

郑簠秉承父祖医术，以行医为业，终生不仕。然工诗词，擅书法，精篆刻，尤以八分隶闻名，其自少时即矢志攻研隶书，精研汉碑三十余年，家藏古碑四橱，遍览山东、河北汉碑遗存。在对汉隶追本溯源的探索与创作实践中取得极高成就，开创清代隶书风气名家之一。郑簠与傅山、朱彝尊均有交往。朱彝尊《赠郑簠》诗云：“金陵郑簠隐作医，八分入妙堪吾师。朅来卖药长安市，诸公衮衮多莫知。伊余闻名二十载，今始邂逅嗟何迟。”并推评他的隶书为“古今第一”。

曹寅与郑簠相识当早在京师时期，出任苏州织造期间与郑簠亦多往来，《楝亭诗钞》卷二有《郑谷口将归索赠》《由普德至天界寺，入苍翠庵看梅，曾为郑谷口别业，漫题二首》，皆赠郑簠之作。

据《国朝金陵诗征》卷四，郑簠有《楝亭诗赠曹荔轩》：

楝亭在何所？司空江左署。绮树既扶苏，虚亭犹曲注。垂珠瑟瑟叶清清，绣虎当年此授经。手泽未忘应有筑，诗篇远播总难形。长扬扈从声华著，建树凌云乔梓处。即今云锦庇三吴，斗贯支机超八柱。三吴之署虽无此，楝亭堂构相接比。此楝常存心臆中，嗣公移孝能作忠。遂使扶苏犹曲注，江左手植排苍穹。

应为题写《楝亭图》之作，但传世《楝亭图咏》不见此诗。

本书收郑簠作品为隶书孟浩然《秋登兰山寄友》诗轴，纸本，纵171.5厘米，横93.2厘米。

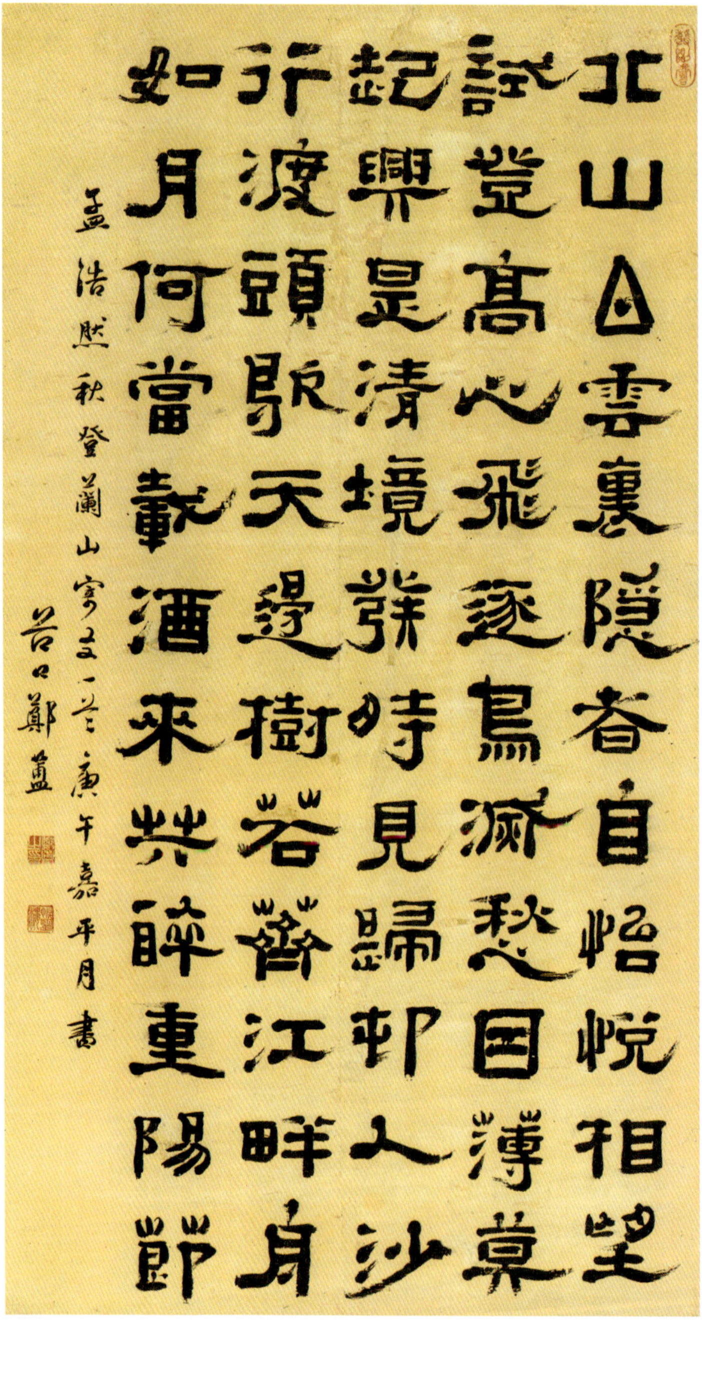

郑簠　隶书孟浩然秋登兰山寄友诗轴

纸本　纵171.5，横93.2

释文：

北山白云里，隐者自怡悦。相望试登高，心飞逐鸟灭。愁因薄暮起，兴是清境发。时见归邨人，沙行渡头歇。天边树若荠，江畔舟如月。何当载酒来，共醉重阳节。

孟浩然《秋登兰山寄友》一首。庚午嘉平月书，谷口郑簠。

钤印：郑簠之印（白文方印）、脉望楼（朱文方印）、恭则寿（朱文椭圆印）

毛奇龄

毛奇龄（1623—1716），原名甡，又名初晴，字大可，又字于一、齐于，号秋晴，又号初晴、晚晴等，绍兴府萧山县（今杭州萧山区）人。以郡望西河，学者称“西河先生”。清初经学家、文学家。

毛奇龄为明末诸生，清初曾参与抗清，流亡多年。康熙十七年诏开博学宏词科，被荐举，次年应试，授翰林院检讨、国史馆纂修，参与纂修《明史》。治经史及音韵学，著述甚富，有《西河合集》，分经集、史集、文集、杂著，共四百九十余卷。奇龄与弟万龄并称为“江东二毛”；又与毛先舒、毛际可齐名，称“浙中三毛，文中三豪”。学者李塨、“扬州八怪”之金农等皆出其门下。

康熙十八年博学宏词科时，曹寅正在京銮仪卫任职，或曾参与考试接待事宜，又因舅氏顾景星与各省来京的遗老耆宿相识，与之建立了较深的感情和友谊，而且其中大多数人在曹寅赴江南任织造后仍与其保持密切联系，毛奇龄即在此列。

《楝亭图咏》卷二有毛奇龄《楝亭诗二首》：

一

冬官相继使江乡，父子同披锦绣裳。官阁依然梅树在，丹阳重见柳条长。墙西紫朵迎朝雨，苑角红亭对夕阳。每遇晚春花信满，风前涕泪一衔觞。

二

当年开府近长干，亲见栽花傍井干。但遇唐昌思玉蕊，再来举院见文官。歌成蔽芾恩长在，认作栝棬泪未干。满树离离初结子，到今都是凤凰餐。

荔翁曹先生开府江南，见其尊大人旧任时所植楝树，慨然为歌，四方和之者累卷页；予亦效眠，率成二首，并呈荔翁先生教定。

西河　毛奇龄顿首具稿。

第二首第四句句末注："唐贡士举院花名。"毛奇龄《西河合集·七言律诗》卷十叶十一则题曰《楝亭诗和荔轩曹使君作（有序）》，小序是："曹使君典织署，其尊人旧任时手植楝树，蔽芾成阴。使君因慨然登亭而歌，属予和之。"第二首尾联末也有注："《庄子》：'凤凰非练实不食。'练即楝也。"

毛奇龄工书画，善诗文。本书收其行书七言律诗一轴，纸本，纵120.5厘米，横58厘米。内容为毛奇龄自作赠人之诗。

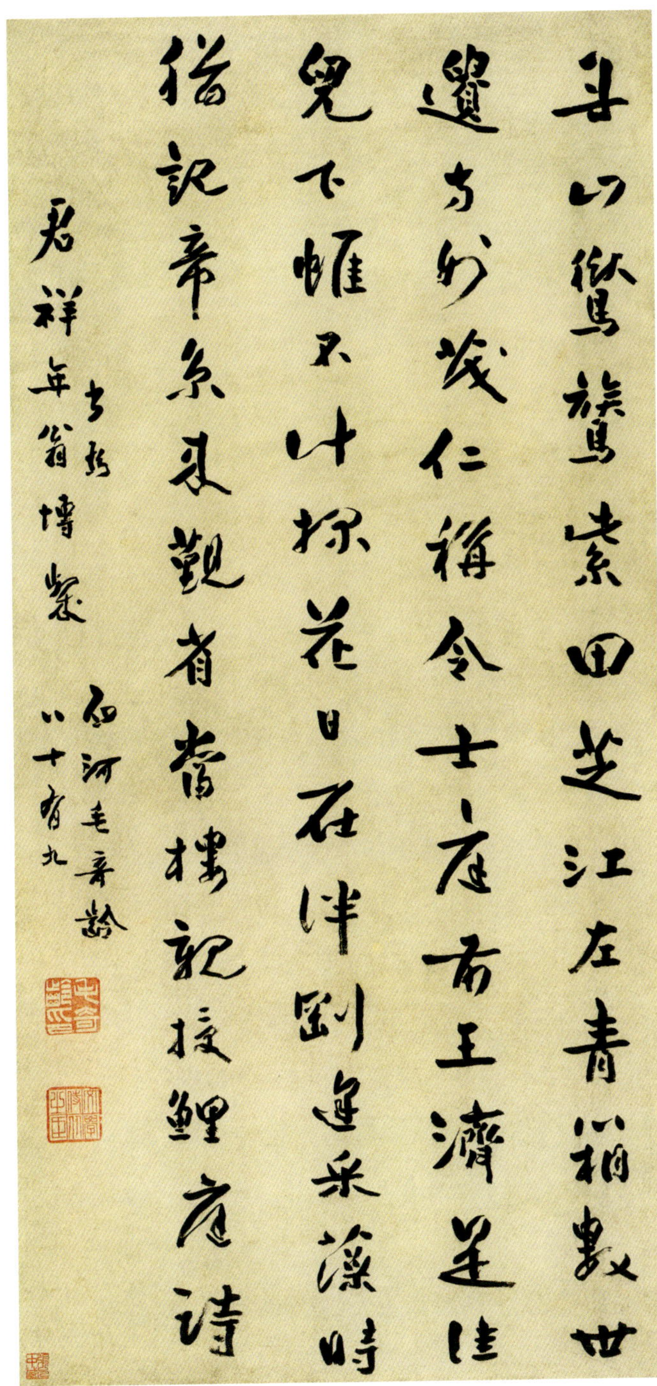

毛奇龄　行书七言律诗轴

纸本　纵120.5，横58

释文：

舟山鹭鸶紫田芝，江左青箱数世遗。方外茂仁称令士，庭前王济是佳儿。下帷不计探花日，在泮刚逢采藻时。犹记帝京来觐省，当楼亲授鲤庭诗。

书为君祥年翁博粲，西河毛奇龄八十有九。

钤印：毛奇龄印（白文方印）、文学侍从之臣（朱文方印）

收藏印：张允中藏（朱文方印）

严绳孙

严绳孙（1623—1702），字荪友，一字冬荪，号秋水、藕渔，又作藕荡渔人，常自署“勾吴严四”。江苏无锡人。清代著名诗人、书画家。

严绳孙二十多岁即抛弃举业，游历山水。顺治六年（1649），参加由江南名士吴伟业主盟的慎交社。顺治十一年，与顾贞观、秦松龄等10人结云门社，时称“云门十子”。康熙十四年（1675），结识大学士明珠之子纳兰性德，遂成莫逆之交。

康熙十八年三月，朝廷诏举博学宏词科，严绳孙受荐，力辞未果，应试仅赋“省耕诗”一首即退场。玄烨知其名，以“史局中不可无此人”取为二等榜末，授翰林院检讨，编纂《明史》。王士禛《池北偶谈》“四布衣”条谓：“上尝问内阁及内直诸臣以布衣四人名字，即富平李因笃、慈溪姜宸英、无锡严绳孙、秀水朱彝尊也。”是以四人有“四布衣”之名。后历任日讲起居注官、山西乡试正考官、右中允兼翰林院编修、承德郎等职。康熙二十四年辞官归隐。四十一年病逝，终年79岁。著有《秋水集》《无锡县志》等。

严绳孙与曹寅同为纳兰性德渌水亭雅集旧友，严绳孙与纳兰性德结识后，过从甚密，绳孙后来直接移居于性德府中。康熙十八年举博学宏儒后，陈维崧、朱彝尊、秦松龄、严绳孙、姜宸英、顾贞观、梁佩兰、曹寅、翁叔元、张纯修、韩菼等便常聚于纳兰性德的渌水亭，吟诗作赋、研经读史。《楝亭图咏》第二卷有严绳孙题诗，第三卷有严绳孙绘图并题字。

蔡元培先生的《石头记索隐》是红学史上索隐派的重要著作，认为《红楼梦》是康熙朝政治小说，书中女子多指汉人。《红楼梦》中惜春以藕榭为号，乃是隐指严绳孙“藕渔”之号；而称四姑娘者，是影射严绳孙为荐举宏博四布衣之一。这种推测方式，被胡适称为“猜笨谜”。索隐派此论虽失之偏颇，但也从一个侧面反映了严绳孙曾与曹寅之间的一段交往。

严绳孙工书法，“六岁即能作径尺大字”，诗文书画皆擅。本书收其行书《柳枝词》一轴，纸本，纵128.8厘米，横45.5厘米。此轴行草五行，书柳枝词二首。《秋水集》卷五收《柳枝词》十首，此为第一、七首。

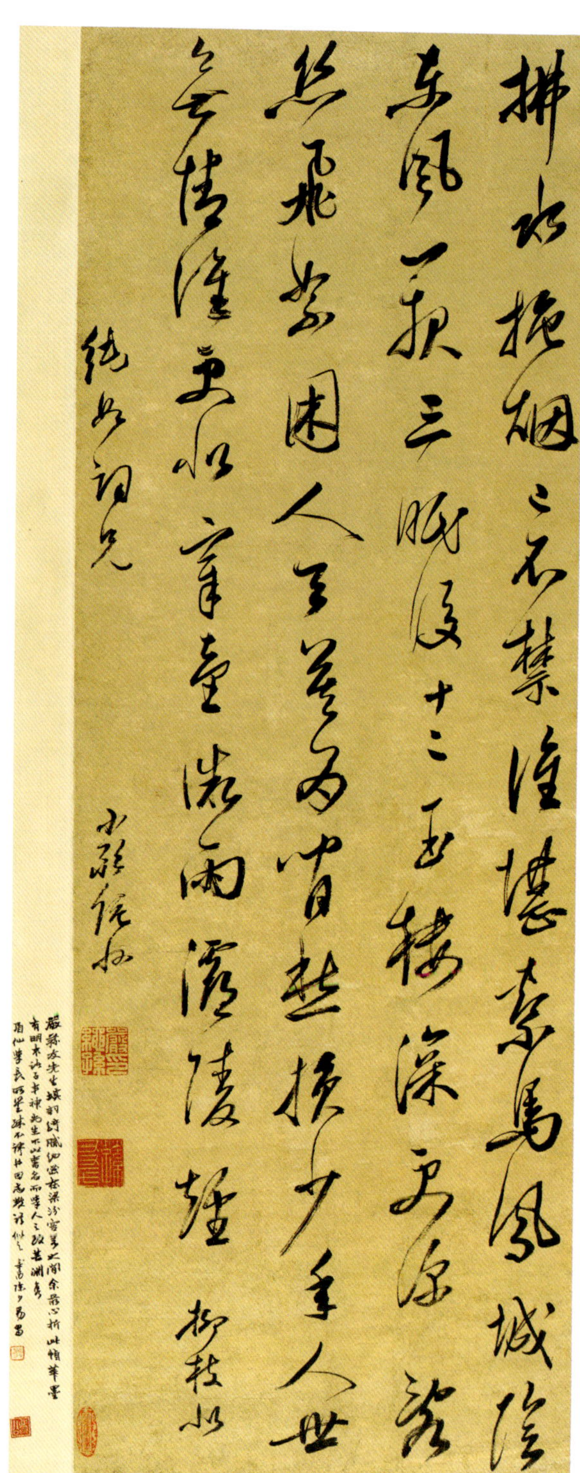

严绳孙　行书柳枝词轴

纸本　纵128.8，横45.5

释文：

拂水拖烟已不禁，谁堪系马凤城阴。东风一报三眠后，十二玉楼深更深。

乱丝飞絮困人天，莫为闲愁损少年。人世无情谁更似，章台微雨灞陵烟。

柳枝似纯如词兄。严绳孙。

钤印：严绳孙印（白文方印）、荪友氏（朱文方印）

收藏印：简堂珍藏书画（朱文椭圆印）

汪琬

汪琬（1624—1691），字苕文，号钝庵，又号钝翁、玉遮山樵，晚号尧峰，世称尧峰先生，清初著名文学家，江苏长洲（今苏州）人。

汪琬为顺治十二年（1655）进士，授户部主事，累官刑部郎中；康熙十八年（1679）举应博学宏词科，授翰林院编修，纂修《明史》。汪琬为学主张“经世致用”，反对空谈，对《易》《诗》《书》《春秋》和“三礼”均有研究，学术湛深。擅古文，与魏禧、侯方域齐名，并称清初散文三大家。著有《钝翁类稿》《尧峰文钞》《汪氏传家集》《姑苏杨柳枝词》等。

康熙十八年博学宏词科，曹寅时年二十二岁，正在京任銮仪卫治仪正，或曾参与考试接待事宜，又因舅氏顾景星与当日赴京之文坛名宿相识，并多有交往，建立了较深的感情和友谊，汪琬即是其中之一。曹寅《舅氏顾赤方先生拥书图记》云：“子湘亦二十二年前于舅氏坐中相识者，其云老辈，盖同就征之山西傅青主、关中李天生、长洲汪苕文、宜兴陈其年、宣城施尚白，文采彪炳，风流映带，神光奕奕，一时皆可想见者也。”“长洲汪苕文”，即指汪琬。

汪琬任编修时间很短，但彰显的文采非凡。据清人余金（徐锡麟、钱泳）《熙朝新语》所载：“汪苕文琬，以鸿词科改翰林院编修。入史馆仅六十日，讲史传一百七十余篇。遽以疾请归，终不复出。”

他的文名引起康熙帝的重视。《熙朝新语》又载：“甲子冬（康熙二十三年），圣祖南巡至苏州，在籍诸臣恭迎圣驾于河干。上召抚臣汤斌谕曰：‘汪琬久在翰林院，文名甚著，近又闻其居乡，不与闻外事，可嘉。’赐御书一轴以荣之。”此时，曹寅因父亲新丧，正在江宁织造署料理丧事。康熙帝亲至江宁，驻跸织造府，派员致祭。曹寅钦佩汪琬“文采彪炳”，康熙帝评汪琬“文名甚著”，又御赐书轴，曹寅与汪琬文友之间，大概会讯息交通，引为赏心快事的。

本书收汪琬行书五言绝句诗一轴，绫本，纵132.9厘米，横49厘米，内容为自作五言绝句二首，为祝宾翁寿诞之作。

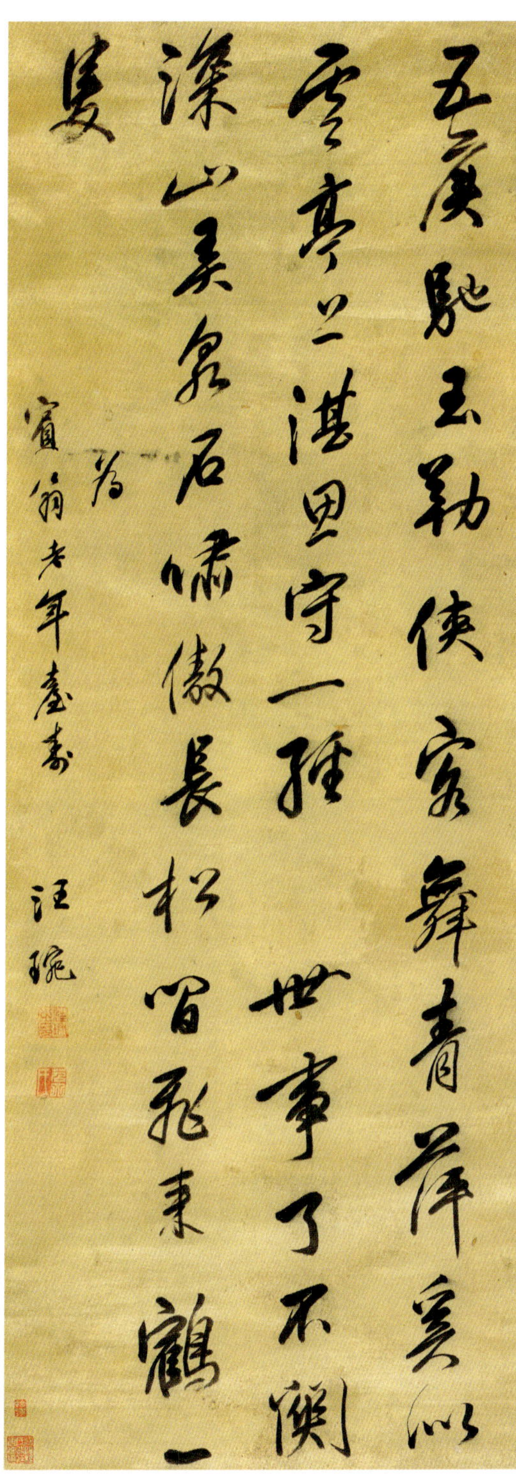

汪琬　行书五言绝句诗轴

绫本　纵132.9，横49

释文：

五侯驰玉勒，侠客舞青萍。奚似云亭上，湛思守一经。

世事了不关，深山弄泉石。啸傲长松间，飞来鹤一只。

为宾翁老年台寿，汪琬。

钤印：汪琬之印（朱文方印）、苕文氏（白文方印）

收藏印：拾得（白文长方印）、沐阳程氏收藏书画印（白文方印）

陈维崧

陈维崧（1625—1682），字其年，号迦陵，江苏宜兴人。清初著名词人，阳羡词派领袖，与浙西词派的朱彝尊并称“朱陈”。

陈维崧为“明末四公子”之一的陈贞慧之子。天资颖异，幼有文名，曾被吴伟业誉为“江左凤凰”。入清后补为诸生。康熙十八年应博学宏词科，试列一等，由诸生授检讨，纂修《明史》，四年后卒于官。有《湖海楼诗集》《迦陵词集》《陈迦陵文集》等。

康熙十七年诏开博学宏词科，征举名儒，明朝遗老陆续到京。曹寅于玄烨侍卫任上，因舅氏顾景星得与故老名士结识。其中，陈维崧与曹寅交往尤为密切，《楝亭诗钞》卷一《过陈次山寓居读迦陵稿有感》，《诗别集》卷二《哭陈其年检讨》，《词钞》中《蝶恋花·纳凉西轩追和迦陵》、《词钞别集》中《貂裘换酒·壬戌元夕与其年先生赋》等，都是《楝亭集》中留下的与陈维崧有关的直接记录。

王朝瓛《楝亭词钞序》称曹寅少时尤喜长短句，当陈维崧、朱彝尊应博学宏词科进京授官之后，曹寅“每下直，辄招两太史，倚声按谱，拈韵分题”相与庚和。曹寅之词，颇受陈维崧影响，其晚年尚读《迦陵词》而一再追和之。

蔡元培先生的《石头记索隐》曾认为《红楼梦》是写康熙朝的政治小说，书中女子多指汉人，而小说中史湘云的形象即来自于陈维崧。

本书收陈维崧草书五言律诗一轴，纸本，纵132厘米，横57厘米。作品内容为李白诗《送友人》。

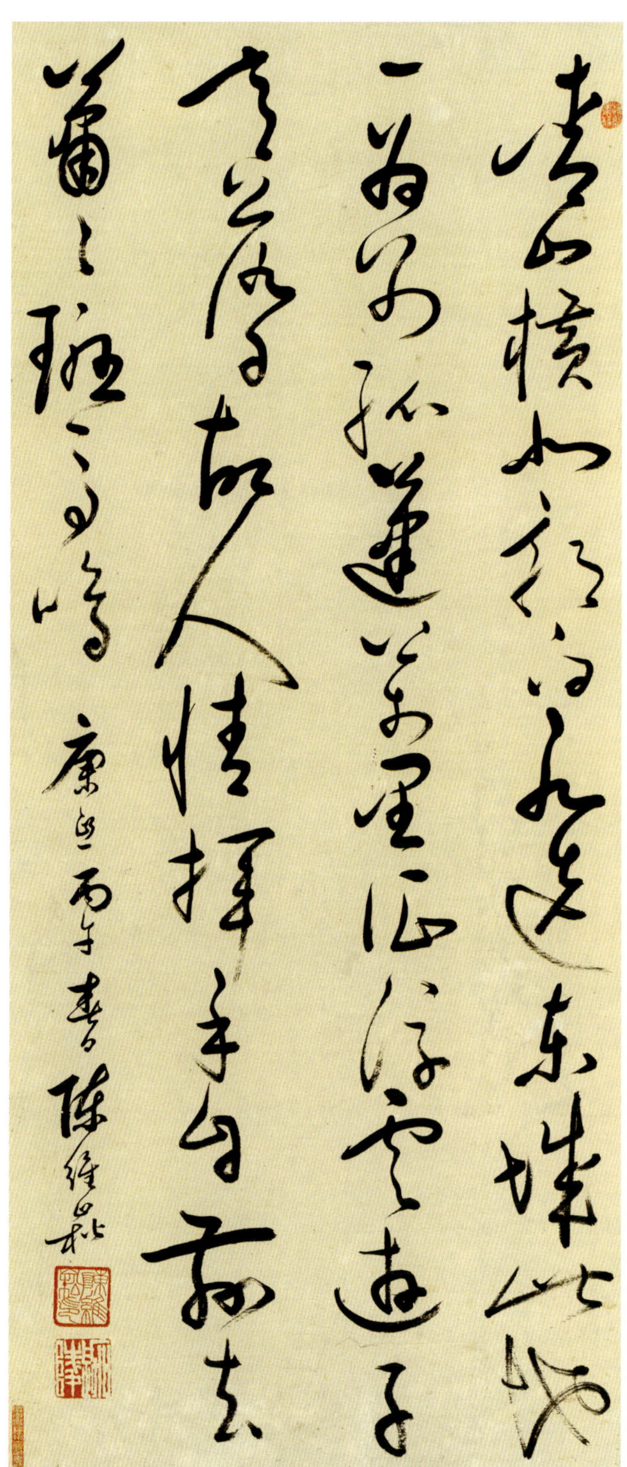

陈维崧　草书五言律诗轴

纸本　纵132，横57

释文：

青山横北郭，白水绕东城。此地一为别，孤蓬万里征。浮云游子意，落日故人情。挥手自兹去，萧萧班马鸣。

康熙丙午春日，陈维崧。

钤印： 陈维崧印（朱文方印）、迦陵（白文方印）、推敲未稳（白文圆印）

收藏印： 仪征田氏种荆山房藏书印（白文长方印）

朱彝尊

朱彝尊（1629—1709），字锡鬯，号竹垞，又号醧舫，一作鸥舫，晚号小长芦钓鱼师、金风亭长，浙江秀水（今浙江嘉兴市）人。清初著名学者、诗人、词人、藏书家。

朱彝尊早年参加反清活动，失败后游食四方。康熙十七年诏开博学宏词科，次年举试，朱彝尊以布衣身份进京参加，授翰林院检讨，入直南书房。因辑《瀛洲道古录》，私入禁中抄录地方进贡图书，被劾，降一级。后补原官，引疾乞归。家居凡十八年，专心著述。康熙南巡江浙，召见行殿，进所著《经义考》，赐御书“研经博物”匾额。朱彝尊诗名甚著，与王士禛合称“南朱北王”；为词推崇姜夔，为浙西词派的创始者，与陈维崧并称“朱陈”。论诗主张取材博瞻，认为凡学诗文当以经史为根底。其文多考据之作。通经史，参与纂修《明史》。编著有《古文尚书辨》《日下旧闻》《经义考》《曝书亭集》《静志居诗话》《明诗综》《词综》等。

曹寅于朱彝尊参加博学宏词科时与其相识，并一直保持了长久的交往，建立了深厚的情谊。尤其是曹寅晚年在扬州书局主持编校刊刻古籍期间，朱彝尊成为曹寅非常重要的交往者。两人有许多诗酒唱酬，在各自的集子中都有直接反映，朱彝尊《曝书亭集》中就有《曹通政寅自真州寄雪花饼》《五毒篇效曹通政寅用其首句》《五月晦，曹通政寅招同李大理煦、李都运斯佺，纳凉天池水榭，即席送大理还苏州》《题曹通政寅思仲轩诗卷》等诗及《重修江都县旌忠庙碑》一文。曹寅《题朴仙画五毒图》及《再题》见

《楝亭诗钞》卷四。

《全唐诗》刊刻，朱彝尊虽然未能正式列名编修之中，但朱彝尊作为藏书大家和出版家，其藏书与出版的经验和思想都对曹寅有影响。李文藻在《琉璃厂书肆记》中说：“（曹寅）又交于朱竹垞，曝书亭之书，楝亭皆钞有副本。”可见二人之间于藏书颇有交流。朱彝尊为曹寅编修《两淮盐策书》。朱彝尊去世后，曹寅在诗中不时流露出对其逝去的哀伤。朱彝尊所编八十卷《曝书亭集》由曹寅资助刊刻，直到曹寅去世才被迫停下来，足见二人关系之密切。

朱彝尊善八分书，以《曹全碑》为宗，浑雅天然，为一代高手。本书收朱彝尊作品为隶书七言律诗轴，绫本，纵124.5厘米，横47.2厘米。内容为自作诗七律二首，其一见《曝书亭集》卷二十，题为《寄乐平石明府（为崧）》；其二其本集未收，从文字看，亦应是寄石明府者。石明府，即石为崧，上款“五中”为其字，号樊山，江苏如皋人，康熙二十七年进士，曾任灵丘、乐平县令，官至户部主事。嘉庆《如皋县志》卷十七有传。

朱彝尊　隶书七言律诗轴

绫本　纵124.5，横47.2

释文：

天开彭蠡潴南邦，石墨峰连羊角双。近说循声过朔郡，定知诗派压西江。昼帘茗荚香生灶，夜阁琴丝月满窗。望眼侧身非一度，相思聊复采兰茳。

老夫归田十载居，恒仰屋梁独著书。把纸最愁纸覆瓿，出门久已门悬车。西河纵然明未丧，臣朔今也食无余。殷勤古道望吾子，活此将枯涸辙鱼。

康熙辛巳九月奉寄五中年兄，竹垞七十三叟朱彝尊。

钤印：朱彝尊印（白文方印）、竹垞（朱文方印）、别业小长芦之南及史山之东东西峡石大小横山之北（朱文长方印）

收藏印：成都曾氏小莽苍苍斋（白文方印）、家英辑藏清儒翰墨之记（朱文方印）

梁佩兰

梁佩兰（1630—1705），字芝五，号药亭、柴翁、二楞居士，晚号郁洲，广东南海（今佛山市南海区）人。清初著名诗人。

梁佩兰少从学于南粤硕儒陈邦彦，素有才名。康熙二十年冬，曾与朱彝尊等结诗社。二十七年，中进士，选庶吉士，任祭酒之职。此时梁佩兰已六十岁。不到一年告归返乡。四十二年被迫复出，终以“不就国书”而被革去庶吉士，不久去世。

梁佩兰诗歌意境开阔，功力雄健俊逸，为时人推崇，与陈恭尹、屈大均并称为“岭南三大家”。有《六莹堂前后集》传世。

梁佩兰与曹寅至友纳兰性德相识于康熙二十年前，与曹寅同为性德渌水亭雅集成员。曹寅为追念其父曹玺，曾请当时名士作画题诗而成《楝亭图咏》，其卷二有梁佩兰题咏。

本书收梁佩兰行书五言古诗页一幅，纸本，纵22.5厘米，横36厘米。其诗见于《六莹堂集》卷二，题为《新城王阮亭祭酒招同蒋京少、冯大木、白子堂谳集，用柳柳州〈雨后独至愚溪〉“高树临清池，风惊夜来雨”句为韵，得十首》。此页录其第五首，以写赠宋牧仲者。

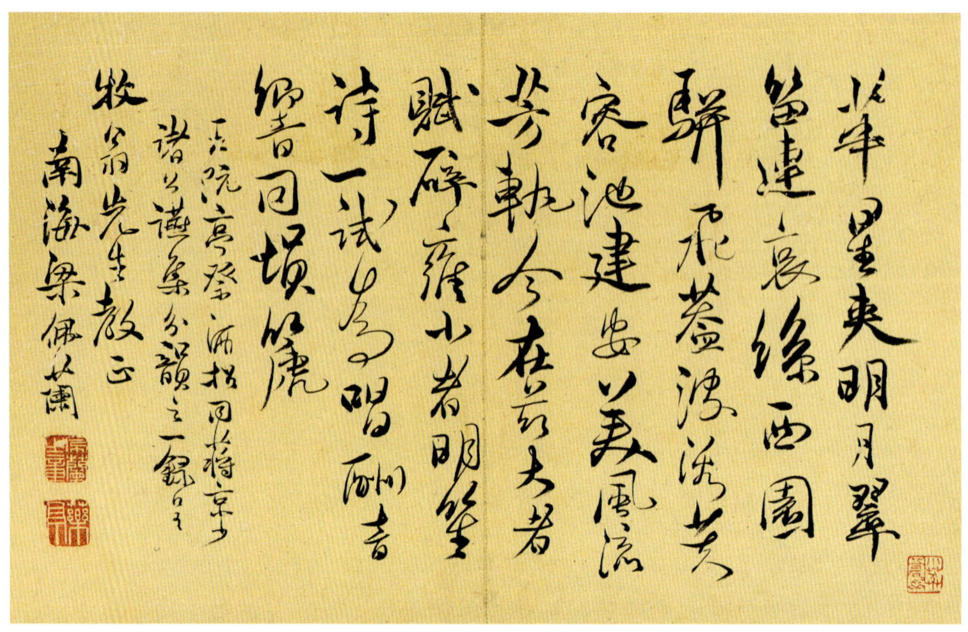

梁佩兰　行书五言古诗页

纸本　纵22.5，横36

释文：

华星夹明月，翠笛连哀丝。西园骈飞盖，波激芙容池。建安美风流，芳轨今在兹。大者赋辟雍，小者明笙诗。一试为唱酬，音响同埙篪。

王阮亭祭酒招同蒋京少诸公谶集分韵之一，录呈牧翁先生教正。南海梁佩兰。

钤印：佩兰之章（白文方印）、药亭（白文方印）

收藏印：小莽苍苍斋（朱文方印）

徐乾学

徐乾学(1631—1694),字原一,号健庵、玉峰先生,江苏昆山人,明末大儒顾炎武外甥,与弟元文、秉义皆官贵文显,人称“昆山三徐”。康熙九年(1670)殿试一甲第三名进士及第(探花),授编修,历任日讲起居注官、《明史》总裁官、侍讲学士、内阁学士。康熙二十六年(1687),升左都御史、刑部尚书。主持编修《明史》《大清一统志》《读礼通考》等,有《憺园文集》三十六卷。

康熙十一年(1672),徐乾学为曹寅至交好友纳兰性德顺天乡试座主,性德《通志堂经解》即是在徐乾学指导下编成。一说曹寅与性德同拜徐乾学为师。曹寅与徐家的交往,一直延续到他晚年主持扬州书局刊刻古籍,与徐氏后人尚多往来。

徐氏一族藏书极富,徐乾学有传是楼,徐秉义有培林堂,徐元文有含经堂,藏书之精,江南一时无与伦比。曹寅所刻《周易本义》底本即借诸徐氏,曹寅序文称:“余宦游江左,奉命于扬州置书局,偶借得花溪徐氏宋椠《本义》善本,嘱门人重付开雕,以广其传。”

曹寅的《楝亭图咏》第三卷有徐乾学及其弟徐秉义题咏。徐乾学跋诗曰:

一

青盖高擎粉署中,扶疏不与散材同。晓看滴翠和清露,春爱飘花动暖风。深护灵根苔漠漠,长敷美荫日蒙蒙。攀条难忘韩宣德，合与时时诵《角弓》。

二

秣陵开府泽仍留，济美吴阊地望优。频想风流余涕泪，即看棨戟是弓裘。低回手植成佳话，蔽芾官斋记昔游。交分纪群殊不浅，欲题奇木思悠悠。

——《楝亭感旧》，为子翁先生赋，求正。昆山弟徐乾学具稿。

徐乾学的著作为曹寅所关注和收藏。《楝亭书目》注录："《御定古文渊鉴》，圣祖御制序，徐乾学奉旨编注，六十四卷，四函二十四册。"（《楝亭书目》卷四《文集》）"《通志堂经解》，本朝昆山徐乾学序刊，四十函，三百单三册。"（《楝亭书目》卷一《经》）

本书收徐乾学行书叠韵诗册一幅，纸本，纵26厘米，横19.5厘米（每页）。此册共7页，每页行书8行，自作七律叠韵诗，诗共9题，15首。诗后题"癸丑叠韵诗十五首，似方虎道契正之"。《憺园集》卷五各诗具已收录。唯诗题、诗句与此写本比略有改动。上款方虎，名徐倬，字方虎，号蘋村，浙江德清人，康熙十一年顺天乡试纳兰性德同榜举人，十二年中进士。

蕭齋白髮散輕颸廿載朝簪掉首辭
黃菊籬邊還獨采青牛關外不須騎名
山著作傳昭代館閣風流記舊時玉軸摩
挲頻太息酒闌燃燭索題詩 同李西涯韻呈孫退谷先生
星河晴轉露垂垂別酒深更客去遲鄉思遠
隨蘆雁去宦情長似土牛騎白華欲采勞今夕
黃菊猶簪恐後時惟有先生懷古道殷勤晶
勉在將離 答魏環溪侍御 燕山落葉冷颸颸祖餞津
亭一枝辭紫塞長依闕輔擁青驄驕稱使
君騎山城片月明樓夜驛路寒花被坂時獨
有野王開幕府風流三絶畫兼詩蕭颯邊
沙捲夕颸涼州樂府唱新辭能言鸚鵡行
軒聽異種騊駼拔鄯騎隴坂錦裘深雪裏
蘭山笳吹曉霜時岷洮舊接西川路乘興還
尋杜甫詩 送顧見山之官洮岷 玉堂蘭菊靜輕颸學士
花磚豔雪辭當代為龍才可匹帝京有鳳

醉能騎贈貂長樂永恩日給燭明光草
詔時自是休久多绝唱新来八詠又成诗 秋
深紅葉滿寒飔㨗悵離堂欲别辭燕嶺最憐
鴻已度揚州催道鶴堪騎銀簫午夜朝回後
玉樹千山容醉時何日花前再相見茱萸細把
共吟詩 贈别沈偉堂先生 名園高瀣起凉飔鑿落斟来
醉不辭花萼綺堂鸜鵒舞月明廣陌騄騋騎
蕭晨倦客将歸際勝餞群公下直時記得

前朝存軼事官街燃燭夜聯詩 白帢單衫
急暮飔永明從此拂衣辭縫䌫容訝仙禽態蜷
蜗人憐病馬騎青綺去逢落葉候紅綾感憶拜
恩時深慚鳳沼多仙侶滿袖琅玕送别詩 馬殿闈偕葉翊
菴徐方虎偉元少李佇江王季友餞飲李將軍園亭同西余弟 愛弟晨衛楊柳飔章衣惘惘不
能辭籌時急作亡羊補涉世休將猛虎騎南國
人宗王仲寶東朝國是鄭當時自然堅白無淄磷
記取前賢勵志詩 塑天涼月動寒飔旅舍孤

菉讀楚辭壁上畫韶難作雨門前同馬不堪
騎愚如杞國多憂日醉淞中山未醒時閑道柏
梁傳雅唱舍人估曲亦吟詩 梧桐墜葉下微飔
樂譜淒清長信辭齊國舊看孀女貴庾公偏愛
的盧騎鶯巢繡戶原無定花落文茵舍有時皎潔
可憐霜雪似閒吟紈扇婕妤詩 震澤波光漾夕
飔白蘋漁父誦清辭橘中儘合攜枰隱塞上
寧悲失馬騎但假兵廚堪任達縱饒狗監豈

遺時湖邊舴艋經行慣且覓王維畫裏詩 竹亭別金布
柳市涼吹送客飔高吟二妙有新辭蒼龍映闕
聯裾入朱雀長街並馬騎勞力文章堪報國閑情
師友更憂時幾雲山下餘茅屋驛信南來數寄詩
元少季友送王柳巷賦贈
綠袍秋晚入寒飔古寺松陰執手辭襆
被但餘囮傑伴送行頻借蹇驢騎蕭騷嚴史
披裘意未苦萎眩擁被時有樊笵留鳳鳥低
徊為諷五噫詩 嚴蓀友、冬西溟退送慈仁 凉秋九月動輕颸別爾

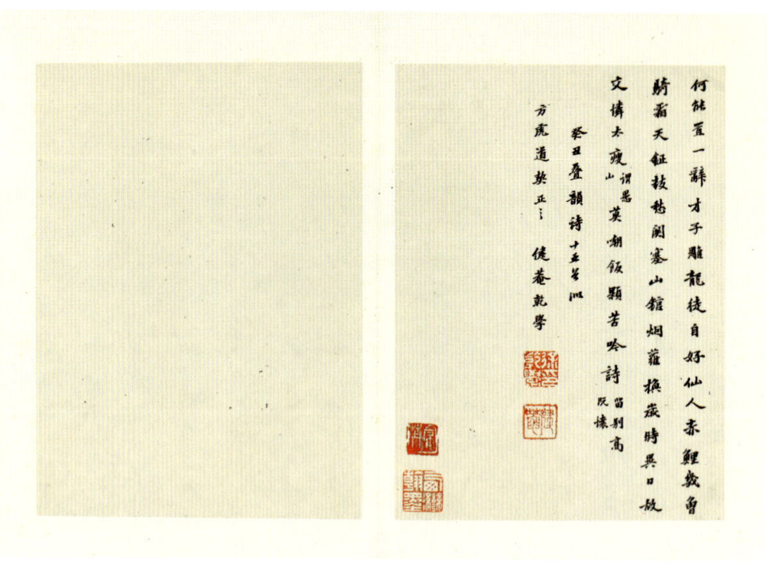

徐乾学　行书叠韵诗册

纸本　纵26，横19.5（每页）

释文：

萧斋白发散轻飔，廿载朝簪掉首辞。黄菊篱边还独采，青牛关外不须骑。名山著作传昭代，馆阁风流记旧时。玉轴摩娑频太息，酒阑燃烛索题诗。（用李西涯韵呈孙退谷先生）

星河晴转露垂垂，别酒深更客去迟。乡思远随芦雁去，宦情长似土牛骑。白华欲采劳今夕，黄菊虽簪恐后时。惟有先生怀古道，殷勤勗勉在将离。（答魏环溪侍御）

燕山落叶冷飔飔，祖饯津亭一致辞。紫塞长依关辅拥，青骢骄称使君骑。山城片月明楼夜，驿路寒花被坂时。独有野王开宪府，风流三绝画兼诗。

萧飒边沙卷夕飔，凉州乐府唱新辞。能言鹦鹉行轩听，异种驹骖按部骑。陇坂锦裘深雪里，兰山笳吹晓霜时。岷洮旧接西川路，乘兴还寻杜甫诗。（送顾见山之官洮岷）

玉堂兰菊静轻飔，学士花砖艳雪辞。当代为龙才可匹，帝京有凤醉能骑。赠貂长乐承恩日，给烛明光草诏时。自是休文多绝唱，新来八咏又成诗。

秋深红叶满寒飔，怊怅离堂欲别辞。燕岭最怜鸿已度，扬州谁道鹤堪骑。银箫午夜朝回后，玉树千山客醉时。何日花前再相见，茱萸细把共吟诗。（赠别沈绎堂先生）

名园高谦起凉飔，凿落斟来醉不辞。花发绮堂鹳鸽舞，月明广陌骕骊骑。萧晨倦客将归际，胜饯群公下直时。记得前朝存轶事，官街燃烛夜联诗。

白帢单衫急暮飔，承明从此拂衣辞。毵毿客讶仙禽态，蜷蜗人怜病马骑。青绮去逢落叶候，红绫感忆拜恩时。深惭凤沼多仙侣，满袖琅玕送别诗。（马殿闻偕叶认庵、徐方虎、韩元少、李倚江、王季友饯饮李将军园亭，同两舍弟）

爱弟晨冲杨柳飔，牵衣惘惘不能辞。筹时急作亡羊补，涉世休将猛虎骑。南国人宗王仲宝，东朝国是郑当时。自然坚白无淄磷，记取前贤励志诗。

碧天凉月动寒飔，旅舍孤檠读楚辞。壁上画龙难作雨，门前铜马不堪骑。愚如杞国多忧日，醉似中山未醒时。闻道柏梁传雅唱，舍人佶曲亦吟诗。

梧桐坠叶下微飔，乐谱凄清长信辞。齐国旧看瘤女贵，庾公偏爱的卢骑。燕巢绣户原无定，花落文茵会有时。皎洁可怜霜雪似，闲吟纨扇婕妤诗。

震泽波光漾夕飔，白蓑渔父诵清辞。橘中尽合携枰住，塞上宁悲失马骑。但假兵厨堪任达，纵饶狗监岂逢时。湖边艓艋经行惯，且觅王维画里诗。（即事别舍弟）

柳市凉吹送客飔，高吟二妙有新辞。苍龙晓阙联裾入，朱雀长街并马骑。努力文章堪报国，关情师友更忧时。机云山下余茅屋，驿信南来数寄诗。（元少、季友送至柳巷赋赠）

绨袍秋晚入寒飔，古寺松阴执手辞。襆被但余厖仆伴，送行频借蹇驴骑。萧骚严叟披裘意，辛苦姜肱拥被时。那有樊笼留凤鸟，低徊为讽五噫诗。（严荪友、姜西溟追送慈仁）

凉秋九月动轻飔，别尔何能置一辞。才子雕龙徒自好，仙人赤鲤几曾骑。霜天钲鼓愁关塞，山馆烟萝换岁时。异日故交怜太瘦（谓愚山），莫嘲饭颗苦吟诗。（留别高阮怀）

癸丑叠韵诗十五首，似方虎道契正之。健庵乾学。

钤印：徐乾学印（白文方印）、健庵（朱文方印）、冠山堂（朱文长方印）

收藏印：西湾翰墨（白文方印）、小莽苍苍斋（朱文方印）、家英（白文方印）

毛际可

毛际可（1633—1708），字会侯，号鹤舫，浙江遂安（今浙江淳安县）人。顺治十五年（1658）进士，历任河南彰德府推官，城固、祥符知县。古文效法曾巩，以文章与毛奇龄、毛先舒齐名，时称“浙中三毛，文中三豪”。著有《春秋三传考异》《松皋文集》《松皋诗选》《安序堂文钞》《拾余诗稿》《浣雪词钞》《黔游日记》等。

毛际可盖于康熙十八年（1679）应博学宏词科之征时，与曹寅结识。康熙三十八年，玄烨南巡，御书“萱瑞堂”三字赐曹寅母孙氏。毛际可曾为作《萱瑞堂记》。康熙四十年四月，毛际可至江宁，曹寅有《辛巳孟夏，江宁使院鹤舫先生出张见阳临米元晖〈五州烟雨图〉遍示坐客命题，漫成三断句》诗记其事。毛际可为曹寅《楝亭集》作序，集中亦存赠答酬唱之作。

本书收毛际可行书《赤壁赋》一轴，纸本，纵292.5厘米，横56.5厘米。

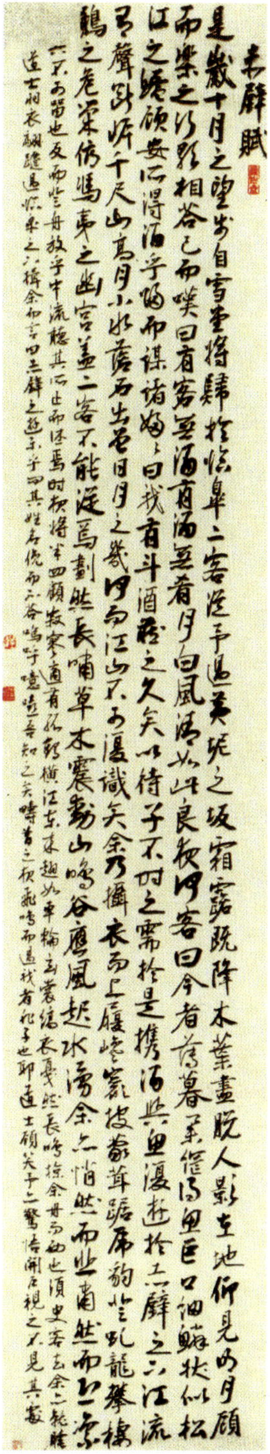

毛际可 行书赤壁赋轴

纸本 纵292.5，横56.5

释文：

赤壁赋

是岁十月之望，步自雪堂，将归于临皋。二客从予过黄泥之坂。霜露既降，木叶尽脱，人影在地，仰见明月，顾而乐之，行歌相答。

已而叹曰：“有客无酒，有酒无肴，月白风清，如此良夜何！”客曰：“今者薄暮，举网得鱼，巨口细鳞，状似松江之鲈。顾安所得酒乎？”归而谋诸妇。妇曰：“我有斗酒，藏之久矣，以待子不时之需。”

于是携酒与鱼，复游于赤壁之下。江流有声，断岸千尺；山高月小，水落石出。曾日月之几何，而江山不可复识矣。余乃摄衣而上，履巉岩，披蒙茸，踞虎豹，登虬龙；攀栖鹘之危巢，俯冯夷之幽宫。盖二客不能从焉。划然长啸，草木震动，山鸣谷应，风起水涌。余亦悄然而悲，肃然而恐，凛乎其不可留也。反而登舟，放乎中流，听其所止而休焉。时夜将半，四顾寂寥。适有孤鹤，横江东来。翅如车轮，玄裳缟衣，戛然长鸣，掠余舟而西也。

须臾客去，余亦就睡。梦一道士，羽衣蹁跹，过临皋之下，揖余而言曰：“赤壁之游乐乎？”问其姓名，俯而不答。“呜呼！噫嘻！吾知之矣。畴昔之夜，飞鸣而过我者，非子也耶？”道士顾笑，予亦惊悟。开户视之，不见其处。

钤印：梵王孙（白文方印）、际可（白文方印）、尚白斋（朱文长方印）

陈恭尹

陈恭尹（1631—1700），字元孝，初号半峰，晚号独漉子，又号罗浮布衣，广东顺德（今佛山市顺德区）人。清初诗人，与屈大均、梁佩兰并称“岭南三大家”。

陈恭尹本为南明诸生，其父陈邦彦抗清死难，桂王授为世袭锦衣卫指挥佥事。桂王既死，筑室羊城之南，以诗文自娱。朱彝尊、王士禛、赵执信等先后至粤，皆与订交。有《独漉堂全集》，诗文各十五卷，词一卷。

曹寅仰慕陈恭尹才华，与其交往遂成文友。为追念其父曹玺，曾请当时名士作画题诗而成《楝亭图咏》，其卷一有陈恭尹题咏。

陈恭尹工书法，行草分隶皆有法度。时称清初广东第一隶书高手。本书收其行书七言律诗一轴，纸本，纵175.4厘米，横38厘米。内容为自作七言律诗，见《独漉堂诗集》卷十一《唱和集》卷三，诗题为《雨中归凤城，柬徐侯戢斋二首》，此为第一首。

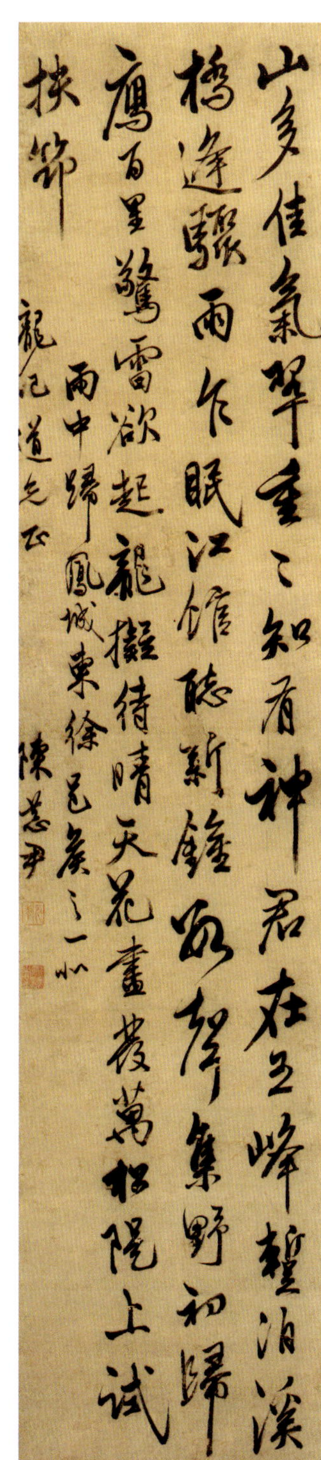

陈恭尹 行书七言律诗轴

纸本 纵175.4，横38

释文：

山多佳气翠重重，知有神君在五峰。暂泊溪桥逢骤雨，乍眠江馆听新钟。数声集野初归雁，百里惊雷欲起龙。拟待晴天花尽发，万松堤上试扶筇。

雨中归凤城，柬徐邑侯之一，似龙纪道兄正。陈恭尹。

钤印：元孝（朱文方印）、独漉堂（白文方印）

彭孙遹

彭孙遹（1631—1700），字骏孙，号羡门，又号金粟山人，浙江海盐人。清初著名文人，诗文与王士禛齐名，时号“彭王”。彭孙遹顺治十六年（1659）进士，官中书舍人。康熙十八年（1679）举试博学宏词科第一，授翰林院编修，累官吏部右侍郎，兼翰林院掌院学士，充经筵讲官，特命为《明史》总裁。

彭孙遹工诗，以五言律、七言律为长，近于唐代的刘长卿。词工小令，多香软纤艳之作，有“吹气如兰彭十郎”之称。在沈德潜编辑的《国朝诗别裁集》中，收彭孙遹诗八首。沈德潜评其诗作：“羡门词和气平，在唐人中最近‘大历十子’，在‘十子’中最近文房。”集中收彭孙遹七律《登湖口县城》，沈德潜评赞：“颔联语，身亲其境者，知其写照之工。”著有《南往集》《延露词》《金粟词话》《松桂堂全集》等书传世。

康熙十八年二月，博学宏词科之时，曹寅年二十二岁，在京任内务府銮仪卫治仪正。三月初，康熙帝亲试所荐一百四十三人，取中一等彭孙遹等二十人，二等李来泰等三十人。五月，彭孙遹等为编修；倪灿、陈维崧、朱彝尊、潘耒、尤侗、毛奇龄、严绳孙等为检讨。这些人中，与曹寅建立联系、相聚谈诗论文者较多，有陈维崧、朱彝尊、潘耒、尤侗、毛奇龄、严绳孙、彭孙遹等。当时，文坛领袖王士禛（阮亭）也在北京多年，他家是曹寅、彭孙遹等诗人墨客文酒之会的重要场所。康熙二十九年，曹寅南下任苏州织造，因这些人不少是南方人，继续保持着联系，直到曹寅晚年。

约在康熙五十年，王士禛、曹寅共同的门人殷誉庆（字彦来）绘制了两幅图:《彭蠡秋帆图》和《纸窗竹屋图》。王士禛首作:《题殷彦来二图二首》（见《蚕尾续诗》），诗友张大受作《题殷彦来〈秋帆图〉》。曹寅紧跟着唱和，作五律《题〈彭蠡秋帆图〉，和阮亭》:“彭蠡水中险，匡庐天下幽。浮生震泽梦，泼眼宫亭秋。习习腋生羽，茫茫浪白头。梅花洲几点，吾意待轻鸥。”殷彦来还作《岁寒吟》十五首，曹寅老友韩菼（慕庐）为之作跋，彭孙遹则作《题殷彦来〈岁寒吟〉二首》（见《松桂堂全集》卷二十九）。“一时公卿和彦来《岁寒诗》者凡数十家。”（王士禛《分甘余话》卷二）在这热烈的歌吟酬唱中，可见曹寅、王士禛、韩菼、彭孙遹、张大受等密切交往、非比寻常的诗友文友关系。

本书收彭孙遹行书七言律诗一轴，绫本，纵78.2厘米，横50厘米。彭孙遹善楷书，其小楷神似董其昌。此轴为行书自作七言律诗，以赠约翁者。其诗未见于《松桂堂全集》。

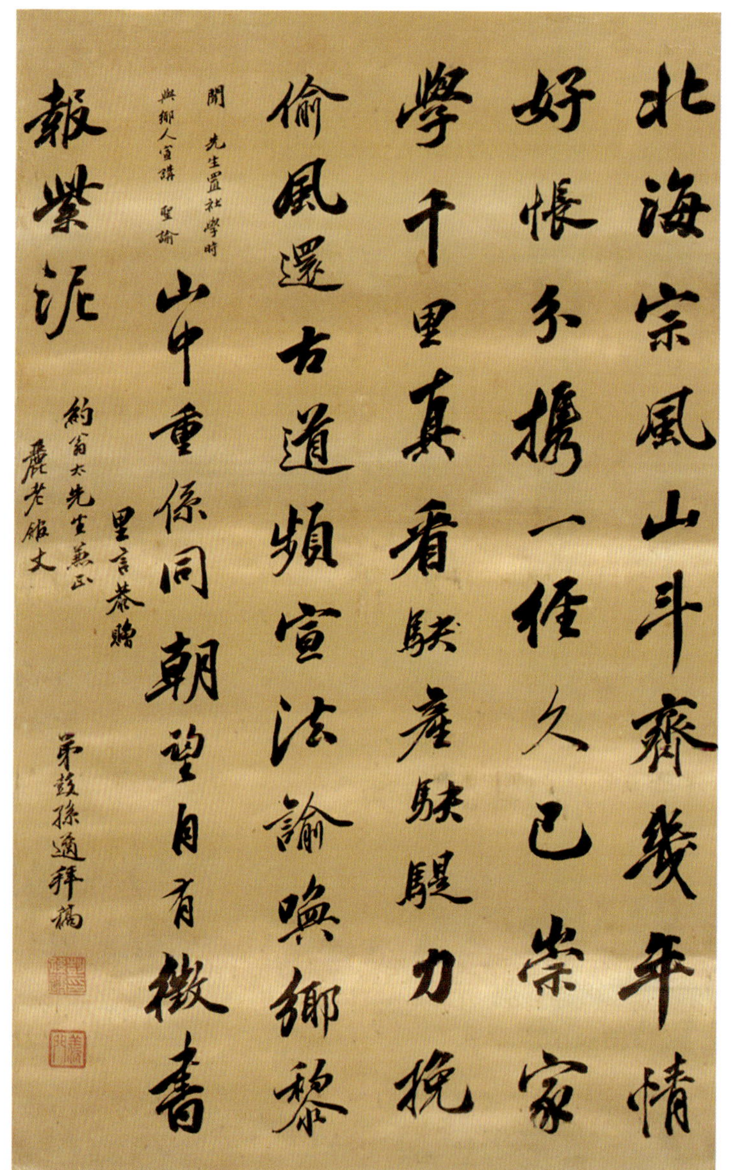

彭孙遹　行书七言律诗轴

绫本　纵78.2，横50

释文：

北海宗风山斗齐，几年情好怅分携。一经久已崇家学，千里真看产駃騠。力挽偷风还古道，频宣法谕唤乡黎。（闻先生置社学，时与乡人宣讲圣谕）山中重系同朝望，自有征书报紫泥。

里言恭赠约翁太先生，兼正丽老馆文。弟彭孙遹拜稿。

钤印： 彭孙遹印（白文方印）、美门（朱文方印）

宋荦

宋荦（1634—1713），字牧仲，号漫堂、绵津山人，晚号西陂老人、西陂放鸭翁等，河南商丘人。其父为国史院大学士宋权。

顺治四年（1647），宋荦年十四，即应诏以大臣子列侍卫，次年试授通判。康熙十六年受理藩院院判，继而又升任刑部员外郎、郎中之职。康熙二十二年授直隶通永道佥事。康熙二十六年擢升山东按察使、江苏布政使。康熙三十一年任江苏巡抚。

宋荦为康熙帝的宠臣，故在江南重地巡抚任上一干就是十三年，期间三遇康熙帝南巡，每次都参与接驾，屡受康熙嘉奖。据《清史稿》列传载曰："荦在江苏，三遇上南巡，嘉荦居官安静，迭蒙赏赉，以荦年逾七十，书'福''寿'字以赐……"除此，史载宋荦所授皇帝颁赐颇多，包括御厨亲授做豆腐法。康熙四十二年，御书《督抚箴》一幅赐宋荦，其文中的"岳牧之选，实惟重臣。寄以封疆，千里而远……控摄文武，统驭官司。绳违纠慢，宣德布慈……"字里行间不乏褒勉之词。康熙四十四年十一月，时年七十二岁的宋荦擢升吏部尚书，从一品。又三年，以老"乞罢"衣锦还乡。后来年逾八十的宋荦还曾应诏赴京参加皇帝六十寿诞的群叟宴，并授太子少师。

宋荦是曹寅好友，二人不仅同时同地为官，又同为康熙帝亲信宠臣，且有相同爱好。宋荦一生"精鉴藏、善画、淹通典籍、练习掌故"。诗与王士禛齐名。有《西陂类稿》《筠廊偶笔》《沧浪小志》《漫堂墨品》《绵津山人诗集》等著述传世。宋荦与曹寅的密切交往结成的笃厚情谊，可在曹寅的《楝亭集》中找到答案。如：曹寅的《葺治亭后竹径和牧仲中丞韵》《宋牧仲中丞见招深净轩，轩旧为官厨，中丞新辟以款客，奉和二韵》及《商丘宋尚书寓近书院往来甚适漫志三首且订平山之游》《归舟口号和宋中丞后园六绝句》等都是与宋荦唱酬之作。宋荦的《绵津山人诗集》也同样不乏写给曹寅的诗作，如《寄题曹子清户部楝亭三首并序》便是代表之作，其序云："予与子清雅相善也。"早在康熙三十一年十一月，曹寅刚赴江宁上任，仍兼着苏州织造，两人初识便一见如故，宋荦便将曹寅托他写好的题《楝亭图》诗寄给曹寅。《楝亭图咏》卷三有宋荦题咏。

史载，宋荦与曹寅曾几次奉旨接驾，同时授命整理编纂修复古籍，如《资治通鉴纲目》一书就是合作的成果，同时受皇帝指派修葺明孝陵，如今南京明孝陵中轴线上康熙帝御书"治隆唐宋"石碑即是二人遵命勒石所立。

宋荦的为官、为文、为人，对曹寅一生影响颇深，这种影响注定会潜移默化地波及曹家的后代人。翻开曹雪芹的《红楼梦》，人们不难从许多故事情节中领略到这些先人们宦海生涯及浪漫生活的蛛丝马迹。

本书收宋荦行书唐人王建七言绝句《十五夜望月寄杜郎中》一轴，纸本，纵133.5厘米，横53厘米。

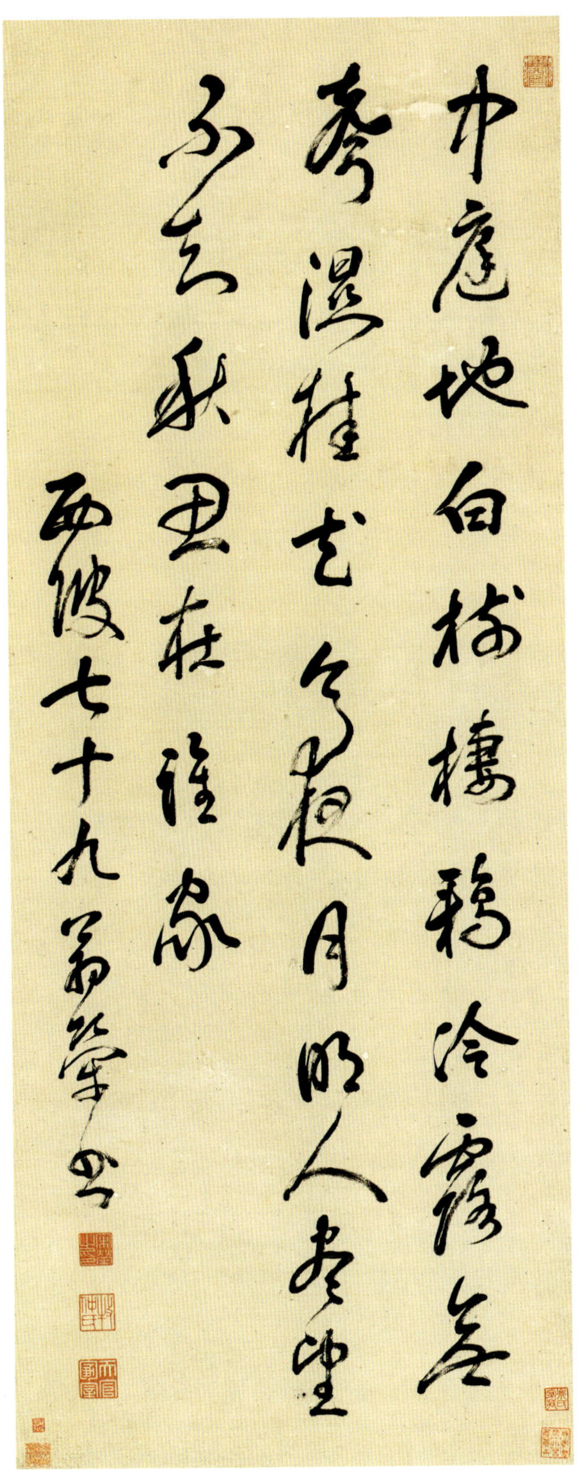

宋荦 行书七言绝句诗轴

纸本 纵133.5，横53

释文：

中庭地白树栖鸦，冷露无声湿桂花。今夜月明人尽望，不知秋思在谁家？

西陂七十九翁荦书。

钤印：宋荦之印（白文方印）、牧仲氏（朱文方印）、天官冢宰（白文方印）、钦赐西陂（半朱文半白文方印）

收藏印：家英辑藏清儒翰墨之记（朱文方印）

王士禛

王士禛（1634—1711），避雍正胤禛讳改名王士正，后又改王士祯，字子真、贻上，号阮亭，又号渔洋山人，后世多称王渔洋，谥文简。山东新城（今山东桓台县）人，常自称济南人，清初著名诗人。

顺治十五年进士，谒选为扬州推官。后历任官翰林院侍读、国子监祭酒、少詹事、户部侍郎、左都御史、刑部尚书等职。工诗，善古文辞，被尊为诗坛圭臬，一代文宗。创“神韵”说，讲求诗的神情韵味，与朱彝尊并称南北二大家。有《带经堂集》《池北偶谈》《香祖笔记》《居易录》《阮亭诗余》《国朝谥法考》《渔洋诗话》等。家有池北书库，藏书甲于齐鲁。

曹寅与王士禛相识于京师，尤侗跋《楝亭图咏》云：“予在京师，于王阮亭祭酒座中，得识曹子荔轩。”王士禛《带经堂集·蚕尾诗》卷二有《楝亭诗曹工部索赋》一首，据周汝昌先生《红楼梦新证》，《楝亭图咏》第三卷王士禛题诗与之同，唯无题，末云：“《楝亭诗》，子翁老先生属赋。王士禛”。

王士禛继钱谦益为康熙诗坛领袖，曹寅对其诗较为推崇，《楝亭诗钞》卷七有《题〈彭蠡秋帆图〉，和阮亭》；《诗别集》卷二有《旅壁读阮亭渡易水诗，且述牧斋、西樵句感赋》；《诗钞》卷八《南辕杂诗》二十首，第二首后自注“赵北口忆阮亭句”；卷七《避热》其九自注“读《蚕尾集》”。

王士禛书法高秀似晋人，能鉴别书、画、鼎彝之属，且精金石篆刻，本书收其行书诗卷一件，纸本，纵22.5厘米，横206.7厘米。

王士禛　行书诗卷

纸本　纵22.5，横206.7

释文：

罗塞翁猿图

栗叶初黄山水浑，接臂叫啸来群猿。缘条引蔓下绝壁，连尻结股争攀援。老猿下视复招手，群猿跳掷腾且奔。可怜猿子亦大黠，襁负母背如乘轩。黑者玄衣白玉雪，下饮百丈临漪沦。龃龉嚄唶生意备，丹青漫漶神理存。品题云是塞翁笔，江东诗律传清门（塞翁为隐之子）。我疑或是易元吉，景灵画壁昔所尊。余铿韩性竞清咏，天姥五字双眉掀。吟诗玩画辄移晷，坐屏寒具忘朝飧。柳子爱汝有静德，投荒始解憎王孙（忽忆元和柳司马）。

十一月十八日纪事三十韵

招摇方指子，七日后长至。五星如连珠，贞符协天瑞。诛荡天门开，日射觚棱次。公卿俨行列，百僚咸备位。云中露布下，琅琅动天地。十月日在未（二十八日），军府秉咨议。雷动传滇城，十万连步骑。贝子坐武帐，诸道师总萃。将军拜祓社，偏裨怒裂眦。阵如荼火陈，士如雕鹗鸷。搜穴剪狐鼠，然犀照魑魅。天上舞钩梯，地中鸣鼓吹。不遑濡马褐，况敢执象燧。胆落钟讵闻，发短约竞系。半年筑长围，屏息门昼闭。樵采路久绝，啖食到残胔。黯技悔已穷，蚁援复何冀。孺子一匕殊，伪相五刑备。自然天助顺，岂曰吾得岁。昆明水清泠，金马山屃赑。妖氛一朝洗，磨崖勒文字。鳌圭命召虎，乘轩宠邴意。六诏歌且舞，给复置官吏。皇哉圣人德，涵育及动植。手提三尺剑，削平诸僭伪。何以硎曰仁，何以淬曰义。师行不驿骚，民居不憔悴。所以八年中，次第芟丑类。自兹万斯年，橐弓兵不试。敢告载笔臣，著之大事记。

挽伊翕庵中丞四首

隔岁看持节，俄惊委逝川。烽高丽江水，魂黯点苍烟。力疾围城日，捐生破贼年。空留新赐冢，突兀象祁连。

家世南充郡，功名仆射看（唐南充郡王伊慎）。行营诸道合，报国寸心丹。未取黄金印，先逢白玉棺。招魂何处是，瘴雾夕漫漫。

桓典青骢马，终烦万里行。竟歌虞殡去，不见蔡人平（中丞卒以五月，贼十月平）。月暗封狐啸，星寒枥马惊。流苏东下日，目断武昌城。

马革平生志，昆明未息戈。星辰移九列，书檄动诸罗。殁视悲荀偃，生还失伏波。故人歌薤露，流涕向山河。

题王安节小画

丛祠倚苍厓，古木捎天碧。社后鸡犬静，村落无人迹。萧萧灵旗风，乌噪山烟夕。

赠许默公

我来太学已八月，长日坐卧石鼓旁。松风洒然送蝉语，一庭碧草生新凉。嗟哉趧趚不可辨，如箝在口谁能详。安得邀君坐东序，同穷史籀赓宣王。

早春行御河堤上口占

河干弱柳渐生稊，沙上芹芽努未齐。莲子湖头风物好，谁摇艇子罨春泥。

城西一首寄金谷似

都城负太行，渤碣地形古。城西富流水，磬折颇参伍。裂帛憯渟著，渊渊乃句矩。北上青龙桥，云峰粲可数。皎如奁中镜，晓窗照眉妩。南过金口寺，遍地鹅王乳。锦石映文鱼，白蘋间红荭。吾家鲁连陂，蓑笠渺烟浦。小别二十年，稻塍几风雨。安得半尺棰，行歌鞭水牯。

牧仲先生索书近诗，聊请正。弟王士禛。

钤印：阮亭（朱文方印）

收藏印：无我有为斋（白文方印）

徐元文

徐元文（1634—1691），字公肃，号立斋，江苏昆山人，明末大儒顾炎武外甥，与兄徐乾学、徐秉义并称“昆山三徐”。

徐元文为顺治十六年（1659）己亥科状元，授翰林院修撰，累迁国子监祭酒，充经筵讲官，内阁学士，翰林院掌院学士，擢左都御史，刑部、户部尚书，文华殿大学士。有《含经堂集》《得树园诗集》等传世。

徐元文早年即与曹寅之父曹玺相识，曾为所得御书赋诗，见《含经堂集》卷五《织造曹君示所赐御书敬赋》。徐元文藏书楼号“含经堂”，曹寅《真州送南洲归里》诗中曾提及：“含经堂下锄芸处，无事休题白练裙。”《含经堂书目》也为《楝亭书目》所著录。《楝亭文钞》之《题玉峰相国〈感蝗赋〉后》，即曹寅康熙四十六年（1707）丁亥为徐元文《感蝗赋》手卷所作：“蝗之生也，天亦无如之何。阴阳消长，随时变迁，有识者能无慨乎！今岁江浙间多蝗，不食稼，而小民惊吪日甚。使公在，不知更当何如。丁亥九月十五日仪真县西轩敬读拜手书。”（《楝亭集》影印本，《楝亭文钞》叶十八，上海古籍出版社1978年版）“玉峰相国”指徐元文。徐元文籍在江苏昆山，昆山古称“玉峰”；又其曾拜文华殿大学士，用古称“相国”，以示敬重。朱彝尊和李煦对徐元文《感蝗赋》手卷都有题跋。

康熙二十九年（1690），江南江西总督傅拉塔弹劾徐乾学，牵连其弟徐元文，于是徐元文休致回籍，家居一年后病逝。则曹寅

《题玉峰相国〈感蝗赋〉后》很可能是应徐元文次子徐树本（字道积）要求而作。《楝亭诗钞》卷五《真州述怀奉答徐道积编修〈玩月〉见寄原韵》即为曹寅与徐树本唱和之诗。

本书收徐元文行书咏物诗页一幅，纸本，纵17.3厘米，横25.3厘米。此页行书为自作咏物诗《橄榄》《佛手柑》五律各一首，写赠芝园。

徐元文字公肅號立齋長州人順治進士官至文華殿大學士有含經堂集

曾從高樹落貯向竹筐輕不忿圓為質惟看碧有情餘甘留味久細嚼迸香清衆果知徒尔應輸諫得名橄欖

舒指駢難數擎拳態最殊中含白雪質幻作黃金膚氣烈醒能解滋辛病可扶雲中漫仙掌得餉玉盤無佛手柑

詠物之二似芝園老年翁正之　徐元文

徐元文　行书咏物诗页

纸本　纵17.3，横25.3

释文：

曾从高树落，贮向竹筐轻。不忿圆为质，惟看碧有情。余甘留味久，细嚼迸香清。众果知徒尔，应输谏得名。（橄榄）

舒指骈难数，擎拳态最殊。中含白雪质，幻作黄金肤。气烈醒能解，滋辛病可扶。云中漫仙掌，得饷玉盘无。（佛手柑）

咏物之二，似芝园老年翁正之。徐元文。

钤印：徐元文（白文方印）、立斋（朱文方印）

王鸿绪

王鸿绪（1645—1723），初名度心，中进士后改名鸿绪，字季友，号俨斋，别号横云山人，清代华亭张堰（今属上海）人，学者、书法家。

康熙十二年（1763）进士，授编修，官至工部尚书。曾入明史馆任《明史》总裁，与张玉书等共主编纂《明史》，为《佩文韵府》修纂之一。后居家聘万斯同共同核定自纂《明史稿》三百一十卷，献与康熙帝，得以刊行。王鸿绪治史学，善诗文，一生收藏书画甚富，精于鉴藏。著有《赐金园集》《横云山人集》等，亦长于医，有《王鸿绪外科》传世。

王鸿绪于康熙十一年（1672）顺天乡试，与曹寅至交纳兰性德同榜举人，亦与曹寅交好。《楝亭图咏》卷三有王鸿绪题咏，周汝昌先生《红楼梦新证》录有题咏全诗，根据诗中“元方拜命出，玉节来金阊。黾勉公务余，秋色忽已苍”四句，考证为曹寅出任苏州时。末云：“赋赠子翁老先生，兼祈教正，云间弟王鸿绪。”诗并见于王鸿绪《横云山人集》卷之十四叶五《曹荔轩楝亭图》，个别文字稍有差异。

与曹寅关系甚密，曾任苏州织造的李煦，其父李士桢在康熙二十六年（1687），曾被时任左都御史的王鸿绪弹劾，而引咎辞职。时隔二十二年后，李煦又书密折言王鸿绪在籍乱言宫禁之事“无中作有，摇撼人心”以取悦朝廷。

王鸿绪书学米芾、董其昌，为董其昌再传弟子，具遒古秀润之趣。本书收王鸿绪行书一轴，纸本，纵114厘米，横41厘米。

内容临米芾《淡墨秋山诗帖》。原诗见《宝晋英光集补遗》，题为《秋山》，首句“淡墨秋山”刻本作“淡墨秋林”。墨迹原件现藏故宫博物院。

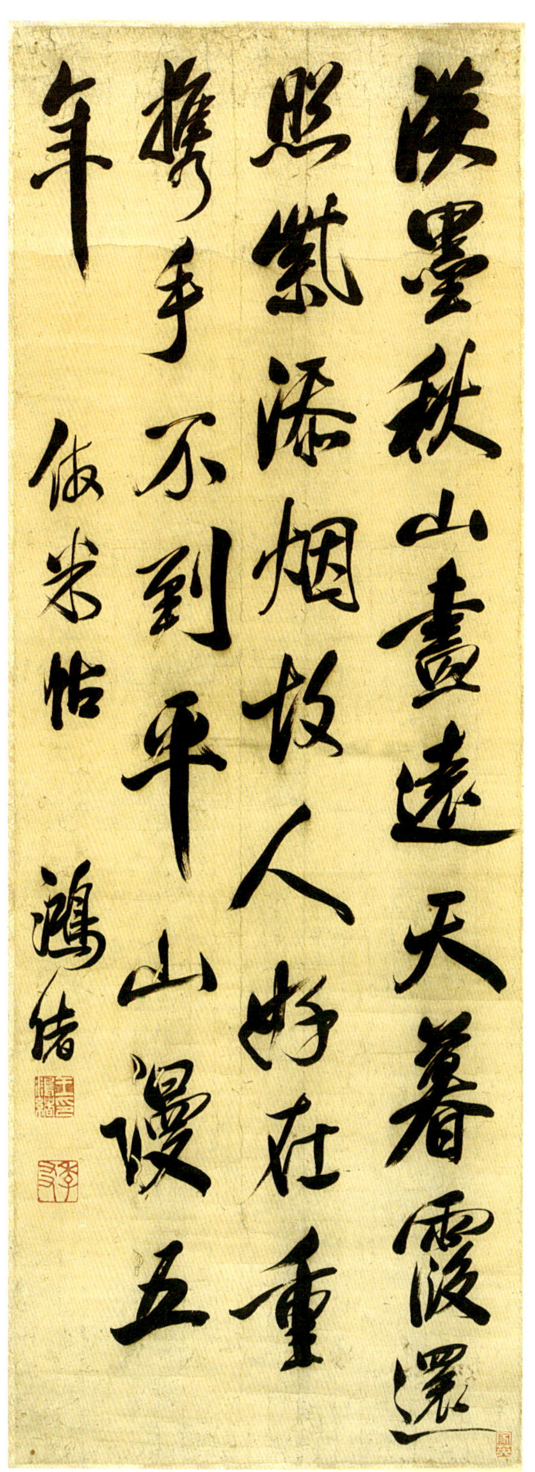

王鸿绪　行书轴

纸本　纵114，横41

释文：淡墨秋山画远天，暮霞还照紫添烟。故人好在重携手，不到平山谩五年。

仿米帖，鸿绪。

钤印：王鸿绪印（白文方印）、季友（朱文方印）

彭定求

彭定求（1645—1719），字勤止，曾号复初学人、咏真山人，晚号止庵，又号南畇老人。江苏长洲（今苏州）人。

彭定求为康熙十五年（1676）状元，授翰林院修撰，历官国子监司业，翰林院侍讲，充日讲起居注官，因父丧乞假归，遂不复出。幼承家学，曾皈依清初苏州著名道士施道渊为弟子，又曾师事汤斌。其为学“以不欺为本，以践行为要”，生平最仰慕王守仁等七贤，尚作《高望吟》七章以见志。著有《阳明释毁录》《儒门法语》《南畇诗稿》《南畇文集》等。

康熙四十四年（1705），曹寅在扬州主持《全唐诗》刊刻，主要编校工作由玄烨钦命十名翰林担任，彭定求居首。但曹寅与彭定求相识要远在此之前。据尤侗《艮斋倦稿·诗集》卷五《二月廿八日揖青亭看菜花作，同曹荔轩、彭访濂、余广霞、梅梅谷、叶南屏、朱赤霞、郭鉴伦》，彭访濂即彭定求。尤侗《悔庵年谱》系其于康熙三十一年，曹寅《楝亭诗钞》卷二《菜花歌》即此时所作。

康熙四十四至四十五年，彭定求与曹寅共同编纂《全唐诗》。据潘耒《遂初堂集》文集卷十二《重建徐宫詹公祠碑铭》，正是彭定求凭借与曹寅的关系，才促成了徐公祠的重建。

本书收彭定求行书五言律诗页一幅，花绫本，纵33.3厘米，横23.8厘米。内容题为“奉祝方翁太老先生偕配江太夫人七十双寿”。

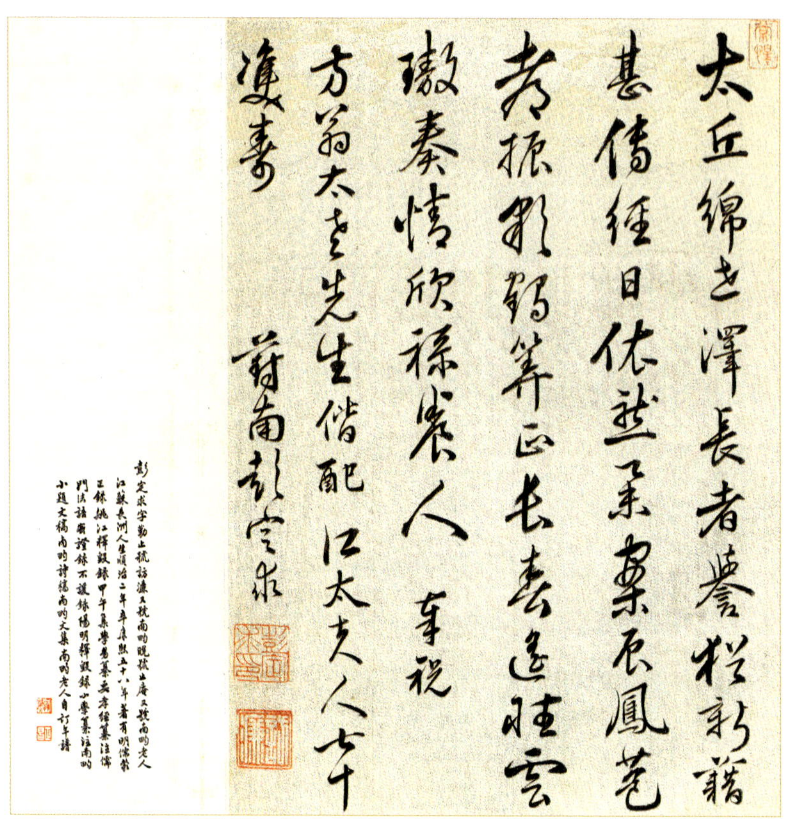

彭定求　行书五言律诗页

花绫本　纵33.3，横23.8

释文：

太丘绵世泽，长者誉犹新。藉甚传经日，依然举案辰。凤苞都振彩，鹤算正长春。遥听云璈奏，情欣禄养人。

奉祝方翁太老先生偕配江太夫人七十双寿。葑南彭定求。

钤印：彭定求印（朱文方印）、访濂（白文方印）、常惺惺（朱文长方印）

何焯

何焯（1661—1722），字屺瞻，号义门、茶仙、润千、香案小吏，世称“义门先生”，江苏长洲（今苏州）人。

康熙四十一年（1702）冬，玄烨南巡驻涿州，巡抚李光地应旨以焯荐，召直南书房，四十二年赐举人，又赐进士，改翰林院庶吉士，仍直南书房。后命侍读皇八子府，兼任武英殿纂修官。四十五年，玄烨不满何焯好讥刺，发上谕责其文义荒疏，不准授职。五十三年复经李光地荐，入翰林院授编修，翌年被控毁谤下狱，尽籍其邸中书和诗文以进，玄烨检查后曰：“是固读书种子也。”乃尽还其书，罪止解官，令其仍在武英殿供职。何焯博览群书，为学长于考订，多蓄宋、元旧椠，参稽互证，校勘甚精，考镜源流，名重一时。曾为纳兰性德主持刊刻的《通志堂经解》考订补撰目录，著有《义门先生集》《义门读书记》《困学纪闻笺》等。

何焯二十五岁以拔贡生进京城，尚书徐乾学、祭酒翁叔元收为门生。然何焯为人秉性耿介，一再失欢于诸师，虽幸得李光地赏识，终是一生坎壈。

曹寅任苏州织造时，曾请何焯密友陆漻绘《楝亭图》。曹家与玄烨八子胤禩多有交往，而何焯曾为皇八子府侍读，又其所居自名“赉砚斋”，近之研《红楼梦》者，或附会索隐其与“脂砚斋”有关，恐为无稽之谈。

何焯善书法，长于考订碑版，喜临晋唐法帖，真行隶书并入能品，与笪重光、姜宸英、汪士鋐并称康熙朝“帖学四大家”。本书收何焯作品为楷书五言对联一副，纸本，纵96厘米、横22.2厘米（每联）。联曰:“野鹤无俗质，孤云多异资。”署名“义门何焯”，名下钤朱文篆书“何焯之印”“峐瞻”二方印，“峐”与“屺”同义。

何焯 楷书五言联

纸本 纵96，横22.2（每联）

释文：

野鹤无俗质，孤云多异姿。

义门何焯。

钤印：何焯之印（朱文方印）、屺瞻（朱文方印）

收藏印：小莽苍苍斋（朱文方印）、家英辑藏清儒翰墨之记（朱文方印）、京兆书生（白文方印）

徐釚

徐釚（1636—1708），字电发，号拙存，又号虹亭，晚称枫江渔父，江苏吴江（今苏州市吴江区）人。康熙十八年，召试博学宏词科，授翰林院检讨。会当外转，乞归。后以原官起用，辞不就。著有《南州草堂集》《本事诗》《词苑丛谈》等。

徐釚与曹寅结识应在康熙十八年博学宏词科时，而交往较多则在曹寅出任苏州织造之后。《南州草堂集》卷十五有《渔村和工部曹子清韵三首》系于壬申，即康熙三十一年。

《楝亭诗钞》中《西轩月夜有怀南洲却寄》《真州送南洲归里》等都是曹寅写给徐釚的诗。南洲即南州，指徐釚，因其著有《南州草堂集》，故称。

徐釚工诗词，善书画，本书收其行书七言律诗扇面一幅，纸本，纵17厘米，横52厘米。内容为其自作诗，写为康熙四十年辛巳四月，与二友至乌石山房，恬庵禅师出示蕘村悼殇之作，因成此诗以慰蕘村。此诗《南州草堂集》未收。

徐釚　行书七言律诗扇面

纸本　纵17，横52

释文：

槐火新敲煮石铛，闲从残面试旗枪。松风欲泻床头月，涧水频添雨后声。壮岁已怜如过隙，老怀应与话无生。遥知鬓雪千茎白，莫为童乌泪更倾。

辛巳四月偕右玉、紫凝过乌石山房家，恬庵禅师出示蒖村老人追悼悼殇之作，赋此属恬庵转致。虹亭釚。

钤印：徐釚之印（白文方印）、虹亭（白文方印）、杏花春雨江南（朱文长方印）

顾贞观

顾贞观（1637—1714），字远平，又字华峰，亦作华封，号梁汾，江苏无锡人。康熙三年（1664），顾贞观任秘书院中书舍人。康熙五年中举，改任国史院典籍，官至内阁中书。顾贞观工诗文，词名尤著，与陈维崧、朱彝尊并称明末清初“词家三绝”，又与纳兰性德、曹贞吉共称“京华三绝”。著有《弹指词》《积书岩集》《纻塘集》等。

顾贞观与曹寅同是纳兰性德渌水亭雅集之旧友。《楝亭图咏》之题咏，第一首为纳兰性德所题，第二首即为顾贞观所咏，性德代录。性德在题写《楝亭图》后不到一个月不幸病逝，曹寅南下任职后还不时念及故友，《楝亭诗钞》卷二《惠山题壁》二首，其一诗后有注曰：“顾梁汾小园中新咏堂，乃故友成容若书。”可知此诗是曹寅游顾贞观家小园，见纳兰性德所题“新咏堂”后忆旧所作。

本书收顾贞观行书《金缕曲》词扇面一幅，纸本，纵16.5厘米，横50厘米。此扇面行书《金缕曲》五首，皆见于《弹指词》。题为《丙午生日自寿》《秋暮登雨花台》《和芝翁题影梅轩词》及《寄吴汉槎宁古塔，以词代书，丙辰冬寓京师千佛寺，冰雪中作》二首。《丙午生日自寿》词作于1666年，顾贞观二十九岁，已有“三十成名身已老”之叹。《秋暮登雨花台》为吊古伤今之作。“影梅轩”指冒襄，芝翁为龚鼎孳。后二首为救吴兆骞而作。吴兆骞，顾贞观好友，字汉槎，号季子，江苏吴江（今苏州吴江区）人。顺治十四年举人。兆骞受科场案牵连，遣戍宁古塔，顾贞观为之乞援于纳兰性德，性德未即许，贞观乃作《金缕曲》二首寄兆骞。性德见二词，为之泣泪，遂言于其父明珠，得纳锾赎归。上款德老世兄，疑为查嗣瑮。

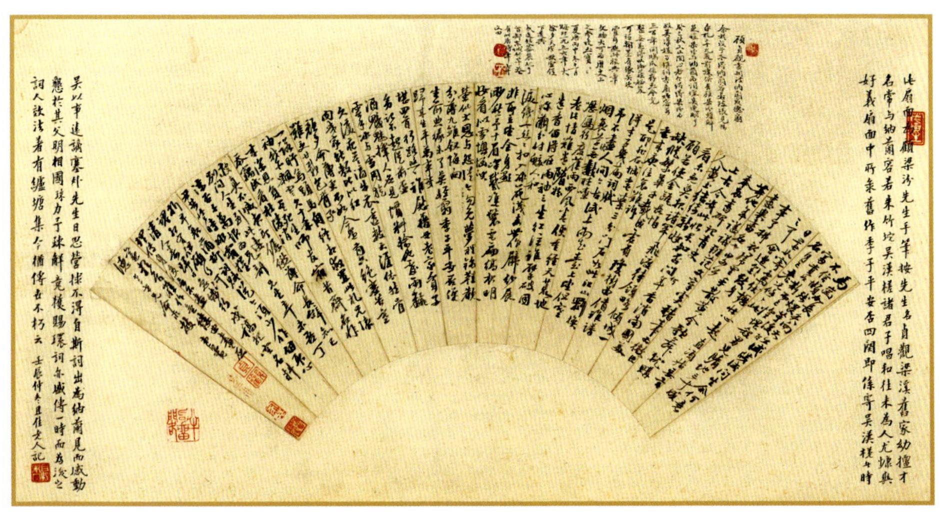

顾贞观　行书金缕曲词扇面

纸本　纵16.5，横50

释文：

马齿加长矣。向天公、投笺试问，生余何意？不信懒残煨芋后，富贵如斯而已。惶愧杀、男儿堕地。三十成名身已老，况悠悠，此日还如寄。惊伏枥，壮心起。　　直须姑妄言之耳。会遭逢、致身事了，拂衣归里，手散黄金歌舞就，购尽异书名士。累公等、他年谥议。班范文章虞褚笔，为微臣、奉敕书碑记。青史上，古今几？

此恨君知否？问何年、香消南国，美人黄土。结绮新妆看未竟，莫报诸军飞渡。待领略、倾城一顾。若使金瓯长怕缺，纵繁华、千载成虚负。琼树曲，倩谁谱。　　重来庾信哀难诉。是耶非、石城桃叶，三分门户。如此江山刚换得，才子几篇词赋。吊不尽、人间今古。试上雨花台上望，但寒烟、衰草秋无数。听嘹呖，雁行度。

旧雨西风卷。便重经、天荒地老，此情难遣。堕粉遗香留得在，两袖三生红泫。谁擘破、同心珍茧。分付鲛人和泪织，一丝丝、扣入冰花浅。来世作，臂纱展。　　非耶立望全身显。渺愁予、十眉峰蹙，双鬟云扁。缟衣明妆看似雪，懊恼吠萤仙犬。恩与怨、从今勾免。梦里锦鞋欢分薄，九雏钗、悔向生前典。缘未了，莫轻剪。

季子平安否？便归来、生平万事，几堪回首？行路悠悠谁慰藉，母老家贫子幼。记不起、从前杯酒。魑魅择人应见惯，料输他、覆雨翻云手。冰与雪，周旋久。　　泪痕莫滴牛衣透。数天涯、依然骨肉，几家能够？比似红颜多命薄，更不如今还有。只绝塞、苦寒难受。廿载包胥承一诺。盼乌头、马角终相救。置此札，兄怀袖。

我亦飘零久。十年来、深恩负尽，死生师友。宿昔齐名非忝窃，试看杜陵消瘦。真不减、夜郎僝僽。薄命长辞知己别，问人生、到此凄凉否？千万恨，为兄剖。　　兄生辛未吾丁丑。共些时、冰霜摧折，早衰蒲柳？词赋从今须少作，留取心魂相守。但愿得、河清人寿。归日急翻行戍稿，把空名、料理传身后。言不尽，观顿首。

旧作《金缕曲》，书应德老世兄命求教。弟贞观。

钤印：贞（朱文方印）、观（朱文方印）

潘耒

潘耒（1646—1708），字次耕，又字稼堂、南村，晚年自号止止居士，江苏吴江（今苏州吴江区）人。潘耒出生于江南的书香门第，六岁丧父，幼孤而天资奇慧。康熙五年（1666），为避难一度改名吴琦，字开奇。受业于王锡阐、徐枋，为顾炎武唯一及门弟子，能承师教，博通经史及历算、声韵之学。

康熙十七年（1678），玄烨帝诏开博学宏词科，潘耒被征举。翌年春定期考试。三月，玄烨帝亲试所荐一百四十三人，潘耒中第二等第二名，五月被授官翰林院检讨。潘耒在京为官五年，其间与曹寅、朱彝尊、陈维崧、尤侗、毛奇龄等多有往来。

潘耒参与纂修《明史》《实录》等，主纂《食货志》六卷，兼纪传。自洪武以下五朝稿皆所订定。又被玄烨帝亲自简拔为日讲起居注官，出任会试考官，分校礼闱，人称"得士"。这时的与馆选者多起家于进士，而潘耒与朱彝尊、严绳孙由布衣入选，文最有名，凡馆阁径进文字，必出三布衣之手，同列忌之。可谓名者益盛而忌者益众。潘耒尤其精敏，敢讲话，不避讳，卒为忌者所中，坐浮躁降职，以母忧归里，遂不复出。

潘耒性好山水，作诗直抒胸臆，不写浮艳，不事雕饰。其登临怀古诸作，文坛名流多为折服。散文中论学之作颇见功力，游记小品较为清隽。沈德潜在其所辑《国朝诗别裁集》中评潘耒的诗为"诗笔直达所见，浩气空行，韵语可作古文读，而登临怀古诸作，尤为光焰腾上，一时名流几罕与俪者"。

潘耒晚年家富藏书，藏书室名遂初堂、大雅堂。平时潜心易象数术。著有《遂初堂诗集》十六卷、《遂初堂文集》二十卷、《文别集》四卷，以及《类音》等。康熙四十七年，老友朱彝尊把生平所著编为八十卷的《曝书亭集》。仲春，潘耒欣然为之作序。其后曹寅“捐赀倡助”，刊刻出版。

本书收潘耒行书七言律诗一轴，泥金笺，纵151.5厘米，横44.8厘米。内容为潘耒“奉祝尔房老年翁七帙荣寿”，此诗《遂初堂诗集》未收。

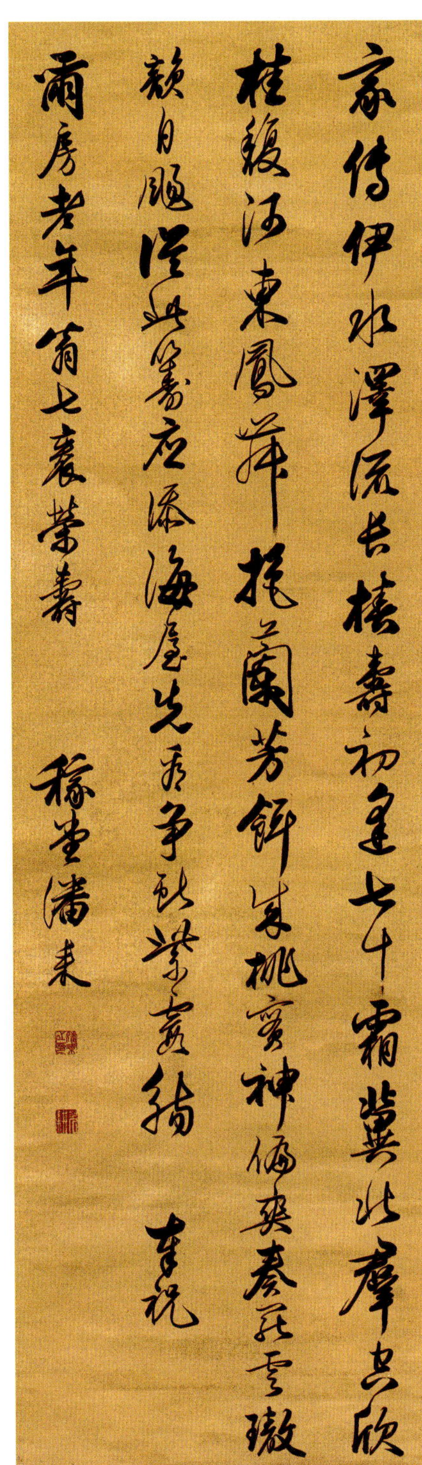

潘耒　行书七言律诗轴

泥金笺　纵151.5，横44.8

释文：

家传伊水泽流长，椿寿初逢七十霜。冀北群空欣桂馥，河东凤舞挹兰芳。饵成桃实神偏爽，奏罢云璈韵自扬。从此筹应添海屋，先看争献紫霞觞。

奉祝尔房老年翁七帙荣寿。稼堂潘耒。

钤印：潘耒之印（朱文方印）、次耕（白文方印）

查慎行

查慎行（1650—1727），初名嗣琏，字夏重，号查田；后改名慎行，字悔余，号他山，赐号烟波钓徒，晚年居于初白庵，故又称查初白。清代著名诗人、藏书家，浙江海宁人。

查慎行天资聪颖，六岁通声韵。康熙二十三年（1684）入都游学，因表兄朱彝尊延誉多交结京城名士，二十五年馆于相国明珠家。二十八年，因观《长生殿》剧，被以“国恤罪”革除太学生籍，是以改名“慎行”。三十二年，顺天乡试中举。四十一年，康熙帝召试南书房。次年三月中进士，特授翰林院编修，入直内廷。五十二年，告假乞归。雍正四年（1726），因弟查嗣庭讪谤案，被捕入京，次年放归，不久去世。查慎行诗学东坡、放翁，尝注苏诗。自朱彝尊去世后，为东南诗坛领袖。著有《敬业堂诗集》等。

曹寅与查慎行表兄朱彝尊交情甚笃，晚年更是交往密切。朱彝尊《曝书亭集》八十卷编撰完成，曹寅为其捐资刊刻，查慎行为之作序纪其事。

查慎行工诗词，亦善书法，本书收其行书七言绝句诗一轴，纸本，纵122厘米，横55.8厘米。

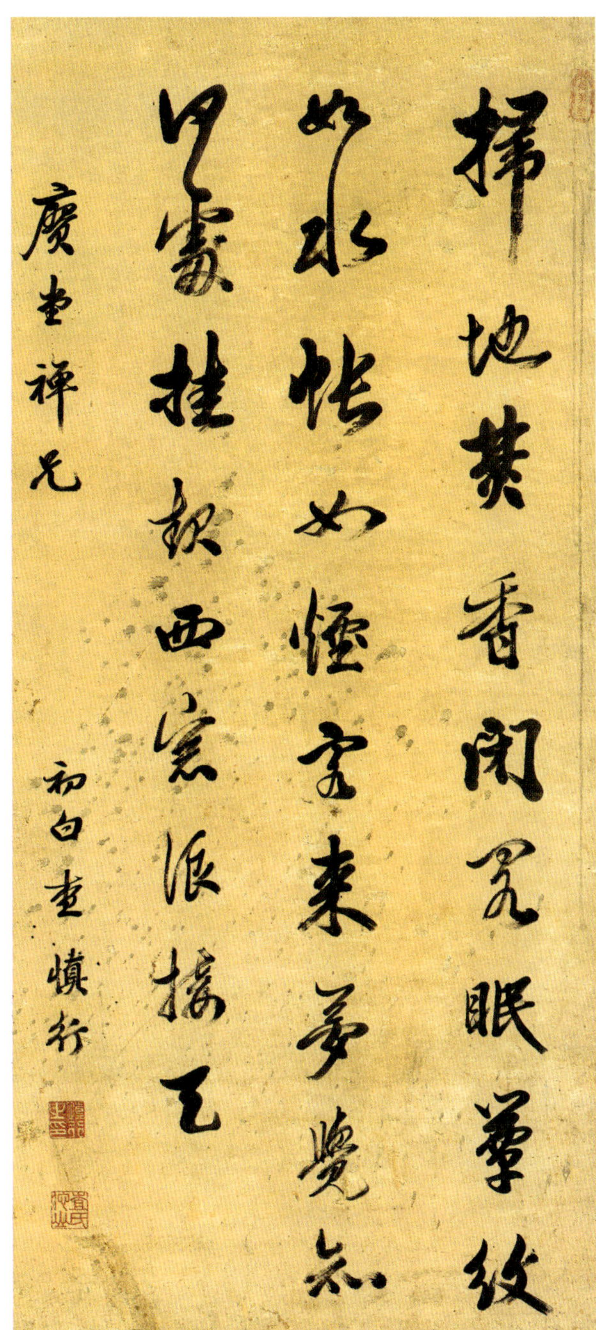

查慎行 行书七言绝句诗轴

纸本 纵122，横55.8

释文：

扫地焚香闲阁眠，簟纹如水帐如烟。客来梦觉知何处？挂起西窗浪接天。

赓堂禅兄。初白查慎行。

钤印：慎行之印（白文方印）、查氏他山（朱文方印）、宸翰敬业堂（朱文长方印）

汪士鋐

汪士鋐（1658—1723），字文升，号退谷，又号秋泉，江苏长洲（今苏州）人，清代书法家、藏书家。

康熙二十九年（1690），考授镶黄旗教习，三十六年（1697）会试第一，廷试二甲头名，改庶吉士，授编修，入直南书房。四十二年丁父忧，随即奉旨在扬州校勘《全唐诗》。服除补官，四十六年夏特升右春坊右中允，兼翰林院编修。次年，以丁母忧去官，雍正元年卒于京师。生平著述甚富，尤勤考古，编著有《长安宫殿考》《全秦艺文志》《瘗鹤铭考》《三秦纪闻》《秋泉居士集》等。

康熙四十四年曹寅奉旨主持刊刻《全唐诗》诸事，玄烨钦命十员翰林担任编校，闰四月下旬，编校组庶吉士俞梅，侍讲彭定求，编修沈三曾、杨中讷、潘从律、汪士鋐、徐树本、车鼎晋、汪绎、查嗣瑮陆续集于曹寅署，汪士鋐最晚到达。五月于扬州天宁寺开局，康熙四十五年八月刊刻全部告竣。十翰林大都是曹寅旧交，而汪士鋐为汪琬的从子、朱彝尊的学生，当早与曹寅相识。汪士鋐其后数年一直在扬州书局，康熙四十六年其五十岁生日也在此度过。汪士鋐利用编辑之便，得遍阅楝亭藏书，借钞其所需者。黄丕烈《士礼居藏书题跋记》卷二“《长安志》二十卷《长安志图》三卷（明本）”条录汪士鋐跋文：“此书人间久已绝少，丁亥岁，奉命纂修《方舆路程》，因于织造曹银台处借钞得之也。壬寅九月十三日，秋泉居士记。”

汪士鋐善诗文，尤工书法，与姜宸英齐名，人称“姜汪”。《清史列传》称其“书绝瘦硬颉颃张照，诸子莫及。晚年尚慕篆、隶，其书能大而不能小，然有奇势，纵横自放，名公卿碑版多其手。”翁方纲诗有“楷法同时汪与何”，并举汪士鋐与何焯。汪士鋐与姜宸英、笪重光、何焯又并称康熙间“帖学四大家”。本书收其行楷四言对联一副，绫本，纵63.4厘米，横23厘米（每联）。

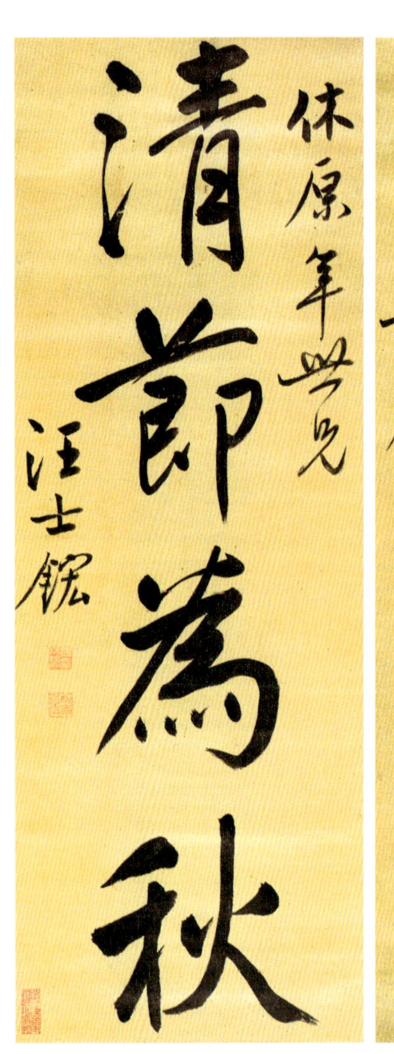

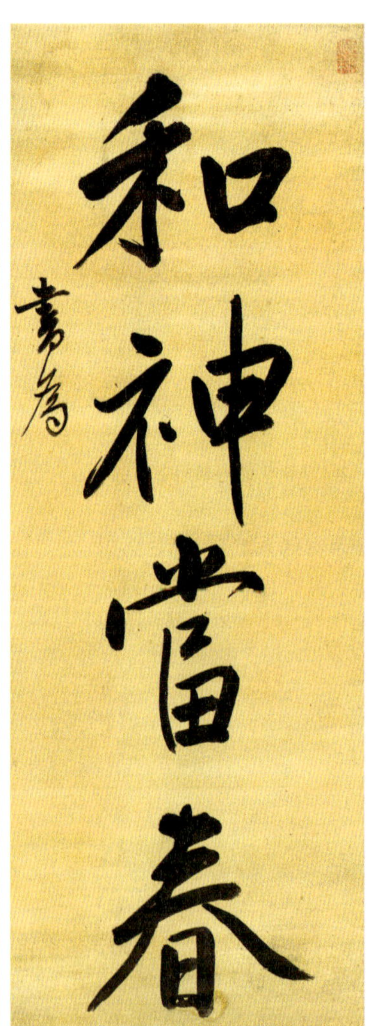

汪士鋐　行楷四言联

绫本　纵63.4，横23（每联）

释文：

和神当春，清节为秋。书为休原年世兄。汪士鋐。

钤印：汪士鋐印（白文方印），松南居士（朱文方印），池柳（白文长方印）

收藏印：曾藏张昌伯处（朱文长方印）

查嗣瑮

查嗣瑮（1652—1733），字德尹，号查浦，又号晚晴，清代浙江海宁人，知名诗人查慎行之二弟。

查嗣瑮自幼机敏，数岁即解切韵谐音，曾受学于黄宗羲，又随兄查慎行、表兄朱彝尊学诗，生平游迹遍天下。康熙三十九年（1700）中进士，选翰林院庶吉士，授编修，升至侍讲。雍正四年（1726）秋，三弟查嗣庭受命出任江西乡试主考，胤禛罗织其试题及日记中文字大兴文字狱案，查嗣瑮受牵连流放关西，后卒于戍所。查嗣瑮精考订，诗与兄慎行齐名，时人比作北宋“二苏”兄弟。编著有《查浦诗钞》《查浦辑闻》《南北史识小录》《音类通考》等。

康熙四十四年曹寅奉旨主持刊刻《全唐诗》诸事，玄烨钦命十员翰林担任编校，查嗣瑮为其中之一。全唐诗局同僚，多有查嗣瑮亲友同年，而任校勘者，又多其门生，《查浦诗钞》卷八有《平山堂谳集》（集者六十三人）三首，《真州使院层楼与荔轩夜话》《东山将归常熟》《及门程嵩亭载酒红桥，诗来次答》《及门方觐文招同鲍又昭、汪长民、杨惠南、唐序皇放舟郭外》等诗，皆其记录。与曹寅更是多有唱和，《查浦诗钞》卷八有《曹荔轩之真州，同晚研、道积、丽上三前辈及东山同年赋别》，而曹寅《楝亭诗钞》卷五有《晚晴，将之真州，和查查浦编修来韵》。《全唐诗》编竣，查嗣瑮有诗《全唐诗校竣将有北行留别荔轩通政》赠别曹寅。而曹寅《楝亭诗别集》卷四《吴园饮饯查浦编修，兼伤竹垞、南洲》，表明查嗣瑮之后还曾到扬州会曹寅，二人情谊未了。

本书收查嗣瑮作品一幅，为行书七言律诗一首，纸本，纵19.5厘米，横34厘米。《查浦诗钞》卷七收录此诗，题为《岭行杂诗》（其三）。

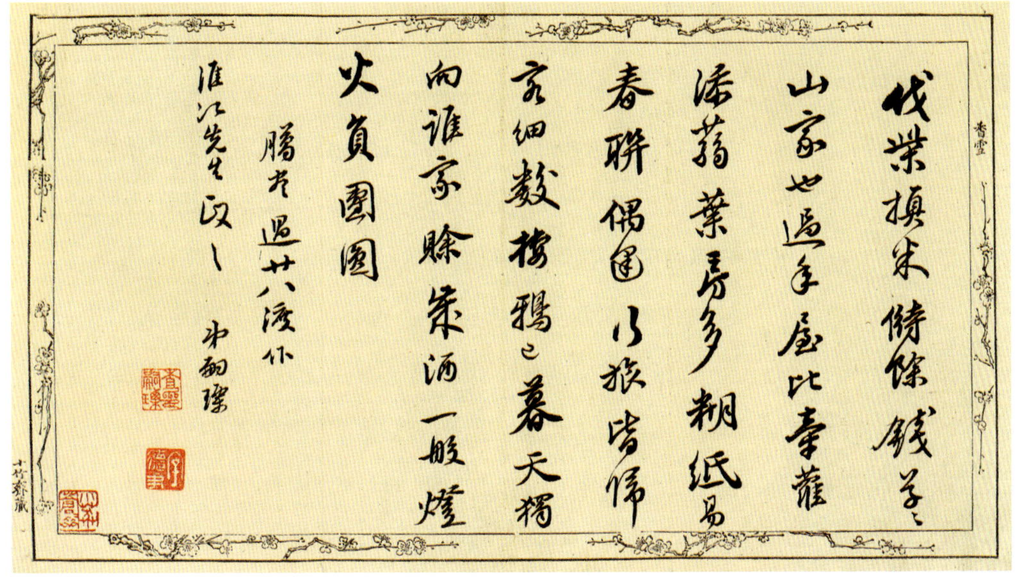

查嗣瑮　行书诗页

纸本　纵19.5，横34

释文：

伐柴换米倂余钱，草草山家也过年。屋比牵萝添蒻叶，房多糊纸易春联。偶逢行旅皆归客，细数栖鸦已暮天。独向谁家赊岁酒，一般灯火负团圆。

腊尽过廿八渡作，淮江先生政之。弟嗣瑮。

钤印：查嗣瑮印（朱文方印）、字德尹（白文方印）

收藏印：小莽苍苍斋（朱文方印）

赵执信

赵执信（1662—1744），字伸符，后改字澹修，号秋谷，晚号饴山老人、无想道人、知如老人，山东青州（今淄博市博山区）人。清初知名诗人、书法家。

赵执信九岁能文，十四岁中秀才，十七岁中举人，十八岁中进士，选翰林院庶吉士，授编修。典试山西，迁右赞善，充明史馆纂修官，参与修《大清会典》。赵执信曾助洪昇创作《长生殿》传奇。康熙二十八年（1689）八月，赵执信因在佟皇后忌辰“国恤”期间被邀观演《长生殿》而被革职，时人有“秋谷才华迥绝俦，少年科第尽风流。可怜一出《长生殿》，断送功名到白头”之谈。遂后返乡筑园，流连诗酒，四方游历三十余年，六十三岁返回故里后退居因园，乾隆九年以八十三岁高龄卒于故里。赵执信诗文俱名，诗歌与宋琬、施闰章、王士禛、朱彝尊、查慎行并称“国朝六家”。著有《饴山文集》《谈龙录》《因园集》《声调谱》等。

据清人屈复《曹荔轩织造》诗句“直赠千金赵秋谷”，推测曹寅可能资助过罢官的赵执信。康熙四十二年（1704），曹寅作《读洪昉思稗畦行卷感赠一首兼寄赵秋谷赞善》：“惆怅江关白发生，断云零雁各凄清。称心岁月荒唐过，垂老文章恐惧成。礼法谁尝轻阮籍，穷愁天亦厚虞卿。纵横捭阖人间世，只此能消万古情。”次年邀洪昇到南京，排演全本《长生殿》三日夜。而曹寅与赵执信的诗词唱酬在二人诗集中多有留存。康熙四十四年，赵执信赴苏州途经扬州，专门到曹寅主持的全唐诗局，留诗《寄曹荔轩

(寅)使君真州》，曹寅酬和《和秋谷见寄韵》，是二人交谊的明证。

赵执信为王士禛甥婿，曹寅与王、赵二人俱有交往。赵执信论诗反对王士禛"神韵说"，王、赵交恶。《楝亭诗钞》卷七有《避热》诗十首，其九诗后自注"读《蚕尾集》"，或谓诗中曹寅对王士禛之诗歌推崇，而把赵执信对王士禛的攻讦视为毁谤。

本书收赵执信作品为行书《即事》诗一轴，纸本，纵81.6厘米，横42.5厘米。其诗为七言律，见《因园集》卷四，题为《即事》。款署"无想道人"，当为赵执信晚年作品。

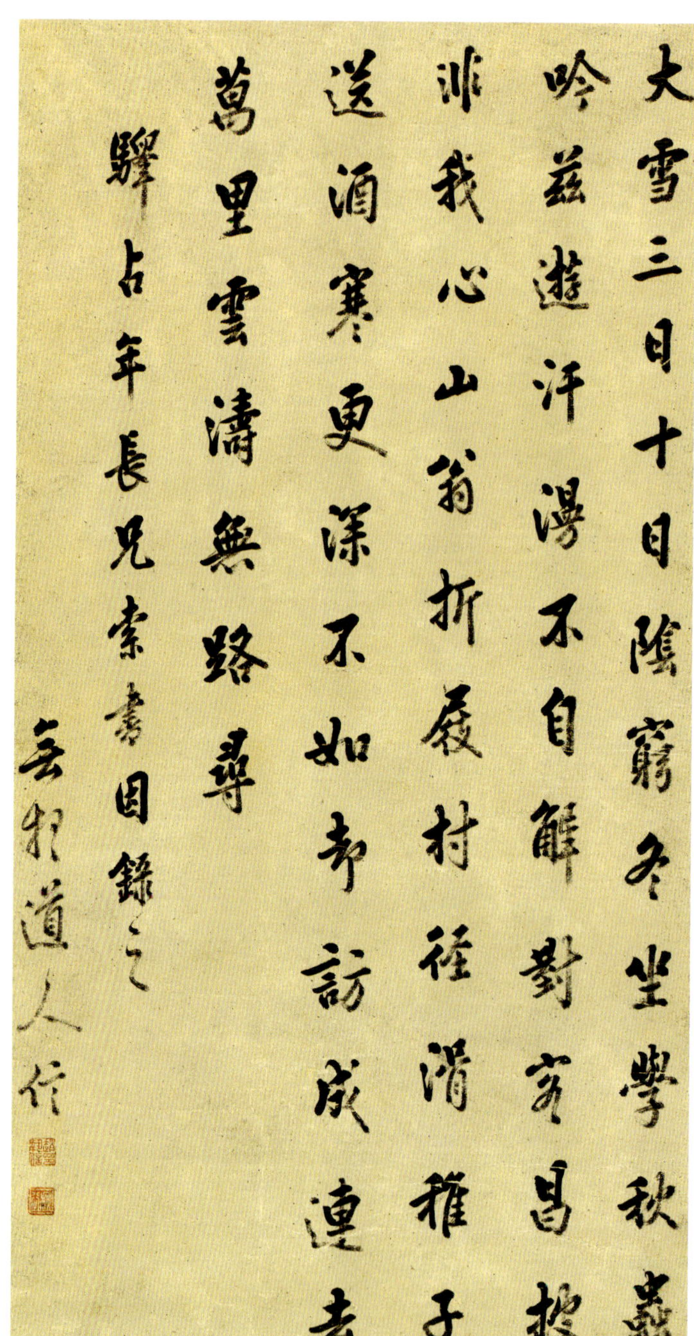

赵执信　行书即事诗轴

纸本　纵81.6，横42.5

释文：

大雪三日十日阴，穷冬坐学秋虫吟。兹游汗漫不自解，对客昌披非我心。山翁折屐村径滑，稚子送酒寒更深。不如却访成连去，万里云涛无路寻。

驿占年长兄索书因录之。无想道人信。

钤印：赵执信印（朱文方印）、秋谷（白文方印）

陈鹏年

陈鹏年（1664—1723），字北溟，号沧洲，湖南湘潭人。康熙三十年（1691）进士，历官浙江西安知县、江南山阳知县、江宁知府、苏州知府、河道总督。为官清廉，以清操闻于朝，三黜三进，民间有“陈青天”之誉。卒于任，谥恪勤。著有《道荣堂文集》《道荣堂诗集》《喝月词》《历仕政略》《河工条约》等。

曹寅与陈鹏年曾同朝同地为官，且志趣爱好相同，虽无深交，但曹寅一向仰慕他的操守人格，《光绪湘潭县志》载有曹寅解救江宁知府陈鹏年的轶事：康熙四十四年乙酉，帝南巡，总督阿山欲加钱粮耗银，以取宠于皇帝，此议遭到陈鹏年的反对，“抗言力争”，致阿山所为不畅，以此怀恨，便在皇帝面前中伤陈鹏年“诽怨巡游，罪不可赦”。时康熙帝车驾由龙潭幸江宁，驻跸曹寅的织造府。织造幼子嘻而过于庭，上以其无知也，问曰：“儿知江宁有好官乎？”儿答：“知有陈鹏年。”随后，康熙帝令将陈鹏年及一些大臣叫来，佯装发怒，当面责问。曹寅立即出列免冠跪地为陈鹏年求情，“叩头捣地”，直至“额血被面”。曹寅死力为陈鹏年辩解，力保其无罪，方使得“上意解”，康熙帝相信了陈鹏年是被人诬告，因而得到了皇帝的宽恕，并调往京城修书处效力。康熙四十七年，陈鹏年复出任苏州知府，闲来游虎丘，因所作“虎丘诗”而二次获罪。

康熙四十九年（1710），吴贯勉有札致陈鹏年，述及曹寅北行之事，鹏年次韵及之，即《次韵答吴秋屏见寄》二首（陈鹏年《沧州近诗》卷五），现录其一：

初日在高树，幽人门未开。乍闻干鹊喜，恰有素书来。义觉云天重，春从黍谷回。新诗比珠玉，读罢更徘徊。

据陈鹏年诗中自注："札中述银台曹荔轩先生北行，相念甚切，故及之。"从中得见二人此后交往相从甚密。

陈鹏年书学颜真卿，继学孙过庭，为世人所称道，尤善行、草书，据载罢官时，持书易酒米，人争藏弆以为荣。本书所收陈鹏年作品为行书"虎丘诗"轴，纸本，纵121.2厘米，横50.2厘米。

"虎丘诗"轴包括《重游虎丘》和《虎丘》两首，该诗作于康熙四十八年（1709），时因总督噶礼与巡抚张伯行不睦，疑陈与张为一党，将此诗抄录逐句加以批注，认定为反诗，如：诗中的"金气尽"隐大清气数已尽；"鸥盟"暗喻当时窝居台湾的晚明反清势力郑经政权等，特密报朝廷，构陷成狱，判以充军。后此事引起物议，直到康熙五十一年，经康熙帝审定诗作，认为系"诗人讽咏，各有寄托，岂可有意罗织以入人罪"，才撤销原判。此亦为康熙朝有名的文字狱案。陈鹏年出狱后为不忘此诗给他带来的罹患，特书此诗为记。"虎丘诗"轴实证此桩公案。后有著名学者俞樾"两番被逮拘囚日，市井号咷尽哭声"诗句，形容陈鹏年一生坎坷，足见"虎丘诗"在当时产生的反响之大。

陈鹏年　行书虎丘诗轴

纸本　纵121.2，横50.2

释文：

雪艇松龛阅岁时，廿年踪迹鸟鱼知。春风再扫生公石，落照仍衔短簿祠。雨后万松全合沓，云中双塔半迷离。夕佳亭上凭栏处，黄叶空山绕梦思。

尘鞅刚（删）余半晌闲，青鞋布袜也看山。离宫路出云霄上，法驾春留紫翠间。代谢已怜金气尽，再来偏笑石头顽。楝花风后游人歇，一任鸥盟数往还。

此余己丑作《虎丘诗》也。庚寅既解组，于辛卯岁，此诗得呈御览。几罹不测，荷蒙我皇上洞雪，于壬辰十月初六日宣示群臣，此二诗遂得流传中外，诚旷古奇遇也。因嘱书为志于此，仰见圣明鉴及幽微，兼志感泣于不朽云。长沙陈鹏年。

钤印：陈鹏年印（白文方印）、沧州（朱文方印）、潜阁（朱文椭圆印）

收藏印：西安张氏鉴赏书画印（朱文长方印）

第二章

小莽苍苍斋藏与曹雪芹及《红楼梦》流布相关清儒墨迹

综论

从小莽苍苍斋藏清人墨迹看《红楼梦》的流传影响

董志新

这一部分共选收小莽苍苍斋所藏清代中后期三十二位名人墨迹三十二件，其中书札七件、法书二十五件。时间跨度从乾隆中期到清末；也有两三人跨过历史变更线，进入民国时期。

选择这批墨迹编入本书，主要出于这样的考虑：（一）其中一些人已走进（走近）曹雪芹的交游圈，或记载过曹寅、曹雪芹的生平事迹，留传过他们的文献资料；（二）其中一些人或吟咏记载，或重构改编，或研讨评论，为《红楼梦》传播做过些许贡献。

这三十二件墨迹的全部价值，在于它们是认识曹雪芹和解读《红楼梦》的直接文献或辅助材料。

这里为每位名人编写了生平学养小传，按照他们生年先后排序。而在这篇概述性文章中，则是按照每个人与曹雪芹、《红楼梦》发生联系的性质，同品共类归纳在一起，分为不同板块介绍。在撰写名人小传时，参考了一些专家学者的研究成果；在介绍名人墨迹时，参考了《小莽苍苍斋藏清代学者书札》和《小莽苍苍斋藏清代学者法书选集》（包括续编）的相关内容，本文末逐条介绍出处，在此一并致谢，以示不敢掠美。

周春的“涉红书简”

这三十二件墨迹中最宝贵的一件，是周春致吴骞的“涉红书简”（下文均用此简称）。所以，本文对其单独介绍。

周春，浙江海宁人，主要活动于乾嘉两朝。进士出身，当过两年知县。丁父忧离任后不再仕进，大半生以读书撰著为业，直至离世。是有名的经学家。

乾隆五十五年（1790）秋天，杨畹耕告诉周春，表弟徐嗣曾（雁隅）“以重价购钞本两部：一为《石头记》，八十回；一为《红楼梦》，一百廿回；微有异同。爱不释手，监临省试，必携带入闱，闽中传为佳话”。徐嗣曾本姓杨，杨姓是周春的舅家。杨畹耕是徐嗣曾的堂兄弟。五十九年（甲寅，1794），周春从“苕估”（书贩）手里买到新刻本《红楼梦》，得以“阅其全”书。“甲寅中元日”（本年七月十五日）撰成《红楼梦记》，后又作《题红楼梦》《再题红楼梦》八首七律。本年九月十七日，接到老友吴骞（藏书家）的来信。第二天，周春即回信，信中写下一段非常重要的话：

> 拙作《题红楼梦》诗及《书后》，绿（渌）饮托钱老广抄去，但曹楝亭墓铭行状及曹雪芹之名字履历皆无可考，祈查示知。

说周春“涉红书简”这段话“非常重要”，是因为周春早在二百二十多年（1794）前，就正确提出要考查“曹雪芹之名字履历”和“曹楝亭墓铭行状”。周春在《阅红楼梦随笔》中还说过：“《红楼梦》作者曹雪芹。”周春在曹雪芹逝世

（1763）后仅三十二年、《红楼梦》抄本刻本均无作者署名的情况下，就明确把著作权归署曹雪芹，并提出考查曹雪芹生平的学术任务，这在曹学、红学史上，是有开创性的大事件。一百一十年后（1904），大学者王国维提出：要考证《红楼梦》作者（未指出作者是谁）。又过去十七年（1921），胡适作《红楼梦考证》，翔实细密地研究了《红楼梦》的作者和本子，确指作者是曹雪芹，奠定了“新红学”的基础。周春这封“涉红书简”，20世纪50年代末期为毛泽东的秘书田家英收藏，2013年由其婿陈烈先生编入《小莽苍苍斋藏清代学者书札》一书影印出版。它的被发现，证明曹雪芹之于《红楼梦》有无可争议的著作权，证明胡适等考证《红楼梦》作者为曹雪芹的结论是经得起历史检验的，证明研究《红楼梦》作者之学——曹学的建立和发展是符合历史逻辑的。

之所以说周春“涉红书简”这段话“非常重要”，还因为它关联两位“涉红”学者：吴骞和鲍廷博。吴骞也是浙江海宁人，著名藏书家。得书五万余卷，藏书处为“拜经楼”。乾隆六十年（1795），周春又作《红楼梦评例》和《红楼梦约评》，与前面提到的两种红学著作合成《阅红楼梦随笔》一书，这是红学史上第一部红学专著。吴骞刊刻印制了这部书，这也是他对红学产生有贡献的标志。鲍廷博，安徽歙县人，号渌饮（周春写做“绿饮”）。喜搜罗散佚，家富藏书。他托钱老广抄“《题红楼梦》诗及《书后》”，也是因为喜读《红楼梦》，又喜欢抄书藏书所致。

由周春的“涉红书简”和《阅红楼梦随笔》，又牵连到另一位“涉红”人物钱大昕。钱大昕是江苏嘉定（今上海嘉定区）人，京官生涯二十余年，是著名的史学家和经学家。据周春《阅红楼梦随笔》所载，钱大昕曾与周春讨论《红楼梦》“本事”，倾向“张侯家事”说。平生富藏书，对曹雪芹祖父曹寅的藏书很关注。他在为明代徐一夔《艺圃搜奇》作跋时说：曹寅“尝抄以进御”。

走进（近）曹雪芹交游圈的士人

墨迹入选本书的清代名人，均为走进或走近了曹雪芹交游圈的士人。

属于曹雪芹师长辈的有两人：沈廷芳与沈德潜。沈廷芳乾隆元年（1736）赐博学鸿词出身，在京为官时多年任右翼宗学“稽察”。他是恒仁的老师兼朋友，而恒仁是敦敏、敦诚的叔父，是贻谋（宜孙）、桂圃（宜兴）的父亲。恒仁家居时向学益勤，时时与沈廷芳议文论诗。乾隆十二年四月，沈廷芳帮恒仁选诗成集。恒仁卒，沈廷芳为其撰墓志铭。沈廷芳稽察右翼宗学期间，曹雪芹在此任教习，此期他在创作《风月宝鉴》，后增删为《石头记》。敦敏、敦诚为右翼宗学学生。沈德潜是沈廷芳的“家叔”，乾隆元年荐举博学鸿词科。他博古通今，乾隆帝称之为“江南老名士”，并赐“御制诗”几十首。恒仁与其有师生之谊，存唱和之作。乾隆十年（1745），他编辑的《国朝诗别裁集》创始，收入恒仁诗二首，撰恒仁小传。收曹寅小传及诗二首：《岁暮远为客》《读洪昉思稗畦行卷感赠一首兼寄赵秋谷赞善》。二十六年（1761）《国朝诗别裁集》增删镂版。此期，曹雪芹《脂砚斋重评石头记》（甲戌本）已在友朋中传抄。

被曹雪芹变通写入《红楼梦》的有两人：孔继涑与孔继涵。皆山东曲阜人。孔继涑为六十七代衍圣公孔传铎之子，嫡母为东阁大学士熊赐履的小女儿熊淑芬。他与岳父张照皆乾隆前中期著名书法家。乾隆帝东巡曲阜祭祀孔庙，看到金声门左侧孔继涑书《大学》首章“联屏”上的字迹笔笔有力，连声称赞。乾隆四年（1739），舅舅熊志契授为翰林院孔目。从康熙四十五年（1706）到雍正六年（1728），曹寅、曹頫先后奉旨“照看”熊赐履的三个儿子，前后达二十余年。孔继涑的弟弟孔继涵曾为外祖父作《经筵讲官太子太保东阁大学士兼吏部尚书熊文端公年谱》，了解曹、熊两家交往史。曹雪芹因曹、熊、孔三家父祖辈的历史关系，在京（张照也在京）渐与熊志契、孔继涑、孔继涵取得联系。孔继涑有一段时间主持孔府事务，当上了有实无名的"衍圣公"。此时，正是曹雪芹撰写修改《风月宝鉴》和《石头记》的时期，他在第五十三回把贾府宗祠额匾和门旁楹联派给"衍圣公孔继宗书"，将孔继涑隐写于书内。孔继涵的诗文集中有与曹家有关的文章。曹寅刻洪氏《隶续》一书，在孔集中有《〈隶续〉跋》一文，该跋文开头即提到了"楝亭曹氏"。乾隆二十二年（1757）春天，孔继涵赴京谢恩。有可能与曹雪芹结识，提到过曲阜城东宋代所建、现在已成废圃的"聚芳园"，并讲到其中的"蔽芾馆"，后为曹雪芹所援用。《红楼梦》宁府中有一处称"会芳园"者，似与"聚芳园"有相通之处；曹雪芹佚著《废艺斋集稿》第一册题名为《蔽芾馆鉴印章金石集》（内容是关于刻印章的），直接用"蔽芾馆"为自己的室名。二十七年（1762）春，脂砚斋、松斋（白筠）、棠村等人小聚，批点《石头记》甲戌抄本第十三回。看过"三春去后诸芳尽，各自须寻各自门"的诗句，写下眉批："不必看完，见此二句，即欲堕泪。梅溪。"约在此前后或同时，曹雪芹请友人在其小说五个书名中认可一个，"东鲁孔梅溪则题曰《风月宝鉴》"，此事被写入小说楔子之中。

属于走近曹雪芹朋友圈的有三人：朱筠、朱珪兄弟及弘旿。朱筠为顺天府大兴（今属北京市）人。传世著作有《笥河集》。家藏书极富，曾先后收藏有曹寅"楝亭"、富察氏"谦益堂"等旧藏，聚书三万余卷。弟朱珪与兄时称"二朱"。朱筠与陈本敬是相交三十余年的朋友。乾隆十九年（1754）甲戌，朱筠成进士。钱维城是该科副考官，并与董邦达等人同任该科之殿试读卷官。二十六年（1761）辛巳夏六月，曹雪芹作写意画八幅，请陈本敬、闵大章、歇尊者、铭道人等题跋。陈本敬于第五幅上题李清照海棠词《如梦令》，于第七幅上题金党怀英《渔村诗话图》七绝一首。朱筠之女许嫁敦诚的好友“监生龚怡（紫树）”。三十五年（1770），朱筠作《陈伯思农部》《陈仲思检讨》二诗寄怀陈本忠与陈本敬。四十三年（1778）陈本敬卒。八月十七日，朱筠在《书陈仲思所赠书后》一文中缅怀与其交往之情。五十一年（1786）清明前，弟朱珪与敦敏、嵩山（永訔）等饮酒观梅。明年在此再次聚会时，敦诚有诗忆其事。

弘旿是宗室诗人，封二等镇国将军。是乾隆帝近臣，职在御前。一生工诗能画，师从董邦达，名与紫琼并著。有集《瑶华道人诗钞》。他与永忠、敦诚、墨香多有交往。当他读了堂侄永忠的《因墨香得观〈红楼梦〉小说吊雪芹》三首七绝之后，他说“终不欲一见”《红楼梦》，是因为恐怕其中有“碍语”。表现出贵族高官对接受《红楼梦》的谨慎心理。

目前红学界有个共识：敦敏、敦诚是曹雪芹交游的核心人物，是志同道合的至交知己。本书收录的二十二人中有几位似与曹雪芹没有打过交道，但是，却与“二敦”有直接交往，尤其是抄过、读过、评过“二敦”的诗文集。我们知道：“二敦”诗文集中有十几首吟咏曹雪芹的诗。这几位士人是：卢文弨、法式善、钱沣、刘大观、翁方纲。

卢文弨是浙江仁和（今杭州）人，乾隆十七年（1752）进士及第，授翰林院侍读学士。是藏书家，性喜抄书。敦诚早年诗歌创作结集《鹪鹩庵杂诗》，收诗到乾隆二十九年。约在此后某个时期，卢文弨手抄了这本诗集。它保存了敦诚别本所未见的诗有二十四题二十九首之多。难能可贵的是卢抄《鹪鹩庵杂诗》保存了《赠曹雪芹》和《挽曹雪芹》两题诗的原稿。与刻本《四松堂集》比较，卢抄《赠曹雪芹》有异文，而《挽曹雪芹》卢抄本是两首，第一首有异文，第二首是多出来的。而多出这首诗概述了曹雪芹一生，具有研究曹雪芹生平和创作不可替代的文献史料价值。

法式善为蒙古正黄旗人。乾隆四十五年（1780）进士，官至侍读学士。他在其著作《八旗诗话》中作有《曹寅》诗小传，对曹寅诗作有整体评论。法式善与敦敏、敦诚有交往。嘉庆初年，铁保受命编辑八旗文人诗歌总集《熙朝雅颂集》一书，法式善多年董理其事。其间作五言律诗《〈懋斋诗钞〉〈四松堂诗集〉》，又在《八旗诗话》中评敦诚之诗："诗幽邈静靓，如行绝壑中逢古梅一株，着花不多，而香气郁烈。"法式善与高鹗亦有文字交游。

钱沣，云南昆明人，乾隆三十六年（1771）进士。他与敦诚打交道较晚。乾隆四十八年（1783）九月，钱沣视学湖南。行前，敦诚为其举酒饯别，作七律一首：《钱南园（沣）视学湖南，行有日矣……》。钱沣答诗中有"王孙好客同青眼，祖席吟诗半黑头"的句子，可见其互相推重。

刘大观，山东临清州邱县（今属河北省邯郸市）人，乾隆四十三年（1778）进士，官至山西布政使。刘大观与"曹红文化圈"的接触，主要在一篇跋语一篇序言上：一是为敦诚《四松堂集》作跋，时在乾隆后期；二是为程伟元编辑的晋昌诗集《且住草堂诗稿》作序，时在嘉庆七年（1802）。

翁方纲，直隶大兴（今属北京市）人，乾隆十七年（1752）进士，官至内阁大学士。他与"二敦"的交往有点迂回，约于乾隆二十六、七年间。他与敦敏、敦诚的恩师沈廷芳（号椒园）在端溪舟中谈诗论文，交流诗论。乾隆六十年秋九月，他应"二敦"堂弟桂圃（宜兴）之请为恒仁（"二敦"之师）的《月山诗集》作序，而《月山诗集》为沈廷芳所手订。

收入的人物中，还有两人虽然与曹雪芹无关，出现时代也晚，却与曹寅有些联系，又都在藏书方面连类而及，系于此处介绍。两人是叶昌炽和罗振玉。

叶昌炽，江苏长洲（今苏州）人，光绪二年（1876）中举，任至甘肃学政。

大藏书家，作《藏书纪事诗》一书，首开藏书史研究。叶书中有曹寅和富察昌龄的藏书纪事，留传下曹学红学文献。

罗振玉，浙江上虞（今绍兴上虞区）人，主要活动于清末民初。罗振玉政治经历复杂，又是大学者，多方面有成就，也是目录学家。这项专业使他拥有了曹寅的《楝亭书目》抄本。民国间，金毓黻将其借抄，编入《辽海丛书》，为世永传。

《红楼梦》传播流布的助力者

《红楼梦》自从乾隆五十六年（1791）为程伟元、高鹗活字摆印以后，广为流布，妇孺皆知。直至清末民初，这股热流经久不衰。其间，文人墨客或吟诗作记，或编戏绘画，或评点评论，对《红楼梦》的传播流布起到了推波助澜的作用。这方面留下历史遗迹者，本书选择了十四人。

吟诗作记者，有沈赤然、张问陶、王芑孙、袁枚、铁保、俞樾、李慈铭、梁章钜等八人。

沈赤然，浙江仁和（今杭州市）人，乾隆三十三年（1768）举人，四十六年（1781）后任大桃、平乡、南乐、大城知县。所著《五砚斋诗钞》卷十三《青鞋集》，有作于乾隆六十年的《曹雪芹〈红楼梦〉题词四首》，他在诗题里将《红楼梦》的著作权毫不怀疑地归属于曹雪芹的名下。

张问陶，祖籍四川遂宁，出生于山东馆陶县。乾隆五十五年（1790）进士，官至吏部郎中、莱州知府。他在“曹红文化”的形成上主要做了两件事：第一件事是他记载下高鹗参与整理刊印百二十回《红楼梦》的史实。第二件是题咏改琦

《红楼梦图》，作诗词三题四首：《绮罗香・题史湘云》《一剪梅・题碧痕》和《题秦钟》二绝句。

王芑孙，苏州府长洲（今苏州市）人，乾隆三十九年（1774）为诸生。后至京师为董诰、睿亲王淳颖府清客幕宾。为睿亲王淳颖幕僚时，淳颖作《读〈石头记〉偶得》。王芑孙为其诗卷跋以识语。王芑孙与淳颖都读过或了解抄本《红楼梦》。与"涉红"人物张问陶、法式善、玉栋、阿林保、改琦等有交往。五十七年（1792）六月始任咸安宫教习。

袁枚，浙江钱塘（今杭州）人，乾隆四年（1739）进士，任溧水、江浦、沭阳和江宁（今南京）等县知县。袁枚在乾隆晚期对曹雪芹及《红楼梦》的记载，全在《随园诗话》一书；而《随园诗话》记载的资料来源又全在明义一人。约于乾隆四十五年（1780）在《随园诗话》卷二记载："…… 雪芹撰《红楼梦》一部，备记风月繁华之盛。"

铁保，满洲正黄旗人，乾隆三十七年（1772）进士。官至两江总督、礼部尚书。六十年（1795）钦命铁保为《八旗通志》总裁官，他广收八旗文人的诗作，编成《熙朝雅颂集》。收敦敏、敦诚吟咏记载曹雪芹的诗四首，保留下研究曹雪芹生平的重要文献。

俞樾，浙江德清人，道光三十年（1850）进士，官至河南学政。俞樾对曹雪芹的传闻、对《红楼梦》的传播较为关注。他的红学成就得益于治经考证方法。他对《红楼梦》的作者曹雪芹、后四十回的"续作者"、《红楼梦》本事"明珠家事"说，均有考证。结论对错参杂，间有可取者。

李慈铭，浙江会稽（今绍兴）人，光绪进士，官至山西道监察御史。著作以《越缦堂日记》较著名。李慈铭对《红楼梦》钟爱一生。他在《越缦堂日记》中对《红楼梦》发表了多种意见。如对流传已久的"明珠家事"说，他认为"按之事迹，皆不相合”。他还记载了《红楼梦》的两种抄本，有版本价值。

梁章钜，祖籍福州府长乐县（今福州市长乐区），嘉庆七年（1802）进士，“座主”为满族巨公玉麟。官至两江总督。政治上积极配合林则徐禁烟，文学上受到玉麟的巨大影响，一生偏激地看待《红楼梦》。玉麟提督安徽学政期间，严禁《红楼梦》刊刻传播。玉麟对梁章钜说：“此书为诬蔑我满人，可耻可恨。”梁章钜牢记其说教，不看好《红楼梦》，主动禁止《红楼梦》的传播，甚至要求子孙后代也不要接触《红楼梦》一书。其子梁恭辰也持此种态度，曾说：“《红楼梦》一书，诲淫之甚者也。”“启人淫窦，导人邪机。”梁氏父子秉承玉麟之说否定《红楼梦》，但他们又承认《红楼梦》的作者是曹雪芹，肯定“属笔之曹雪芹实有其人”。这个记载和判断有一定学术价值。

编戏绘画者，有石韫玉、改琦、舒位等三人：

乾嘉以降，《红楼梦》的传播日广，以各种艺术形式给予再创作的风潮日盛。石韫玉改编的红楼戏，改琦、舒位绘制的红楼画，为时所重。

石韫玉，江苏吴县（今苏州市）人，乾隆五十五年（1790）中进士，官至山东按察使等。石韫玉躬行禁毁淫词小说，却十分青睐《红楼梦》，看到了它的艺术价值。他改编《红楼梦》为戏剧十出，成《红楼梦传奇》一卷。

改琦，松江华亭（今上海市松江区）人。青年时在绘画方面即崭露头角。他所绘制的《红楼梦图咏》是其代表作之一。有光绪五年（1879）刊本（四卷）。他所绘制的《改七芗红楼梦临本》，一册共十二幅。其中有改琦题诗。

舒位是直隶大兴（今属北京市）人，乾隆五十三年（1788）举人，大半生为馆幕，善画能书。嘉庆二十年（1815）前某时，他绘制成彩画《红楼梦》图册，共十八幅，且自绘自题，每张图画之后都附有题词。

评点评论者，有姚燮、王国维、蔡元培等三人：

红学史上，先后产生了评点派、索隐派和评论派的学术流派。姚燮是评点派的代表之一，王国维是评论派的肇始者，蔡元培则是索隐派的主将。

姚燮，浙江镇海崇邱乡（今属宁波北仑区）人，道光十四年（1834）举人。能诗善画，诗、词、骈体文均负盛名。姚燮是嘉道以降评点派红学三大家（另两家为王希廉、张新之）之一。他的红学著作首先是作于咸丰十年（1860）以前的《读红楼梦纲领》（抄本）。共三卷，内容为人索、事索、余索。民国年间上海珠林书店将此书以石印本刊出时，改书名为《红楼梦类索》。此外，他在《红楼梦》各回还有回末评。

王国维，浙江海宁人，早年入罗振玉“东方学社”，晚年受聘为清华国学研究院教授。他在甲骨学、历史学、哲学、文学批评、戏曲史等方面皆有精深研究。1904年所著《红楼梦评论》是中国文学批评史上第一篇运用西方哲学、美学观点和方法研究中国文学作品的批评专著。该文建立了一个严谨缜密的批评体系，敏锐指出和高度评价了《红楼梦》的美学价值。

蔡元培，浙江绍兴人，1905年参加同盟会，是该会上海分部负责人。他的历史活动跨清末民初，是革命家、思想家、教育家，还是著名的红学家。他是索隐派红学的主要代表人物之一，其名作为《石头记索隐》，发表于1916年。该书认为《红楼梦》主导倾向是“吊明之亡，揭清之失”。

挖掘辅助材料的作用

坦率而言，本书这一部分收录的三十二件墨迹，能直接认识曹雪芹和解读《红楼梦》的文献只有周春的“涉红书简”，其他皆可视为认知曹雪芹和解读《红楼梦》的辅助材料。

所谓辅助材料，是说这些材料能够证明这些“涉红”人物都是实实在在的历史人物，都是学养深厚的文化精英，有的甚至是独步一时俯视一代的顶级文化大家。

从考证的角度说，有的“辅助材料”的作用，还没有挖掘到位。比如，本书收入的孔继涑《行书陶诗卷》就有深入研究的必要。从他的小传，可知他是乾隆年间声震朝野的大书家张照的女婿，也是名布天下的书法家，被曹雪芹以“衍圣公书”的名义，暗写进了《红楼梦》。

清史专家戴逸在《小莽苍苍斋藏清代学者法书选集（续）》的序言中，有一段考论清代乾隆年间书法史的论述，有助于人们深化对“曹雪芹为什么把孔继涑写入《红楼梦》书中”的认识。戴先生说：

> 王鸿绪、张照都是江苏华亭（今上海市松江）人，和董其昌是同乡，虽年代不相及，然王氏兄弟（王顼龄、王鸿绪、王九龄）为董的嫡派传人，张照又是王氏之外甥。康熙帝酷爱董其昌书，爱屋及乌，宠及王氏兄弟，南巡时曾两次来到华亭王氏之秀甲园。王鸿绪之书法人称“腴润有致”。其甥张照推崇董、王的书法，谓“思翁（董其昌号思白）笔法真造化在手，有明一代推为独座，虽松雪（赵孟頫号松雪道人）亦莫能与京。学思翁者多，唯俨斋（王鸿绪号）司农得其骨。”（《天瓶斋书论》）张照从舅氏得董派书法，而参以赵孟頫，书艺精绝，雍乾之间，独步一时。乾隆帝极其推重他的作品。御制《怀旧诗》中称张“书有米之雄，而无米之略；复有董之繁，而无董之弱。羲之后一人，舍照谁能若？即今观其迹，宛似成于昨。精神贯注深，非人所可学。”诗的注中又说：张照“尤工书，临摹各臻其妙，字无大

> 小，皆有精神贯注，阅时虽久，每展封笔墨如新。余尝谓张照书过于董其昌，非虚誉也”。（《小莽苍苍斋藏清代学者法书选集（续）》，文物出版社1999年版，《序言》第7页）

在上举孔继涑小传中，也提到他的书法因受到乾隆帝的极力夸奖而声满天下。结合戴先生的论述，可以形成这样两条传承链：

董其昌（明代大书家）→王鸿绪（董的嫡派传人）→张照（王氏外甥）→孔继涑（张照女婿）

董其昌（为康熙帝、乾隆帝和王、张、孔所共同师法）→王鸿绪（书法受到康熙帝的欣赏）→张照（书法受到乾隆帝的推重）→孔继涑（书法受到乾隆帝的赞扬）

以往专家们的研究还考证出这样一条传承链：

曹玺与大学士熊赐履是知交；曹寅、曹頫奉康熙帝、雍正帝之命“照顾”熊赐履的儿子熊志契（乾隆四年后为翰林院孔目达四十年），王鸿绪曾在曹頫“照顾”熊志契时捐过上千银两；孔继涑的嫡母是熊赐履的女儿；孔继涵撰写过外祖父熊赐履的年谱。了解曹、熊、孔三家的历史渊源，便可得知曹雪芹与孔继涑、孔继涵、熊志契的联系有世交的背景。

这使我们进一步了解到孔继涑书法方面的师承、才气、名声和影响，了解到曹雪芹与孔继涑联系并把孔略作变通后写入书中的前因后果。

孔继涑的《行书陶诗卷》证实了他的书法才能，也辅助说明曹雪芹为什么能选择他作为创作素材写进小说。

有些墨迹，经深入挖掘、广泛联系，还会有新发现。如本书收沈廷芳《行书宿泉林寺诗轴》一件。落款有“励堂老世台教正。弟沈廷芳”之文字内容。据《小莽苍苍斋藏清代学者法书选集》沈廷芳小传介绍:“此轴行书七行，书《宿泉林寺与家楚望兄夜话》诗一首。按《隐拙斋集》卷十三有《宿泉林寺与楚望兄夜话诗二首》，此为其一。上款励堂为蒋攸铦号，攸铦辽阳人，隶汉军旗籍，乾隆进士，道光间官至两江总督。有《绳枻斋集》《黔轺纪行集》。”而敦敏《懋斋诗钞》残稿本上有“砺堂藏书”一章，这是蒋攸铦的藏书章，说明《懋斋诗钞》曾为蒋攸铦所收藏。而蒋攸铦与法式善相友善。法式善多年参与编辑《熙朝雅颂集》，“奉旨多收宗室”诗人集，“二敦”是宗室著名诗人，他有可能读到《懋斋诗钞》和《四松堂集》，因为他作有《〈懋斋诗钞〉〈四松堂诗集〉》五言律诗一首，可为明证。由此可推之，沈廷芳、蒋攸铦、法式善与敦敏、敦诚有交往，或读或藏或评过“二敦”诗文集。他们都对“曹红文化”的出现做出过贡献。

这三十二人的墨迹遗宝，不可能件件都有这样的价值。但是，它们的存世，则以实物佐证了这批“涉红”人物的客观实在、学养才气和文化贡献，这就足资宝贵而不可轻视。

人物小传及图录

小传撰写：董志新

图片与释文整理：陈庆庆、陈啸

沈德潜

沈德潜（1673—1769），字确士，号归愚，江苏长洲（今苏州）人。从二十二岁参加乡试起，总共参加科举考试十七次，过了四十余年的教馆生涯。乾隆元年（1736）荐举博学鸿词科。四年（1739）中进士，改庶吉士。恒仁（敦敏、敦诚叔父）与其有师生之谊，约在本年前后，右翼宗学稽察沈廷芳“令以（恒仁）诗呈家侍郎（沈）德潜，侍郎亦亟赏之，且叹嗜学之勤，时髦无与匹”（沈廷芳《（恒仁）墓志铭》）。七年（1742）授翰林院编修。本年乾隆帝召其讨论历代诗源，他博古通今，对答如流，乾隆帝大为赏识，称之为“江南老名士”。本年恒仁作五律《上沈归愚先生二首》记此事，内称：“四海知霜鬓，鸿名仰硕儒。文章当代少，道德一身俱。”“史才班马匹，诗格杜韩双。天子呼名士，何人意不降。”后乾隆帝又为《归愚诗文钞》写了序言，并赐“御制诗”几十首。在诗中将他比作李白、杜甫、高启、王士禛。本年，沈德潜有典试湖北之行，恒仁作七律《送归愚先生典试湖北》，内有诗句“作人寿考歌周雅，报国文章籍楚材”“春风座里横经客，准拟师门立雪来”，为其饯行。九年（1744），恒仁“以韵语来学，授以《唐诗正声》，造诣日进”（《国朝诗别裁集·恒仁》）。十年（1745），《国朝诗别裁集》创始。十一年（1746），请假归里，恒仁送至江干。十二年（1747），恒仁卒。在《国朝诗别裁集》中收入恒仁诗二首：《玉泉禅院》《南西门外即目》，撰恒仁小传，评其诗：“吐属皆山水清音，北方之诗人也。”恒仁三子桂圃（宜兴）在《月山诗集跋》中记此事:“沈归愚先生选《国朝诗别裁集》，有先大人诗二首，而旧帙中亦不载。”本年命在尚书房行走，又任内阁学士兼礼部侍郎。十三年(1748)充会试副考官。十七年(1752)辞官归里，著书作述，主讲书院。二十三年(1758)《国朝诗别裁集》告成镌刻。内收曹寅小传及诗二首:《岁暮远为客》《读洪昉思稗畦行卷感赠一首兼寄赵秋谷赞善》。这一时期，曹雪芹《脂砚斋重评石头记》甲戌本已在友朋中传抄。二十六年(1761)《国朝诗别裁集》增删镂版。沈德潜早年师从叶燮学诗，论诗主格调，提倡温柔敦厚之诗教。著有《沈归愚诗文全集》。所编《古诗源》《唐诗别裁集》《明诗别裁集》《国朝诗别裁集》(后名《清诗别裁集》)等书，流传颇广。从乾隆四年到乾隆二十六年，曹雪芹与恒仁、贻谋(宜孙)、桂圃(宜兴)父子交往较多，有与沈相识的条件。

沈德潜善书，以楷书为主，有二王神韵。本书收沈德潜行书五言律诗轴，可看出沈氏诗趣和书法功力。

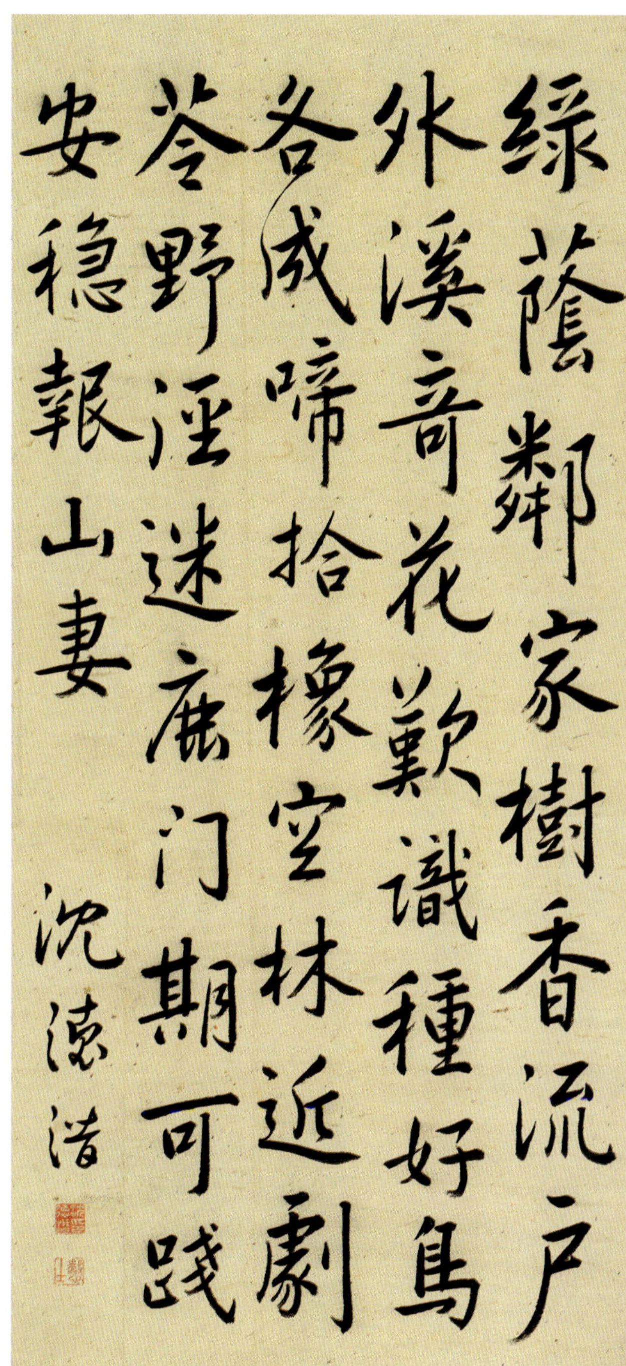

沈德潜　行书五言律诗轴

纸本　纵76.6，横36.5

释文：

绿荫邻家树，香流户外溪。奇花叹识种，好鸟各成啼。拾橡空林近，剧苓野径迷。鹿门期可践，安稳报山妻。

沈德潜。

钤印：沈德潜印（白文方印）、悫士（朱文方印）

沈廷芳

沈廷芳（1702—1772），字畹叔，一字萩林，号椒园。浙江仁和（今杭州）人。初以国子生为《大清一统志》校录。在为恒仁撰写的墓志铭落款处自述出身和任职经历："（乾隆元年）赐博学鸿词出身、巡视山东漕运、江南道监察御史、前入直武英殿、同修起居注、稽察宗人府官学、翰林院编修。"以老致仕。以经学自任，多有阐述。先后随查慎行学作诗文，随桐城方苞学作古文，风流儒雅，能诗善文，尤精于古文。书法在《兰亭》《丙舍》间。晚年曾掌教于粤秀、敬敷等书院。建有藏书楼，名"隐拙斋"，藏书丰富。著《隐拙斋集》。乾隆三年，在"稽察宗人府官学"任上。恒仁《月山诗集》载："沈椒园……以翰林院编修，领宗学事。"他在恒仁墓志铭中自记："时……余同官翰林，董学中事。"本年三月，恒仁入右翼宗学，沈廷芳"见生恂恂儒者，皆爱之。及读其所为诗，余尤器焉。生亦独亲余，间与骘今古，学博而思精，渊渊乎有所得，而其志远，其心虚，殆深窥造物者之无尽藏，将餍饫而自得之者。"恒仁入宗学仅二十五天，被因故作废退学，沈廷芳作《答育万同学，即题其集端以正》，肯定其"勤学趋宗黉，精研力无倦"，予以慰勉。恒仁家居学益勤，时时与沈廷芳议文论诗。及沈廷芳罢官闲居，请业益数。八年，沈廷芳巡视山东漕运，恒仁作五律《送椒园先生巡漕河东》，称扬其"急公遑念疾，忧国敢宁居"的师德官品，为其饯行。十二年四月中，恒仁请沈廷芳删定其诗，沈廷芳允诺此事。五月初恒仁卒，沈廷芳为其撰墓志铭。沈廷芳稽察右翼宗学期间，曹雪芹在此任教习，此间他正创作《风月宝鉴》，后增删为《石头记》（《红楼梦》）。

本书收沈廷芳行书《宿泉林寺》诗轴一件。落款有“励堂老世台教正。弟沈廷芳”。据《小莽苍苍斋藏清代学者法书选集》沈廷芳小传介绍：“此轴行书七行，书《宿泉林寺与家楚望兄夜话》诗一首。按《隐拙斋集》卷十三有《宿泉林寺与楚望兄夜话诗二首》，此为其一。上款励堂为蒋攸铦号，攸铦辽阳人，隶汉军旗籍，乾隆进士，道光间官至两江总督。有《绳枻斋集》《黔轺纪行集》。”而敦敏《懋斋诗钞》残稿本上有“砺堂藏书”一章，这是蒋攸铦的藏书章，说明《懋斋诗钞》曾为蒋攸铦所收藏。而蒋攸铦与法式善相友善。法式善多年参与编辑《熙朝雅颂集》，“奉旨多收宗室”诗人集，“二敦”是宗室著名诗人，他有可能读到《懋斋诗钞》和《四松堂集》，因为他作有《〈懋斋诗钞〉〈四松堂诗集〉》五言律诗一首，可为明证。由此可推之，沈廷芳、蒋攸铦、法式善与敦敏、敦诚有交往，或读或藏或评过“二敦”诗文集。

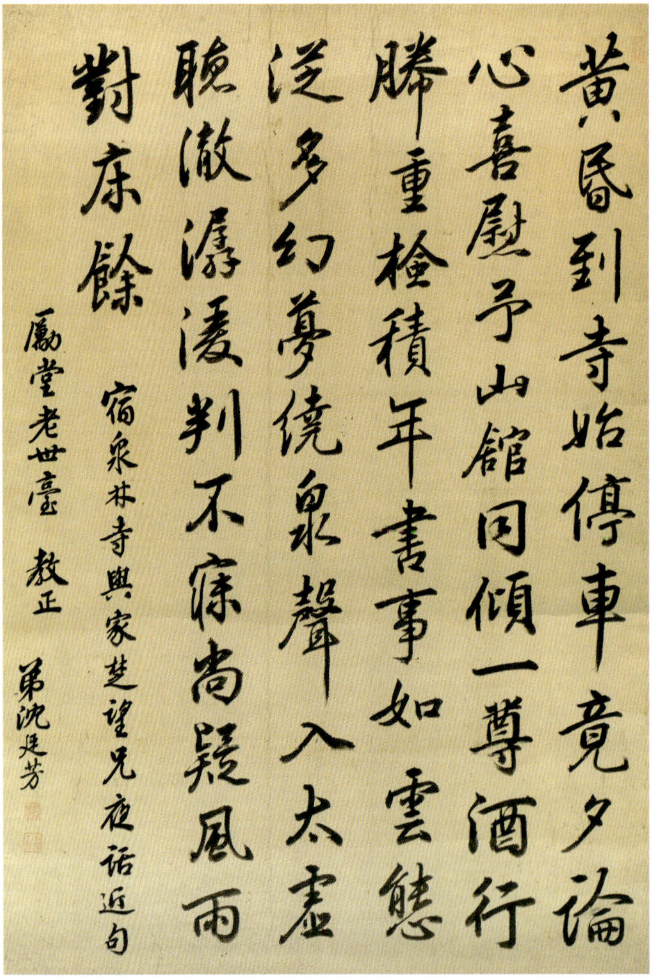

沈廷芳　行书宿泉林寺诗轴

高丽笺　纵102.6，横69

释文：

黄昏到寺始停车，竟夕论心喜慰予。山馆同倾一尊酒，行縢重检积年书。事如云态从多幻，梦绕泉声入太虚。听溅潺湲判不寐，尚疑风雨对床余。

宿泉林寺与家楚望兄夜话近句，励堂老世台教正。弟沈廷芳。

钤印：沈廷芳印（朱文方印）、古柱下史（朱文方印）、挹山楼（朱文长方印）

袁枚

袁枚(1716—1798),字子才,号简斋,晚年自号仓山居士、随园老人。浙江钱塘(今杭州)人。乾隆四年(1739)进士,历任溧水、江浦、沭阳和江宁(今南京)等县知县。任江宁知县时,用三百金购得前江宁织造隋赫德家在小仓山的废园,精心修葺,置亭台池沼,改名曰随园。三十三岁辞官,“绝意仕宦,尽其才以为文辞歌诗”,“四方士至江南,必造随园投诗文”,“上自朝廷公卿,下至市井负贩,皆知贵重之”。以诗文名于世,交游甚广,为当时诗坛所宗,称“随园先生”。著有《小仓山房诗文集》七十余卷,诗话、尺牍、说部共三十多种。

袁枚在乾隆晚期对曹雪芹及《红楼梦》的记载,全在《随园诗话》一书;而《随园诗话》记载的资料来源又全在明义一人。明义与袁枚虽然没有见过面,却有着几十年的书信交流。学界一般认为,明义大约在乾隆三十四年或更早几年作《题红楼梦》诗。它包括二十首七言绝句。诗前明义有一段后来被红学家反复征引的小序:“曹子雪芹出所撰《红楼梦》一部,备记风月繁华之盛。盖其先人为江宁织府,其所谓大观园者,即今随园故址。惜其书未传,世鲜知者,余见其钞本焉。”

袁枚读到了明义的《题红楼梦》诗和序。十年后,即大约于乾隆四十五年时在《随园诗话》卷二第二十二条记载:“康熙间,曹练(楝)亭为江宁织造……其子雪芹撰《红楼梦》一部,备记风月繁华之盛。明我斋读而羡之。当时红楼中有某校书尤艳,我斋题云："病容憔悴胜桃花，午汗潮回热转加。犹恐意中人看出，强言今日较差些。""威仪棣棣若山河，应把风流夺绮罗。不似小家拘束态，笑时偏少默时多。""（《随园诗话》卷二，乾隆五十七年随园自刻本）

袁枚所说"撰《红楼梦》一部，备记风月繁华之盛"，显然摘抄自明义《题红楼梦》的小序；他所引的两首诗，见于明义（我斋）《题红楼梦》诗（个别文字有差异）。那时候《红楼梦》还只是以手抄方式小范围流传，袁枚很可能没有读过《红楼梦》。他是从明义的题红诗和序中间接了解到曹雪芹和《红楼梦》的，所以他想当然地以为曹雪芹为曹寅（楝亭）之子，又以"红楼"中女子某为"校书"（妓女），则是误解错传。

乾隆六十年，袁枚作《八十自寿》七律十首，明义依韵和了十首。其第十首是："随园旧址即红楼，粉腻脂香梦未休。定有禽鱼知主客，岂无花木记春秋。西园雅集传名士，南国新词咏莫愁。艳煞秦淮三月水，几时衫履得陪游。"明义自注："新出《红楼梦》一书或指随园故址。"

明义继续向袁枚传递着曹雪芹与《红楼梦》的信息。后来袁枚编《随园八十寿言》，选明义的和《八十自寿》诗七首。袁枚在诗话中又一次提到曹雪芹，据《随园诗话》卷十六第十七条记载：袁枚于乾隆五十二年（1787）八月，见秦淮壁上题江宁织造成公之子、"翠云道人"成延福（啸厓）所作竹枝词三首，"深得竹枝风趣"，便感叹到："有才如此，可与雪芹公子前后辉映。雪芹者，曹練（楝）亭织造之嗣君也，相隔已百年矣。"（《随园诗话》，乾隆五十七年随园自刻本）

袁枚关于曹雪芹与《红楼梦》的两段话，虽然都有误解错记之处，但它们却确认、记载和传播了"雪芹撰《红楼梦》一部"这无比重要的信息。在清代嘉道以降，有些人就是通过《随园诗话》的记载确认曹雪芹著《红楼梦》的。胡适先生撰《红楼梦考证》开创新红学时，也主要以袁枚这句话为依据来确定《红楼梦》的作者是曹雪芹。

《随园诗话》一时风行，洛阳纸贵。坊间翻刻本为吸引读者，随意增删。前引其卷二有关《红楼梦》的条文中竟增加了这样一句话："中有所谓大观园者，即余之随园也。当时红楼中有女校书某尤艳，雪芹赠云……"这增加了袁枚记载的荒谬性和不可信。同代学者周春在《阅红楼梦随笔》一书中，即误信了"曹雪芹赠红楼女校书诗有'威仪棣棣若山河'之句"的话，又误把书商的增语"大观园者，即余之随园"当成袁枚亲口之语，批袁"善于欺人"。而家刻本《随园诗话》，从未有过"大观园即随园"之类的话，也未把"我斋题云"错成"雪芹赠云"。

本书收袁枚楷书七言律诗轴一件。"籛也大人"是袁枚任江宁县令的"长官李永标观察"的外甥。籛也向袁枚索要文集，袁枚作七律二首"衔恩感旧"以赠。诗中回忆与李永标的交情及对其的景仰："卅年名姓犹知我，一代风骚信属公。"诗轴展示了袁枚善与文人交往和书法工整的风貌。

袁枚　楷书七言律诗轴

绫本　纵135.2，横44

释文：

蒙篪也大人远寄手书，索枚文集，衔恩感旧，赋诗二首，恭呈钧诲，兼求和章。

淮北牙旗卷朔风，淮南招隐到山中。卅年名姓犹知我，一代风骚信属公（赐札有卅年来久钦学业之语）。手答长笺挥倚马，心怜小技问雕虫。如何卿月当天满，偏照幽栖草一丛。

御李当年有旧恩（谓粮储李公，公戚也），曾持手板谒清尘。谁知屏后窥探客，即是天家柱石臣（公云曾在李公署中屏后见枚）。老去自怜知己尽，书来重见爱才真。何当远泛清江棹，白发追陪话宿因。

前江宁吏袁枚呈稿。

钤印：存斋（白文方印）、袁枚（朱文方印）、妙德先生之后人（朱文椭圆印）

卢文弨

卢文弨（1717—1796），字召弓，号矶渔、檠斋、弓父，又号抱经，浙江余姚籍，仁和（今杭州）人。乾隆十七年（1752）进士及第，授翰林院侍读学士。三十年（1765）任广东乡试主考官，后提督湖南学政。三十四年告归后，历主浙江各书院讲学二十六年。终身从事古书校勘。以所校勘、注释的经子诸书汇刻为《抱经堂丛书》，著有《抱经堂文集》《抱经堂诗钞》。卢文弨是藏书家，性喜抄书。有藏书楼抱经堂。藏书中不少是其手抄本。他少年贫困，读书一借二抄。后来他在《重校经史题辞》一文中回忆：“少时贸贸，不知学有本末。费目力抄诸子、《国策》《楚辞》及唐、宋、近人诗文，皆细字小本，满一箧。”他考授内阁中书后，尽管已有些藏书，但抄书习惯持之以恒。据赵鸿谦撰卢文弨年表记载：卢氏在乾隆三十九年到钟山书院讲学后的一年，抄书十三部；乾隆四十二年抄书十五部。钱大昕作《抱经楼记》，言其博学嗜古，尤好聚书。遇有善本，不惜重价购之，闻朋旧得异书，宛转借抄。晨夕校雠，搜罗三十年，得书数万卷，为楼以贮之云云。乾隆十七年到三十年，在翰林院任职时，他就经常访书和抄书。敦诚早年诗歌创作结集《鹪鹩庵杂诗》，收诗到乾隆二十九年。约在此后一个时期，卢文弨手抄了这本诗集。抄本第一页署“鹪鹩庵杂志”，题下有“卢文弨撰”墨印楷书四字。卢氏是用自己写作的本子抄录了敦诚的诗。卢氏原想抄敦诚的《鹪鹩庵杂志》，亦即《鹪鹩庵笔麈》，后来不知为什么改抄杂诗。这个抄本没有敦诚创作时间较晚的诗，当系敦诚在世时抄出传阅的。诗是分类抄的，没有年代。它保存前此各本所未见的诗有二十四题二十九首之多。除《冬晓书怀》《过寅圃墓感赋》等诗能考证敦诚、寅圃生平，可佐证曹雪芹生活环境和创作背景外，难能可贵的是卢抄《鷦鷯庵杂诗》保存了《赠曹雪芹》和《挽曹雪芹》两题诗的原稿。与刻本《四松堂集》比较，卢抄《赠曹雪芹》有异文，而《挽曹雪芹》卢抄本是两首，第一首有异文，第二首是多出来的。全诗为："开箧犹存冰雪文，故交零落散如云。三年下第曾怜我，一病无医竟负君。邺下才人应有恨，山阳残笛不堪闻。他时瘦马西州路，宿草寒烟对落曛。"钱大昕《抱经楼记》记载："曩余在京师，与君家召弓学士游。学士性狷介，与俗多忤。而于余独有水乳之投。"卢文弨同孔继涵很熟，孔继涵在《因居记》里列数过从者，"钱塘卢抱经文弨"是第一人。孔继涵即《红楼梦》第一回中的"东鲁孔梅溪"。鲍廷博刊刻的《知不足斋丛书》，卢文弨为之作序，评论鲍氏极为勤恳认真，"晨书暝写，句核字雠"。陶澍《陶文毅公全集》卷三十记载：任教钟山书院的卢文弨及其后继者很有教学业绩："往时卢抱经、钱竹汀（大昕）、姚姬传（鼐）诸先生尝主斯席，皆以实学为教。"乾隆六十年，卢文弨还出现在周春《阅红楼梦随笔》中。周春在《红楼梦评例》一文中开篇就说："新正闭户不拜年，粗阅此书（指程高本《红楼梦》）一过。元旦起，至初三日午后毕。时从卢抱经学士借《十三经注疏改证》，约望后即寄还。缘急于看《改证》，此书（指程高本《红楼梦》）无暇圈点也。"

本书收卢文弨致毕沅信札一件。此信大约作于乾隆晚期（四十至六十年）某年正月，那时卢文弨正在主持江南钟山书院。毕沅为乾隆朝名士，曾任翰林院编修，官至湖广总督。生平素喜延请学者名士助其编书。卢文弨此信，一是向毕沅推荐茂才王云上，称其“诗足名家，而余技亦远凡俗”，可以追随毕沅幕下为幕僚；二是与毕沅探讨学问，对《逸周书》《吕氏春秋》《荀子》几部古籍，或呈政，或欲梓，或奉送。两事足见卢文弨人品才力。他抄写敦诚《鷦鷯庵杂诗》在此事前不久。

文韶頓首冬前曾有小札託孫季〻轉
達諒塵
覽矣逑惟
大人福履綏嘉新禧茂晉可勝忭
賀今歲弟仍濫席鍾山正在束裝倥
偬之頃而舊交王雲上茂才名岱遷自
虞山至告我以有中州之行賀其早棲
而求廣廈之庇顧聞名於
將命者女無媒不親士無介不接因
句韶一言爲先容雲上詩足名家而
餘技亦遠凡俗追隨於
幕下諸名士間正自無愧

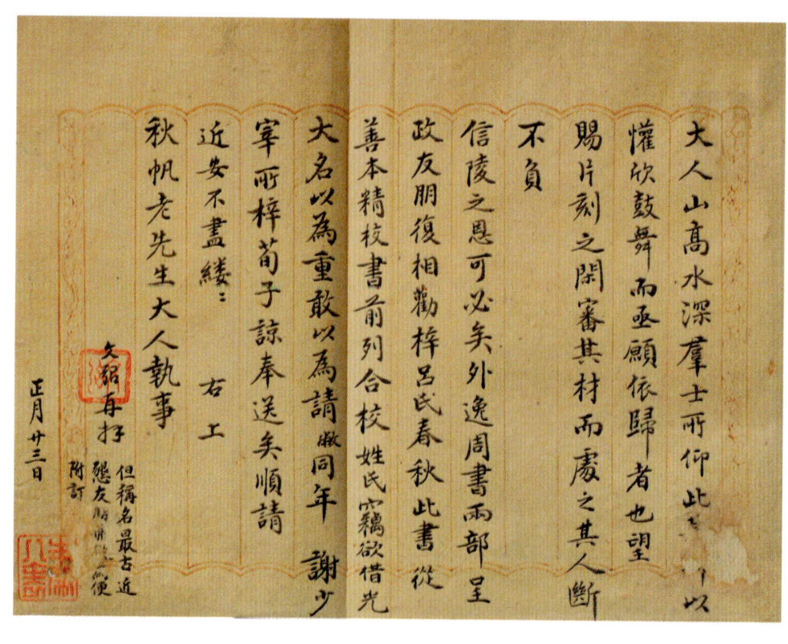
大人山高水深羣士所仰此[illegible]以
懽欣鼓舞而亟願依歸者也望
賜片刻之閑審其材而處之其人斷
不負
信陵之恩可必矣外逸周書兩部呈
政友朋復相勸梓呂氏春秋此書從
善本精校書前列合校姓氏竊欲借光
大名以爲重敢以爲請敝同年謝少
宰所梓荀子諒奉送矣順請
近安不盡縷〻 右工
秋帆老先生大人執事
文韶再拜 但稱名最古近 懇友[illegible]便 附訂
正月廿三日

卢文弨　致毕沅信札

纸本　纵19，横24.5（每页）

释文：

文弨顿首。冬前曾有小札托孙季□转达，谅尘览矣。迩惟大人福履绥嘉，新禧茂晋，可胜忭贺。今岁弟仍滥席钟山，正在束装倥偬之顷，而旧交王云上茂才——名岱——适自虞山至，告我以有中州之行，贸其卑栖而求广厦之庇，愿闻名于将命者。女无媒不亲，士无介不接，因丐弨一言为先容。云上诗足名家，而余技亦远凡俗，追随于幕下诸名士间，正自无愧。大人山高水深，群士所仰，此□□（其所）以欢欣鼓舞而亟愿依归者也。望赐片刻之闲，审其材而处之其人，断不负信陵之恩可必矣。外《逸周书》两部呈政。友朋复相劝梓《吕氏春秋》，此书从善本精校，书前列合校姓氏，窃欲借光大名以为重，敢以为请。敝同年谢少宰所梓《荀子》，谅奉送矣。顺请近安，不尽缕缕。右上秋帆老先生大人执事。文弨再拜。正月廿三日。

但称名最古，近恳友朋□从为便，附订。

钤印：文弨（朱文方印）

收藏印：小莽苍苍斋（白文长方印）

孔继涑

孔继涑（1726—1791），字体实，号谷园、葭谷居士。山东曲阜人，六十七代衍圣公孔传铎之子，孔继涵的兄长，嫡母为东阁大学士熊赐履的小女儿熊淑芬，翰林院孔目熊志契是其舅舅。从康熙四十五年（1706）到雍正六年（1728），曹寅、曹頫奉旨“照看”熊赐履的三个儿子，前后达二十余年。孔继涑的弟弟孔继涵曾为外祖父作《经筵讲官太子太保东阁大学士兼吏部尚书熊文端公年谱》，了解曹、熊两家交往史。孔继涑自幼聪敏好学，酷爱书法，才华超人。在家中玉虹楼上苦学苦练十二年。青年时，专学其岳父、刑部尚书、大书法家张照笔法，深得其道。中年进而学欧、颜、苏、黄、米各家书，其书自刻为《瀛海仙班帖》。把《大学》首章写成四幅“联屏”刻成石碑，立于曲阜孔庙金声门左侧。雍正十三年（1735），早夭的孔传铎长子孔继濩被追赠六十八代衍圣公，继之直接以孔继濩的长子孔广棨为六十九代衍圣公。乾隆四年（1739），舅舅熊志契授为翰林院孔目。约于此后，曹雪芹因曹、熊、孔三家父祖辈的历史关系，在京（张照也在京）渐与熊志契、孔继涑、孔继涵取得联系。八年（1743）孔广棨卒，子孔昭焕袭七十代衍圣公。孔继涑系孔昭焕叔祖。此后，因昭焕年幼，府务多由其主持，当上了有实无名的“衍圣公”。十三年（1748），孔继涑二十三岁时，乾隆帝东巡曲阜祭祀孔庙，御前进讲《周易》。乾隆帝瞻仰孔庙时，看到金声门左侧《大学》首章“联屏”上的字迹笔笔有力，字字通神，连声称赞。从此，孔继涑的书法声名鹊起，传闻全国。又广泛搜集古今名家的书品，刻意鉴别，临摹构绘，而后精工刻成大小石碑五百四十八块，命名“玉虹楼法帖刻石”。其拓片装成一百零一册，故又称“百一帖”。保留了历代名家真迹。曾求得明代睢阳袁枢、袁赋谌父子家藏南宋《松桂堂帖》等名品。此时，正是曹雪芹撰写修改《风月宝鉴》和《石头记》(《红楼梦》)的时期，他在第五十三回把贾府宗祠额匾和门旁楹联派给“衍圣公孔继宗书”，将孔继涑隐写于书内。二十一年（1756），孔昭焕上疏时误把“官庄”称“皇庄”，又错误地要求地方官更令百姓应役。结果“下吏议，当夺爵，上命宽之。以昭焕年少，归咎继汾及其兄继涑，皆谴黜”。(《清史稿·列传·儒林》)三十三年（1768），四十三岁时乡试中举。此后屡试不第，遂纳资为候补内阁中书，从未任职。四十八年(1783)，孔昭焕卒，子孔宪培袭衍圣公。其妻于氏对孔继涑插手府务非常厌恶，设法将其处置。后来给他加上“房屋越制”“念咒语发旁枝”“妄图篡位”等“罪名”，开除出家族。五十六年（1791)春，孔继涑六十五岁时曾去江宁（今南京)钟山书院看望挚友姚鼐。秋季又到北京访友，不幸染病而死。死后未准进孔林，葬于曲阜城西大柳村前。本年，《红楼梦》程甲本刻印，程伟元、高鹗将“衍圣公孔继宗书”改为“翰林掌院事王希献书”。

本书收孔继涑行书陶诗卷一件。此诗卷临苏轼书陶渊明《拟古》二首，陶诗原共九首，此为第四、五两首。从书法上看，因孔继涑中年习练苏轼法书，颇有功底。虽是临摹之作，但用墨丰腴，以胖为美，横轻竖重，结字扁平，不失为书家上品，亦为难觅之书家真迹。

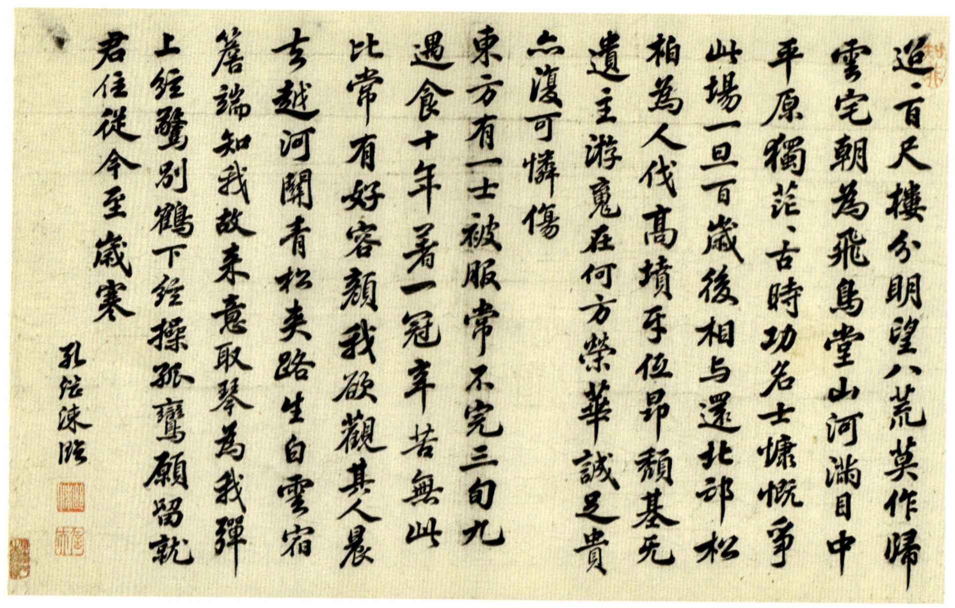

孔继涑　行书陶诗卷

纸本　纵28，横47

释文：

迢迢百尺楼，分明望八荒。暮作归云宅，朝为飞鸟堂。山河满目中，平原独茫茫。古时功名士，慷慨争此场。一旦百岁后，相与还北邙。松柏为人伐，高坟互低昂。颓基无遗主，游魂在何方！荣华诚足贵，亦复可怜伤。

东方有一士，被服常不完。三旬九遇食，十年着一冠。辛苦无此比，常有好容颜。我欲观其人，晨去越河关。青松夹路生，白云宿檐端。知我故来意，取琴为我弹。上弦惊别鹤，下弦操孤鸾。愿留就君住，从今至岁寒。

孔继涑临。

钤印：继涑（白文方印）、信天（朱文方印）

收藏印：药农平生真赏（朱文长方印）

钱大昕

钱大昕（1728—1804），字晓徵，号辛楣，一号竹汀，晚称潜研老人，江苏嘉定人（今上海嘉定区）。早年以诗赋闻名江南，官至詹事府少詹事，京官生涯二十余年。

所著有《潜研堂文集》五十卷、《诗集》十卷、《续集》十卷，《十驾斋养新录》二十卷、《余录》三卷，《潜研堂金石文跋尾》二十五卷等。其说多散见于《潜研堂文集》和《十驾斋养新录》中。于史学以校勘考订见长，撰有《廿二史考异》；又有志重修元史，补《艺文志》《氏族表》。在世时就以渊博和专精饮誉海内，是著名的史学家和经学家。段玉裁、阮元、江藩等著名学者都给予很高评价，公推钱氏为“一代儒宗”。乾隆十六年（1751）辛未，乾隆帝南巡，因献赋获赐举人。十七年（1752）壬申，经江淮入京。十九年（1754）甲戌，中进士。擢升翰林院侍讲学士。本年，曹雪芹《脂砚斋重评石头记》甲戌本问世。二十一年（1756）丙子，至热河，与直隶纪晓岚等同任《热河志》修纂。此后与修《音韵述微》《续文献通考》《续通志》。二十七年（1762）壬午，典湘试。本年除夕，曹雪芹辞世。三十七年（1772）壬辰，在京与修《一统志》及《天球图》诸书。与纪晓岚并称，有“南钱北纪”之目。四十年（1775）起，先后主讲钟山、娄东、紫阳等书院，治学涉猎颇广。四十三年（1778）始，与鲍廷博、卢文弨共同校勘宋人熊方《后汉书年表》，作《后汉书年表后序》。

乾隆五十九年（1794）甲寅，本年前某时，与周春讨论《红楼梦》“本事”。周春《读红楼梦随笔》中记载:“相传此书为纳兰太傅而作。余细观之，乃知非纳兰太傅，而序金陵张侯家事也。”“钱竹汀宫詹云:金陵张侯故宅，近年已为章攀桂所买。章曾任江苏道员。”钱大昕平生富藏书，对曹寅藏书很关注。据晚清人叶昌炽在《藏书纪事诗》卷四记载钱大昕跋天台徐一夔《艺圃搜奇》:“此书世无刊本，曹子清巡盐扬州时，尝抄以进御，好事者始得购其副录之。”

本书收钱大昕书法作品《题黄小松司马〈得碑图〉》行书诗轴，由此可进一步丰富对钱氏交游、书艺、学养的认知，知他对曹寅藏书、曹雪芹《红楼梦》的染指事出有因，理在必然。

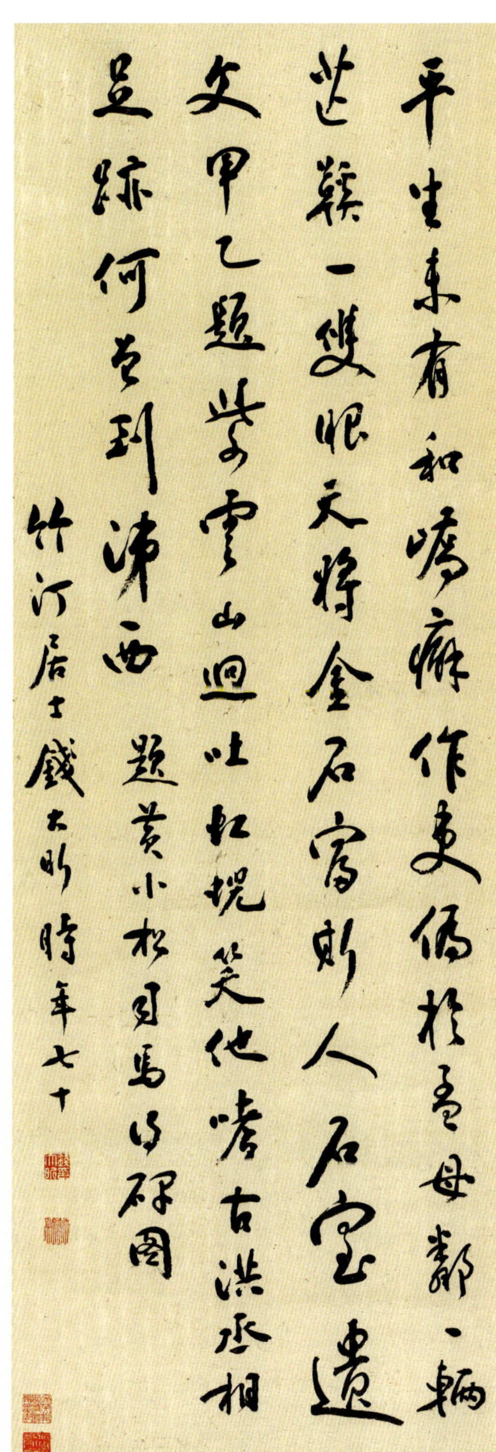

钱大昕　行书诗轴

高丽笺　纵113.6，横39.8

释文：

平生未有和峤癖，作吏偏于孟母邻。一辆芒鞋一双眼，天将金石富斯人。

石室遗文甲乙题，紫云山迥吐虹霓。笑他嗜古洪丞相，足迹何曾到沛西。

题黄小松司马《得碑图》。竹汀居士钱大昕，时年七十。

钤印：钱大昕印（白文方印）、竹汀（朱文方印）

收藏印：家英辑藏清儒翰墨之记（朱文方印）、成都曾氏小莽苍苍斋（白文方印）

鲍廷博

鲍廷博（1728—1814），字以文，号渌饮，又号通介叟。祖籍安徽歙县长塘，故世称“长塘鲍氏”。随父鲍思诩以商籍生员寄居杭州，后定居桐乡县青镇（今乌镇）杨树湾。实际生活于杭州一带。家世经商，冶坊为业，殷富好文，世代藏书。

廷博为歙县秀才，亦勤学好古。两次参加省试未中，遂绝意科举，不求仕进。喜购藏秘籍，搜罗散佚。所收甚富，筑室收藏，取“学然后知不足”意，名其书室为“知不足斋”。他与江浙一带著名藏书家如吴骞、厉鹗、钱大昕、黄丕烈、阮元、金德舆等频繁交往，互通有无，彼此借抄，广录先贤所遗手稿。八十余岁仍往来于杭、湖、嘉、苏数郡之间，所抄书籍不计其数，仅流传至今有名可稽者即有一百四十余种。藏书先后达十万余卷。收藏既富，即刊刻《销夏记》《名医类案》等行世。其校雠之精审，极受时人称道。著有《花韵轩咏物诗存》。

乾隆三十一年（1766），鲍廷博力助严州知府赵起杲刊刻蒲松龄《聊斋志异》十六卷。三十八年（1773），朝廷开《四库全书》馆，诏求天下遗书。令长子鲍士恭以所藏精本六七百种进献，内多为宋元以来之孤本、善本，居私家进书之首。

鲍廷博不仅热衷收藏“长编大部”，而且对“小说卮言”也尽力收入。据周春《读红楼梦随笔》记载，乾隆五十九年（1794），周春撰成《红楼梦记》和七律《题红楼梦》《再题红楼梦》八首。九月十八日，周春致信老友吴骞。信中写道：“拙作《题红楼梦》

诗及《书后》，绿（渌）饮托钱老广抄去……”鲍廷博之号为“渌饮”。周春信中的《书后》，是指《题红楼梦》诗之后附有友人俞思谦、钟晴初《红楼梦歌》和钱塘人徐凤仪的《红楼梦偶得》。

鲍廷博关注曹雪芹小说的阅读评议，也关注雪芹祖父曹寅平生的文化活动。在曹寅的藏书中，有《南宋群贤小集》一部，是研究南宋江湖诗派的重要历史资料。乾隆二十六年（1761）春，此时曹雪芹还在世，鲍廷博即组织友人抄录此书。三十七年（1772）仲冬，“予（鲍廷博）于吴门钱君景开书肆见之（指《南宋群贤小集》）。惊喜与以百金，不肯售。许借校雠才及三分之一，匆匆索去，以售汪君雪礓”。嘉庆辛酉年（1801），鲍廷博曾对《南宋群贤小集》的传录始末作过详细的介绍：“曹楝亭（寅）所得宋刻，归之郎温勤，今见于家石仓书舍者。……石仓没，家人不之贵，持以求售。厉徵君鹗得之，以归维扬马氏小玲龙山馆。”（付嘉豪：《鲍廷博与〈四库全书〉》，《图书馆理论与实践》2011年第6期，第60—63页）

本书收鲍廷博致陆绳信札一件。陆绳（？—1821），字直之，号古愚，苏州府吴江县（今苏州吴江区）人，书法家、金石家、收藏家。鲍廷博在偶然得到“华亭书册十二帧”之后，于乾隆五十九年甲寅（1794）三月致信陆绳，谈对华亭书法的认知。对前代书家的书风，品味深切，可见鲍氏于法书之道见解非凡。

鲍廷博　致陆绳信札

纸本　纵21.6，横14.8（每页）

释文：

华亭每云：“吾书胜吴兴在生。”余谓不然。吴兴学北海难于熟，华亭摹鲁公妙在生。精纯端劲，华亭不及吴兴，若以行草萧逸疏散之致，吴兴当逊华亭矣。今人不如古人，气韵使然，吴兴曾补米老书，才数字，辄阁笔，云：“古人不可到也。”今以华亭论吴兴，当亦然耳。偶得华亭书册十二帧，漫识数语，以赠古愚先生。甲寅三月鲍廷博。

周春

周春（1729—1815），字芚兮，号松霭，晚号黍谷居士，又号内乐村叟，浙江海宁人。乾隆十九年（1754）科考中进士，在家候选十余年。三十一年（1766），授广西岑溪知县。任内革除陋规，统一斗秤，清理田户，兴修水利，政绩显然。第二年父死丁忧离任，时百姓尚欠公家借谷百余石，周春捐俸禄偿付，以致路费无着。后受聘修《梧郡志》，书成乃得归。当地百姓深受感动，建生祠以纪念。从此不再仕进，以读书撰著为业，专心著述。直至嘉庆二十年（1815）离世。

周春所居书斋，插架环列，起卧其中三十余年如一日。潜研经史，学识渊博，在经学、史学、音韵学、方志学诸方面都有成果，著作达数十种，范围广泛。如《古文尚书》《尔雅补注》《西夏书》《辽金元姓谱》《十三经音略》《松霭吟稿》《松霭诗话》等。

周春还是最早研究《红楼梦》的学者之一。乾隆五十五年（1790）秋天，杨畹耕告诉周春，表弟徐嗣曾（雁隅）“以重价购钞本两部：一为《石头记》，八十回；一为《红楼梦》，一百廿回；微有异同。爱不释手，监临省试，必携带入闱，闽中传为佳话”。徐嗣曾本姓杨，杨姓是周春的舅家。他是周春的表弟，官至福建布政使和巡抚。杨畹耕是徐嗣曾的堂兄弟。

五十九年（1794），周春从苏杭间贩书商贾手里买到新刻本《红楼梦》，得以阅其全书。七月十五日撰成《红楼梦记》。本年又作七律《题红楼梦》和《再题红楼梦》共八首。这是较早的咏红诗，在苏杭引起不小的反响。后来周春在《红楼梦评例》中记载：

“余所作七律八首、记一篇，杭越友人多以为然，传抄颇广。”九月十八日，周春致信老友吴骞。信中写道：“拙作《题红楼梦》诗及《书后》，绿（渌）饮托钱老广抄去，但曹楝亭墓铭行状及曹雪芹之名字履历皆无可考，祈查示知。”周春这封“涉红书简”非常宝贵：它提出要了解“曹雪芹之名字履历”和“曹楝亭墓铭行状”这些曹学研究的基本任务；它强调要运用考据的方法进行此事；它记载和披露了吴骞、鲍廷博（渌饮）、钱老广、俞思谦、钟晴初、徐凤仪（《书后》包括俞、钟、徐三人议红诗文）以及他本人的红学活动。

六十年（1795）“正月初四日”，周春又撰成《红楼梦评例》。《红楼梦约评》亦为本年所作。《红楼梦评例》为《红楼梦约评》的例言。约于此时或此后，周春将上述吟红评红著述结集为《阅红楼梦随笔》。书中还附录了友人俞思谦、钟晴初的《红楼梦歌》和钱塘人徐凤仪的《红楼梦偶得》。《阅红楼梦随笔》是红学史上第一部专门研究《红楼梦》的学术专著。

本书收周春致吴骞信札一通，因为直接提出考证“曹雪芹之名字履历”，具有重要的学术意义，前文已述，此处不赘言。

昨接
翰教具稔
道履佳勝為慰今科榜發我邑如此寥寥魁卷
六極萃三藏衰僑伏嘗借價于來年特瞻為
期不敢以寄廑注為　令郎兄孫屆又比榜除禾
中王君仲瞿外無一人相識者王君天才超絕
詩字並工若以時文論之不免為修羅外道矣
殿版十三經備　令姪所買就可借鈔何如日

内又將拙著增刪改訂一過，必閱此書方好，所以急于訪尋。又拙作題紅樓夢詩及書後，綠飲託錢老廣抄去。但曹楝亭墓銘、行狀及曹雪芹之名字、履歷皆無可考，祈查示知。今夏偶會近來談經者，多尚漢學而宋學漸微，弟雅不喜言古文尚書之僞，因費半月工夫，成古文尚書冤詞補正，現在家耕厓孝廉處閱。丁小疋大不以爲然，拾閣有詩云：唾餘殊不可拾，又宗

日事
政容泰三兄同生入玉门實為大幸今年恰七十餘歲
遠館滇南雖有節相照應然歸家未卜何日
又新憲書坊間已有刻本弟所見者蔡氏刻訛
未知
尊處有否如已乞便中將正月望時刻分秒見
示未知同否續刻論印儀句第二張後頁第七
行印字缺一點訛為印字未改又已友係誰閹

亦有此数十二首，顷從贝郎处见之，自注内有云昆
克一赐国姓赵，未知其说何本，甚矣考订之难也。
堇浦先生词科掌录向已刻成，此係未成之书，
并广经子校雠，未知能尽美尽善否。居道古堂诗
文集被西颢大川两人刻坏，只亦先生之前写人
之报也。每每道等语，無從论说，聊代
面谈，並候
槎客七兄先生日安，不悉。
[illegible]十八日愚弟周春顿首
别纸附政

周春 致吴骞信札

纸本 纵25，横13.8（每页）

释文：

昨接翰教，具稔道履佳胜为慰。今科榜发，我邑如此寂寥，魁卷亦极草草，盛衰倚伏，当倍偿于来年，转瞬为期，不敢以客套语为令郎兄称屈也。此榜除禾中王君仲瞿外，无一人相识者。王君天才超绝，诗字并工，若以时文论之，不免为修罗外道矣。殿版《十三经》，倘令侄孙买就得借，感激何如！日内又将拙著增删改订一过，必阅此书方好，所以急于访寻也。拙作《题红楼梦》诗及《书后》，绿饮托钱老广抄去，但曹楝亭墓铭行状及曹雪芹之名字履历皆无可考，祈查示知。今夏偶念近来谈经者多尚汉学，而宋学渐微。弟雅不喜言古文《尚书》之伪，因费半月工夫成《古文尚书冤词补正》，现在家耕厓孝廉处，闻丁小疋大不以为然，拾阎百诗之唾余，殊不可解也。容日奉政。家泰三兄得生入玉门，实为大幸，今年恰七十。舍侄远馆滇南，虽有节相照应，然归家未卜何日也。新宪书坊间已有刻本，弟所见者疑有刻讹，未知尊处有否？如有，乞便中将正月望时刻分秒见示，未知同否？续刻《论印绝句》第二张后页第七行"郎"字缺一点，讹为"即"字，未改。又亡友陈谁园亦有此题十二首，顷从其郎处见之，自注内有云："晁克一赐国姓赵。"未知其说何本？甚矣！考订之难也。董浦先生《词科掌录》闻已刻成，此系未成之书，老广经手校雠，未知能尽美尽善否？《道古堂诗文集》被西颢、大川两人刻坏，恐亦先生生前骂人之报也。匆匆走笔，语无诠次，聊代面谈。并候槎客七兄先生日安。不既。九月十八日，愚弟周春顿首。

别纸附政。

收藏印：子栋所藏（朱文方印）

朱筠、朱珪

因朱筠、朱珪兄弟与陈本敬、嵩山（永㥣）、敦敏、敦诚的交往有连带关系，故二人合传。

朱筠（1729—1781），字竹君，一字美叔，号笥河，学者称“笥河先生”。祖籍浙江萧山（今属杭州市），曾祖朱必名始居京都，遂为顺天府大兴（今属北京市）人。传世著作有《笥河诗集》《笥河文集》，合集称《笥河集》。家藏书极富，曾先后收藏有曹氏“楝亭”、富察氏“谦益堂”、王氏“青箱堂”等旧藏，聚书三万余卷。弟朱珪（1731—1807），字石君，号南崖，晚号盘陀老人（居士）。与兄朱筠时称“二朱”。据《笥河集》《四松堂集》所载：雍正七年（1729）朱筠生，陈本敬也生于本年。乾隆六年（1741），朱筠年十三，通七经。与弟朱珪皆以能文有声于时。大学士诸城刘统勋延居邸第，凡参决大事，每从咨访。十年（1745），与陈本敬初识，为管鲍之交。“忆余识仲思（陈本敬字）兄弟盖在乙丑之冬，于时年并十七，执手怜爱若兄弟。”与同里陈本忠（字伯思）、陈本敬（字仲思）之父陈浩亦熟，曾在《陈未斋先生〈临李北海书〉跋尾》一文中提及与陈浩（号未斋）两子乃“束发相友善”，且与陈浩的入室弟子张翊辰多往还，朱、陈两家交往密切。十二年（1747），弟朱珪殿试为进士，选庶吉士，散馆授编修，侍读学士。十八年（1753），朱筠中乡试，十九年（1754）成进士。钱维城是该科副考官，并与董邦达等人同任该科之殿试读卷官。改庶吉士，散馆授编修，充方略馆纂修官。二十四年（1759），弟朱珪主河南乡试，会试同考官。秋，授福建粮道。

二十五年（1760），陈本敬考取进士，与其前后为庶吉士，官翰林院检讨。“后长同举于乡，先后入词馆，交益亲。”二十六年（1760）六月，曹雪芹作写意画八幅，请陈本敬、闵大章、歇尊者、铭道人等题跋。陈本敬于第五幅上题李清照海棠词《如梦令》，于第七幅上题金党怀英《渔村诗话图》七绝一首。二十八年（1763），弟朱珪擢按察使，兼署布政使。二十九年（1764），朱筠在为其父朱文炳撰行述时，称其女许嫁“监生龚怡”。知监生龚紫树为其未来之婿。后章学诚亦记其婿为“候选布政使经历阳湖龚怡（紫树）”。三十四年（1769），朱筠钦派协办内阁学士。三十五年（1770），作《陈伯思农部》《陈仲思检讨》二诗寄怀陈本忠与陈本敬，本年典试福建。俄奉命督学安徽，以识字通经诲士，序刊旧藏宋椠许氏《说文解字》，广布学宫，语诸生曰：“古学权舆专在是矣！”三十七年（1772），十一月，时任安徽学政，适值乾隆帝下诏求遗书，提出《永乐大典》的辑佚问题，得到乾隆帝的认可，诏令将所辑佚书与“各省所采及武英殿所有官刻诸书”，汇编在一起，名曰《四库全书》。三十九年（1774）甲午，与孔继涵、翁方纲、戴震、曹慕堂、程鱼门等同游弘慈广济寺。四十一年（1776）六月初旬，陈本敬以书相赠。弟朱珪命在上书房行走，教后来之嘉庆帝读书。四十三年（1778）二月十日，陈本敬卒。八月十七日，朱筠在《书陈仲思所赠书后》一文中缅怀与其交往之情：“俯仰三十四年之间，而知交零落如雨，且并是己酉岁人。嗟乎！才如仲思，胡止于此！老而不学，吾生有涯，聊存此赠书，尚以励吾伏枥之志，且用示后人知吾两人之式好焉。”四十四年（1779），再提督福建学政。教诸生务经古根柢之学，如在皖。任满离别之日，福建士人攀辕走送者数百里不绝。既回京，病卒于家。四十五年（1780），弟朱珪督福建学政。兄弟相代，一时称为盛事。五十一年（1786），朱珪为礼部侍郎。清明前，嵩山（永𢢞）庭中梅花盛开，相召。朱珪、敦敏、蒋良骐俱在座，颇为一时之盛。明年在此再次聚会时，敦诚有诗忆其事："华筵犹复记年时，紫蒂香中延故知。醉谢花前无算爵，狂吟竹外有斜枝。离情远逐春云散，往事空怀旧雨迟。且和新诗寄东阁，巡檐何日慰相思。"

本书收朱筠行草跋王宠券并题诗卷一件，作于乾隆三十四年（1769）十月。王宠，号雅宜山人，明代嘉靖朝诗人，书法拟似"二王"（王羲之、王献之）。有著作《雅宜山人集》传世。朱筠跋王宠券，考证王宠与袁与之六兄弟的文字交谊，并作长篇五言古歌题咏评论其诗集。本书收朱珪行书五言绝句诗轴一件。为朱珪自书诗作，诗中体现了作者读书摹帖之乐。这两件书品反映了朱筠朱珪两兄弟在书、诗、学、识诸方面的才情。

朱筠 行草跋王宠券并题诗卷

纸本 纵28，横281.3

释文：

右券为王雅宜山人宠手迹，而有是券者为袁与之，作中者为文寿承。嘉靖七年四月书。万历后此券归顾元方氏、归文休昌世。赵凡夫宧光为跋其尾。今为元和马生翚斟名绍基之所有。乌生从余游，属余题之。余案书券之岁在嘉靖戊子，中间越五戊子，迄今年己丑，三百又二年矣。尝读文征仲所撰山人墓志，云山人生弘治甲寅，卒嘉靖癸巳，年四十。书券之年，山人年三十五，又五年而卒矣。志又云，自正德庚午至嘉靖辛卯，凡八试，试辄斥。戊子，山人第七斥之岁也。四月书券，或者将为科试以应应天乡举计耶？ 其秋与之兄补之获举，山人有诗送之，而山人又斥，可谓穷矣！山人平生所与游称最善者，惟唐伯虎及文征仲父子、袁永之兄弟。考虞山钱氏《列朝诗小传》，文氏二承，彭字寿承，嘉字休承，券中作中者，二承之伯也。又考山人及征仲及袁永之，永之子尊尼所作志铭行状诸篇，袁氏介隐先生名敬，有三子，而同母者二，仲为方斋名鼒，季为怀雪名鼐。鼐生子四，曰表、曰褧、曰褒、曰衮。鼒生二子，曰袠、曰裘，吴人所称六袁者也。袠、褒生同岁，故褒次在第四、衮次在第五、裘次在第六。案山人集与诸袁酬答之作，字邦正者表也，字尚之者褧也，字补之者袠也，字永之者衮也，字与之者非褒即裘矣。然集中六者之字见书五人，而不及其一。其不及者，必其少者也，然则裘或非与之矣。且与之之字，集中凡再见，一则与袁与之谈荷花荡之胜，赋六绝句，一则戏简补之、与之。山人尝自称于袁氏诸子往来门屏甚狎，盖与与之尤交欢，而相与通财，夫固其宜。既而读汪氏琬所作袁氏六俊小传，于是六袁名字粲然毕著。裘字绍之，山人集中无之见，而所谓与之者，果褒也。传云与之雅薄功名，不肯仕，潜心读书，卜地桃花坞，筑室灌园，抱膝长吟其间，于声势泊如也。又云尚之晚耕谢湖之上，故以自号。而山人集又有《袁尚之兄弟山居燕集》二首，其诗云："诸袁挺鸾鹤，筑馆象蓬壶。"意其燕集之地或即谢湖，抑桃花坞之所小筑欤？然则始有山人是券者，袁氏六俊之次四也。券云期至十二月纳还，噫！其言然，则此券之灭久矣，安得流传三百余年尚在耶？余家有文征仲手书戴濯缨《闲中杂录》二卷，为袁与之重装且题签者，其笔法仿佛在征仲及山人间，则与之之好古多能，当不让诸兄，而汪氏仅所称潜心读书者，盖相谬矣。夫以一券之细，苟据其颠末而详悉考之，前辈风流酬酢，俨然可见，则夫手迹之可贵，固不独以其艺事之工而已，在即其世而知其人也。若乃良金贞石磨没山河，而此券以故纸而特存，或亦有数系乎其间，而好事者之收藏，诚不易易，其意尤重可感也。既为叙次之，辄重之以诗。时乾隆三十有四年十有二月廿日也。

雅宜山人宠，书法拟羲献。在昔嘉靖年，尝自手书券。结交袁与之，高谊绝贯贩。过从石湖上，读书重细论。荷花荡六诗，清于兰之畹。倡酬既甚欢，缓急良不恨。行年三十五，岁值戊子建。山人八战罢，兹当第七困。维夏山蔬佳，釜中无余饭。敬告我之友，假我璧与瑗。一璧金几两，一瑗钱累万。循环肉好一，暂破穷者闷。便当沽十千，痛饮得所愿。时时期濡墨，含渖起一喷。赵城孰云偿，厥货弃之溷。旁睨文寿承，押字大一寸。零落剩片楮，笔力千牛健。萧萧三百年，风流入人巽。顾氏索题在，归赵互推挽。乞食诗同和（文休晚与嘉定李长蘅共和陶诗，见《列朝小传》），金石林何逊（凡夫《金石林时地考》二卷，余家有之）。马生乃更癖，嗜若口肥腯。绢装重锦衾，似恐墨花褪。天寒属跋尾，掩拂梅萼嫩。我亦故纸蠹，醉此不烦劝。岁月逝笔尖，满帘忽已顿。烟云之随风，无为此久恩。屈指戊午初，吉年又困敦。

大兴朱筠竹君甫书于眄柯小阁。

钤印：日下朱筠（朱文方印）、第五竹君父（白文方印）

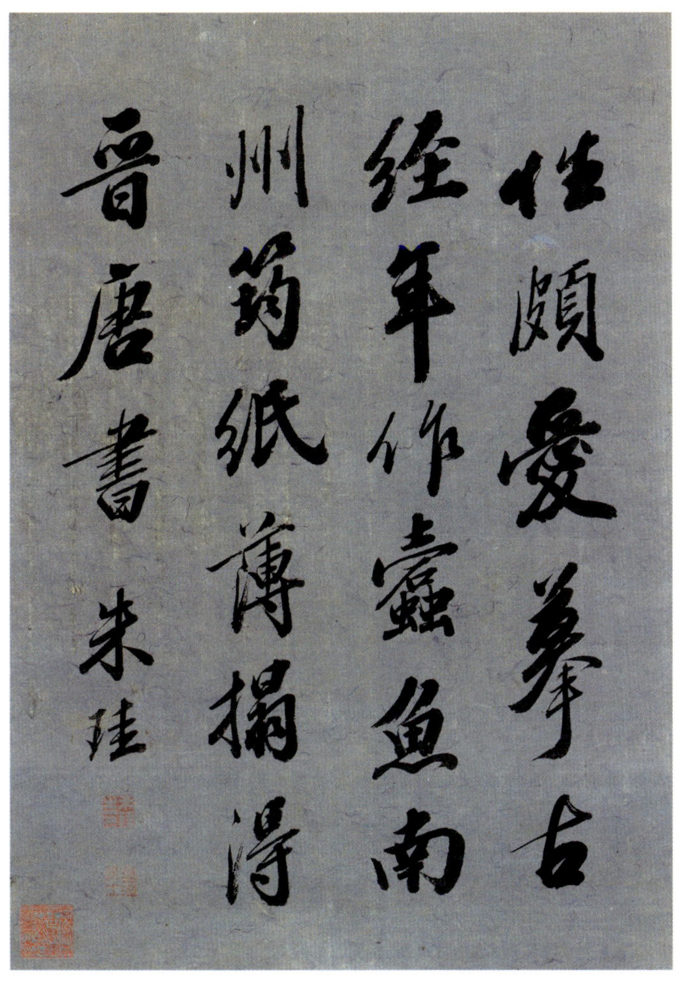

朱珪　行书五言绝句诗轴

薄麻笺　纵49.4，横34.4

释文：

性颇爱摹古，经年作蠹鱼。南州箹纸薄，拓得晋唐书。

朱珪。

钤印：朱珪之印（白文方印）、盘陀居士（朱文方印）

收藏印：吉林宋季子古欢室收藏金石书画之印（朱文方印）

吴骞

吴骞（1733—1813），字槎客，一字葵里，号兔床，又号愚谷。浙江海宁人（祖籍徽州休宁）。贡生。工于诗文、画，好金石。著有《愚谷文存》《拜经楼诗文集》《拜经楼诗话》《国山碑考》《论印绝句》《桃溪客语》《小桐溪吴氏家乘》《苏祠从祀仪》等。辑刻有《拜经楼丛书》，光绪中由朱纪荣重辑。内容以陶渊明、谢朓的诗集和罗隐的《谗书》最重要，校勘极工。

平生酷嗜典籍，遇善本图书，倾囊相购，校勘精审。又得藏书家马氏"道古楼"、查氏"得树楼"的部分图书，有一些宋元精椠，于是建"拜经楼"收藏。闻知黄丕烈的藏书室名"百宋一廛"，他就自题其藏书室为"千元十驾"，意为千部元版，或可比拟百部宋版，如驽马十驾。聚书甚富，先后得书五万余卷。与经学家藏书家杭世骏、卢文弨、钱大昕、周春、鲍廷博友善。精鉴别，所藏善本书，多由名家作题跋。还请好友黄丕烈、丁杰等写题记。

乾隆五十九年（1794）九月十七日，吴骞致信周春，第二天周春在回信中写下一段至关重要的话："拙作《题红楼梦》诗及《书后》，绿（渌）饮托钱老广抄去，但曹楝亭墓铭行状及曹雪芹之名字履历皆无可考，祈查示知。"周春委托吴骞考查"曹楝亭墓铭行状及曹雪芹之名字履历"，显然是因为吴骞富藏书，熟掌故，也读过《红楼梦》，略知曹雪芹，有考据能力与兴趣。

六十年（1795）或稍后，周春《阅红楼梦随笔》结集。吴骞以"拜经楼"的名义组织人录下清抄本，并刻版印刷。现在传世影印本《阅红楼梦随笔》，中逢都刻写着“拜经楼抄本”字样。

吴骞晚年撰有《拜经楼书目》，卒后由其子吴寿旸编辑刊行。寿旸字虞臣，一字周官，号苏阁，承家学，喜藏书。取“拜经楼”中有题跋之书，手录成帙，作《拜经楼藏书题跋记》。

本书收吴骞致□□的信是残件，缺收信人上款和开头部分的内容。从信残存内容的时间用语（如“贵郡四十余年”“先兄殁迄今已十有八载”）判断，此信写于吴骞晚年。主要内容是谈家事，谈吴骞先兄死后“遗孤六七人”和自己二子的学养、举业和生活出路。担心后继无人，自己“一切生事，恐不待弟之没而隳矣”！可从中得见藏书家吴骞的一个侧面。

貴郡四十餘年矣不知峴山風景若何西鷗波亭上
猶有捻湘筠以寓韻者否惟我
大先大人唱隨偕老齊眉之崇真可達媛尊自
婦也既殁後置一妾略知文墨性亦婉順今秋以
痰疾化去衰遲之蹇如此荆南生事近亦多荒
癈自先兄殁迄今已十有八載凡出納諸務皆由一人任
之遺孤六七人不使分心以專事肄業長次俱庠

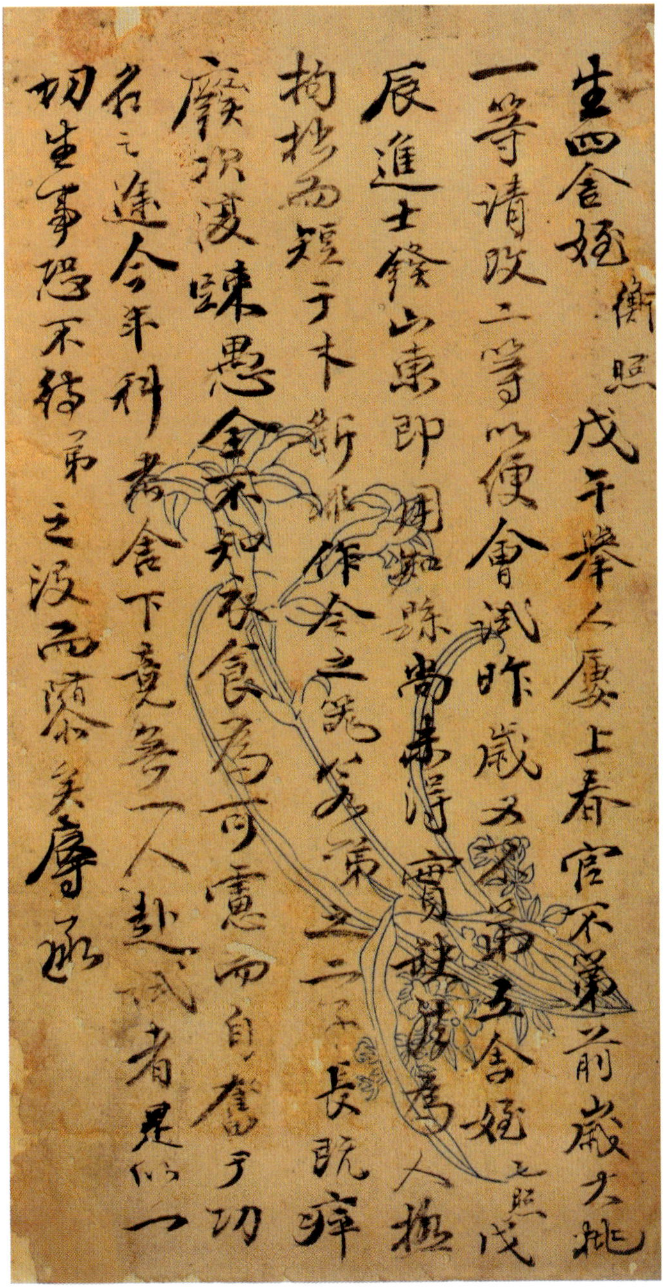

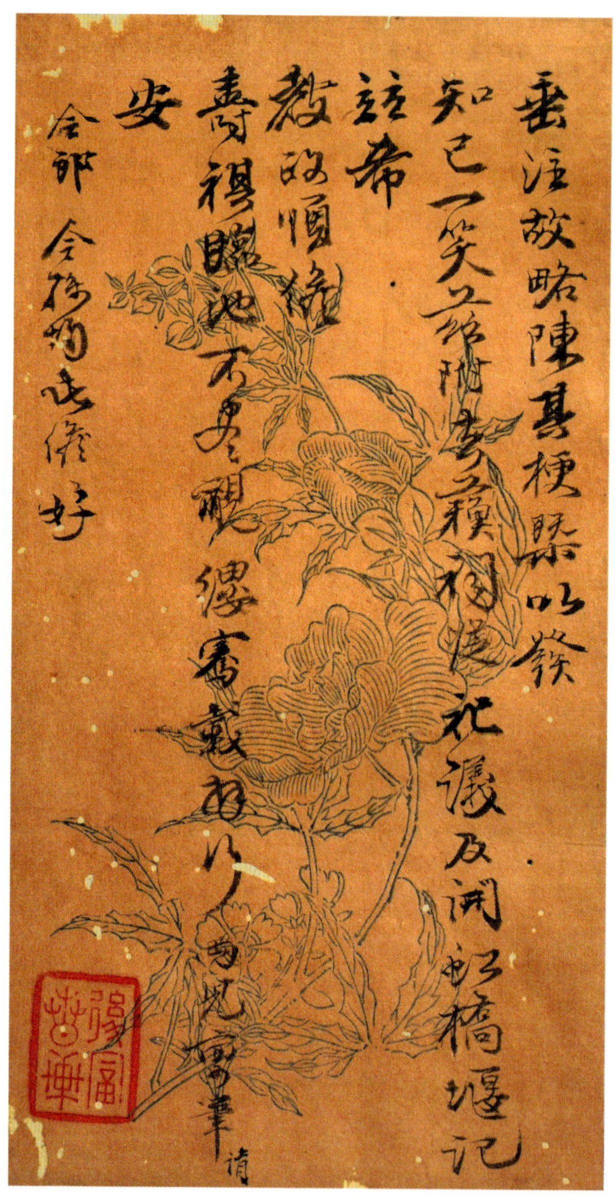

垂注故略陳其梗槩以發
知己一笑茲附去蘇祠從祀議及開虹橋堰記
并希
教政順候
壽祺臨池不盡覼縷騫載拜行兩兒稟筆請
安
令郎 令孫均此候好

吴骞 致□□信札

纸本 纵22.8，横12.2（每页）

释文：

（前缺）贵郡四十余年矣，不知岘山风景若何？而鸥波亭上，犹有捻湘筠以写韵者否？惟我大兄大人唱随、偕老、齐眉之乐，真可健羡。弟自妇亡既葬后置一妾，略知文墨，性亦婉顺，今秋以疾化去，衰迟之连蹇如此。荆南生事近亦多荒废，自先兄殁迄今已十有八载，凡出纳诸务皆弟一人任之。遗孤六七人，不使分心，以专事肄业。长次俱庠生。四舍侄衡照戊午举人，屡上春官不第，前岁大挑一等，请改二等，以便会试，昨岁又不第。五舍侄七照戊辰进士，发山东即用知县，尚未得实缺，然为人极拘拙而短于才断，非作令之器。若弟之二子，长既病废，次复疏愚，全不知衣食为可虑而自奋于功名之途。今年科考，舍下竟无一人赴试者，是以一切生事，恐不待弟之没而隳矣！辱承垂注，故略陈其梗概，以发知已一笑。兹附去《苏祠从祀议》及《开虹桥堰记》，并希教政。顺候寿祺，临池不尽觋缕。骞载拜行。两儿禀笔请安。令郎、令孙均此候好。

翁方纲

翁方纲（1733—1818），字正三，一字忠叙，号覃溪，晚号苏斋，直隶大兴（今属北京）人。乾隆十七年（1752）进士，官至内阁大学士。

兼经学家、考据家、书法家、金石学家于一身，也是诗人。毕生穷究经学，对书画、金石、谱录、诗词等艺，靡不精审。精鉴赏，长考据，富藏书，善书法，不少著名碑帖曾经他题跋。书法学欧阳询、虞世南，隶法“史晨”“韩敕”诸碑，谨守法度。尤善隶书，与刘墉、梁同书、王文治齐名，并称“翁刘梁王”。亦与刘墉、成亲王永瑆、铁保齐名，称“翁刘成铁”。马宗霍《霋岳楼笔谈》称：“覃溪以谨守法度，颇为论者所讥；然其小真书工整厚实，大似唐人写经，其朴静之境，亦非石庵所能到也。”

有明确文字记载，翁方纲于乾隆二十六七年进入曹雪芹的交游圈，最初与他谈诗论文的人是右翼宗学稽察、敦敏和敦诚的恩师沈廷芳（号椒园）。晚年他回忆道：“近日诗家如（王）渔洋四言曰：典远谐则者，衷乎情，尽乎物矣。而至于发抒极致，各指所之。则（查）初白诸体乃有渔洋所未到者。三十年前在端溪舟中，尝与沈椒园前辈畅论斯义，椒园辄欲举初白诗集引申而笺疏之。然予窃谓：初白深入白、苏，每患言之太尽耳。”（翁方纲：《月山诗稿序》，见《复初斋文集》卷四）

乾隆三十七年（1772），弘历帝下召设立“四库全书馆”。三十八年（1773）翁方纲任“四库馆”校办各省送到遗书纂修官，负责校阅各省采进书。四十六年擢国子监司业，旋擢司经局洗马。他在“四库馆”任事多年，编纂工作包括校阅外省采进之书及奉命协助查阅文渊、文源、文津、文溯四阁抄本中的错误。校阅、纂修过程中，他随手记下相关图书札记与案语、信息和工作情况，形成一部编纂四库全书初期情况的手稿。内容包括：如何取舍采进之书、撰写提要初稿的格式、反复修改的情况、纂修官的分工等；有助查考明末清初佚失的图书文献，以及了解总纂官纪昀等人与翁氏在学术观和政治观上的差异等。手稿著录的图书一千余种，后人称为《翁方纲纂四库提要稿》。四十七年（1782），第一部《四库全书》抄成入藏文渊阁。《四库全书》成书后，可以反映其编纂过程的原始数据或遭销毁或已散佚，翁方纲提要手稿幸存，使人们对《四库全书》编纂初期的部分工作可以有一个概括性的了解。

翁方纲作诗注重学问，论诗主张“肌理”，为“肌理说”诗学的创始人，一代诗坛的领袖人物。语见《复初斋文集》卷四《志言集序》：“为学必以考证为准，为诗必以肌理为准。”又说：“义理之理，即文理之理，即肌理之理也。”即肌理指义理和文理，而言“理”当“根极于六经”（《杜诗“熟精（文选）理”理字说》）。清诗到乾嘉时代，“神韵说”的流弊已十分显著，于是“格调说”起而补其虚，“性灵说”又起而救“格调说”之弊。而在当时汉学家考证学风的刺激和桐城派古文义法说的影响下，翁氏则大张学人之诗的旗帜，谈肌理，与“性灵派”抗衡。旨在强调儒家的经术和学问对于诗歌创作的重要性，有着鲜明的复古主义色彩。故要求作诗以学问为根底，做到内容质实而形式雅丽，实是为了在诗歌创作中进一步加强对儒家思想的宣传，以弥补“神韵”“格调”等说的不足。他的诗歌理论和创作是考据学派统治文坛的产物。受“肌理说”诗论影响，从乾嘉到道咸形成了一个所谓学人之诗的流派。翁方纲把学好儒家的经术，当作写诗的根本，只能导致在诗中堆垛学问，使诗歌远离现实。“肌理说”因把学习经术对于写诗的重要性强调到了不适当的程度，离开了客观现实这个创作源泉，对诗歌创作产生了消极影响，受到“性灵”派大家袁枚的讥刺，讽其“误把抄书当作诗”（《仿元遗山论诗》）。

乾隆六十年（1795）秋九月，翁方纲再次走入曹雪芹交游圈，应桂圃（宜兴）之请为恒仁的《月山诗集》作序。恒仁为八王阿济格的四世孙，是贻谋（宜孙）、桂圃（宜兴）之父，是敦敏、敦诚的叔父兼师长。曾是右翼宗学的学生，与沈廷芳（椒园）亦师亦友。又是沈德潜的弟子（沈德潜为沈廷芳的“家叔”）。《月山诗集》前编为《月山诗稿》，翁方纲在序言中评论道：“今读《月山诗稿》，亦出椒园所手订，乃觉寻常景色悉为诗作，萌拆凡有，触于目者皆深具底蕴焉，非物自物而情自情也。故为诗者，实由天性忠孝笃其根柢，而后可以言情，可以观物耳。”《月山诗集》后编为《月山诗话》四十三则，翁方纲在序言中又评论道：“又读《月山诗话》，虽上下千年评骘不多，而就其大者如（王）渔洋之薄视香山，至于杜公《八哀》而亦讥之，若李潮《八分小篆歌》高出韩、苏之上，皆渔洋持论未定者。得此数条以辨证之，诚诗家定案矣。予于论诗，深不欲似近来学人腾笑于新城，而于椒园欲注初白诗之意，今始得触发于言情体物间，炉香茗椀，处处皆实诣也。正如读山谷《大雅堂记》，则无庸注杜可矣。”

生平著作甚富，有《复初斋诗集》《复初斋文集》《石洲诗话》《两汉金石记》《苏米斋兰亭考》等著作传世。

本书收翁方纲隶行合书论书轴一件。翁氏书法初学颜真卿，继习欧阳询，亦喜汉隶，以“史晨”“韩敕”诸碑为法。此论书轴谈汉隶、唐隶代表性碑帖，谈隶书名家汉有蔡中郎，唐有褚遂良，本朝有程鱼门和郑谷口，谈诸人的“分隶之概”和“识其会通处”。翁氏懂法书之道，尤懂隶书之奥妙。

翁方纲　隶行合书论书轴

纸本　纵110.5，横59.4

释文：

汉隶以韩敕、杨震二碑为最，唐隶以明皇太山铭、王仁晈二碑为最，后惟余忠宣、党承旨尔。

鱼门先生以素纸属为检堂作分隶，因为具论汉唐以来分隶之概，通其邮者，前则蔡中郎，后则褚河南也。近日郑谷口与长洲派各自分途，要当识其会通处耳。覃溪翁方纲。

钤印：翁方纲印（白文方印）、正三（朱文方印）、苏米斋（朱文长方印）

孔继涵

孔继涵（1739—1784），字体生，一字埔孟，号蒪（荭）谷，别号南州、昌平山人，山东曲阜人。六十七代衍圣公孔传铎之子，生母为东阁大学士熊赐履的小女儿熊淑芬。《熊文端公女系表》载："淑芬，侧室龚氏出，适曲阜孔传钲（铎），生孔继涵。"翰林院孔目熊志契是其舅舅。孔继涑是其兄长。从康熙四十五年（1706）到雍正六年（1728），曹寅、曹頫奉旨"照看"熊赐履的三个儿子，前后达二十余年。孔继涵曾为外祖父作《经筵讲官太子太保东阁大学士兼吏部尚书熊文端公年谱》。正是因这层关系，在孔继涵的诗文集中有与曹家有关的文章。曹寅刻洪氏《隶续》一书，在孔集中有《〈隶续〉跋》一文，该跋文开头即提到了"楝亭曹氏"。

于学无所不通，好天文地志算术之书。遇藏书罕见之本，必校勘付印。汇刻罕存之本为《微波榭丛书》八种，刊印戴震《戴氏遗书》十三种，及搜梓《算经十书》，皆为世所称。著有《红榈书屋集》四卷、《杂体文稿》七卷等，及《解勾股粟米法》等十余种。

乾隆元年（1736），江苏盐城人徐铎（1693—1758）进士及第，后来成为孔继涵岳父。徐铎曾任山东学政、山东按察使、山东布政使。曾师从书法名家张照，擅长书法，政事、文章彪炳南北。赴任山东期间，孔继涵、孔继涑兄弟慕名前来求教书法技艺，书法水平长进较快，尤其是孔继涑的书法当时誉满齐鲁，声动京华。徐铎十分高兴，将自己的三女儿许配给孔继涵为妻，而张照也将女儿许配给孔继涑为妻。

十九年甲戌（1754），年十六，始“游京师”。《红榈书屋集》有十五岁以前的诗。（吴恩裕:《曹雪芹丛考》，上海古籍出版社1980年版，第304页）本年，曹雪芹《脂砚斋重评石头记》甲戌本问世。二十二年丁丑（1757）春天，孔继涵与从子孔广祚赴京师谢恩，在小时雍坊太仆寺街居住五十余天。有可能与曹雪芹结识，提到过曲阜城东宋代所建、现在已成废圃的“聚芳园”，并讲到其中的“蔽芾馆”，后为曹雪芹所援用。《红楼梦》宁府中有一处称“会芳园”，似与“聚芳园”有相通之处；曹雪芹佚著《废艺斋集稿》第一册题名为《蔽芾馆鉴印章金石集》（内容是关于刻印章的），直接用“蔽芾馆”为自己的室名。“蔽芾”即“弼废”，是帮助残废人的意思。“蔽芾”一词源出《诗经 · 召南 · 甘棠》:“蔽芾甘棠，勿翦勿败，召伯所憩。”孔继涵、曹雪芹都对《考工记》这个书题感兴趣，孔将自己校勘和著述的书有定名为《考工记图》《杜氏考工记解》，曹雪芹将《废艺斋集稿》中讲风筝制作的书稿定名为《南鹞北鸢考工志》。而其自序正是写于本年清明前三日。本年冬天，孔继涵移居。在《因居记》中说:“丁丑冬，移居东城敞庐东偏，本陶氏故宅。”

二十五年（1760）在乡试中举。二十七年（1762）春，与脂砚斋、松斋（白筠）、棠村等人小聚，批点《石头记》甲戌抄本第十三回。看过“三春去后诸芳尽，各自须寻各自门”的诗句，写下眉批:“不必看完，见此二句，即欲堕泪。梅溪。”约在此前后或同时，曹雪芹请友人在其小说五个书名中认可一个，“东鲁孔梅溪则题曰《风月宝鉴》”，此事被写入小说楔子之中。曹雪芹、吴揖峰很可能参与了这两次活动。

三十六年（1771）考取进士，官户部河南司主事，兼理军需局事，充《日下旧闻》纂修官。其后在京为官七年，善于结交士人名流，与卢文弨、钱大昕、钱载、吴揖峰、戴震、姚鼐、朱筠（笥河）、程晋芳、胡士震等人交往至深，互相切磋，学识日益渊博。一些朋友又与曹雪芹相识或相知。孔集中提到的周立崖（于礼），从敦诚《寄大兄》书信中可知道他与曹雪芹似相识。

四十二年（1777）以母疾请求卸官回籍。四十三年（1778），购买县城东北一所宋代所建院落“聚芳园”。其中以“微波榭”建筑形式最可观。即在此著书立说，校勘群籍，聚朋会友，饮酒赋诗。先后收集了汉唐以来的金石拓本千余种，以与经义史志相印证。凡遇藏书家的罕传之本，必精心校勘付梓，以广流传。

四十八年十二月突染重病，十八日逝世，葬于孔林东北隅。死后，翁方纲曾撰《户部河南司主事孔君墓志铭》（《复初斋文集》卷十四），卢文弨撰有《孔葓谷户部哀辞（并序）》（《抱经堂文集》卷三十四）。吴恩裕说：孔继涵是个笃于友谊的人。《国朝耆献类征》说他：“与人交，缓急补助无矜色。”卢文弨《孔葓谷户部哀辞序》云：“其厚于朋友也，不以死生易节。戴东原君既殁，为版行其遗书，无有散失，士林尤高其义。”如此笃于友谊的孔继涵，与贫困落拓却才气纵横的曹雪芹相交是完全有可能的。

本书收孔继涵隶书七言诗轴一件。孔继涵因“研有余墨，偶检内篇微旨数语书之”，抄写下这首七言诗。此诗据传出自唐无名氏《度世古玄歌》，又传出自《九皇上经》。传为清代大学士马齐所作的养生书《陆地仙经》也有引用。孔继涵对天文地志、算经考工、医药养生等颇为关注，很有心得，书抄此类“渊乎妙矣”的自然之论，是他丰富治学追求的一个侧面。

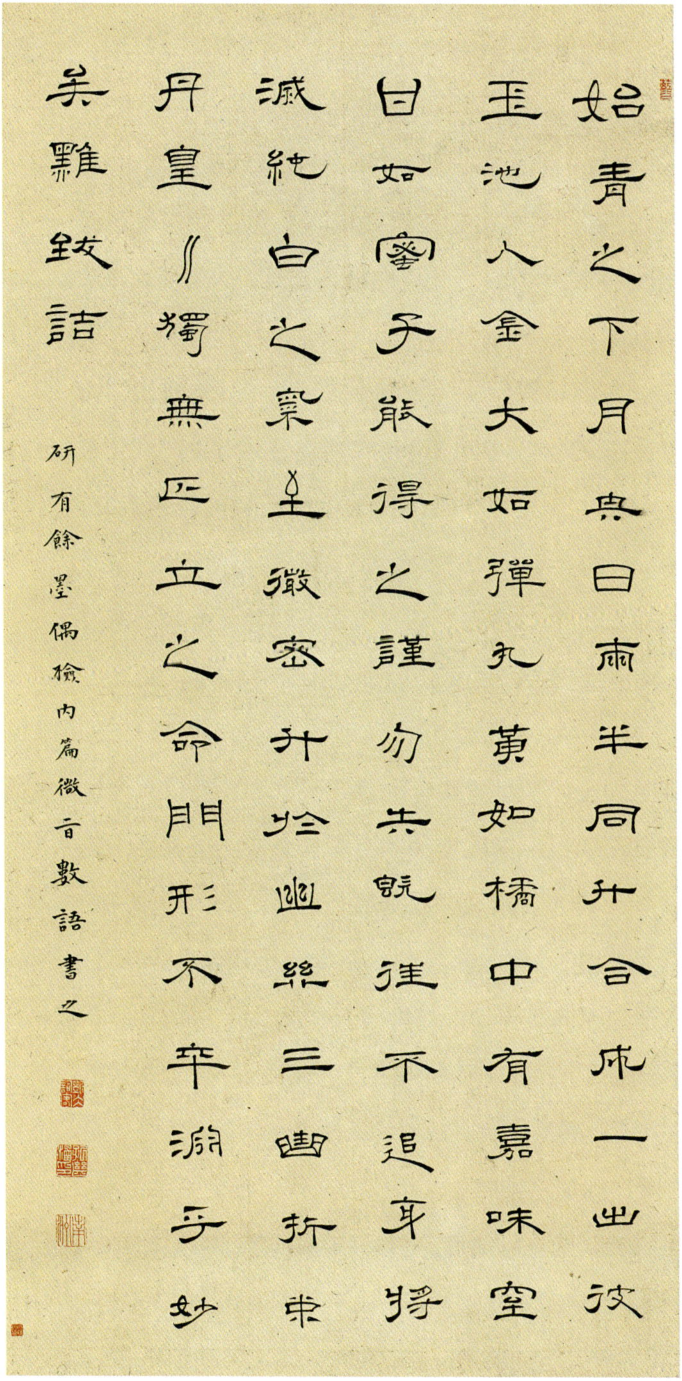

孔继涵　隶书七言诗轴

纸本　纵97，横49

释文：

始青之下月与日，两半同升合成一。出彼玉池入金室，大如弹丸黄如橘。中有嘉味甘如蜜，子能得之谨勿失。既往不追身将灭，纯白之气至微密。升于幽关三曲折，中丹皇皇独无匹。立之命门形不卒，渊乎妙矣难致诘。

研有余墨，偶检内篇微旨数语书之。

钤印：研冰词客（白文方印）、孔继涵印（白文方印）、南洲（朱文方印）、荭谷（朱文长方印）

收藏印：雨楼眼福（白文方印）

钱沣

钱沣（1740—1795），字东注，号南园，云南昆明人。幼时家境贫寒，偶然得到些残篇断简，便熟读深思。曾入昆明五华书院学习。十几岁即才艺初显，人称“滇南翘楚”，但功名并不顺利。

直到乾隆三十六年（1771）时，才考中三甲第十一名进士，初为翰林，授检讨。四十六年（1781）考选江南道监察御史。时甘肃冒赈折捐案发，诛罪首王亶望，但巡抚毕沅不问，他疏请追究，乾隆帝遂斥责毕沅，将其官阶从一品降为三品。

四十七年（1782），劾山东巡抚国泰贪赃。和珅受命赴山东按察，包庇国泰；他不畏权势，复查核清罪状，遂诛国泰，更受乾隆帝赏识。

乾隆末，官至御史。平生清贫，刚正不阿。和珅专权，大学士阿桂与之矛盾日深。钱沣曾疏言和珅为军机办事不遵制度，疏揭朋党之弊，请皇帝疏远小人，因授稽察军机处之任。《清史稿》中赞他“以直声震海内”。和珅知其家贫裘薄，凡劳苦事多委之，积劳成疾死。或谓和珅惧其弹劾，鸩之而死。

钱沣是名重一时的书画家。他所处时代，满朝上下学董其昌书法为风尚，而惟有他对颜真卿情有独钟。工楷书，学颜真卿外，又参以欧阳询、褚遂良，笔力雄强，气格宏大，行书参米南宫笔意，峻拔多恣。后之学颜者，往往以他为宗，如清末翁同龢，近代谭延闿、谭泽闿兄弟等都是学钱沣而卓然成家者。钱沣兴酣画马，神俊形肖。尤爱画瘦马，风鬃雾鬣，筋骨显露，神姿逼人，世人以为宝物。

其诗文苍郁劲厚，正气盈然。著有《南园先生遗集》。姚鼐在《南园诗存序》中说：钱沣御史去世后，诗集散落遗失。长白人法式善、赵州人师范，为他搜集整理，只找到一百多首，辑录成两卷。钱御史曾经为自己取号叫做“南园”，所以为他的诗集取名“南园诗存”。钱沣的诗、文、书、画、联都很有名。被誉为“滇中第一完人”。

乾隆四十八年（1783）九月，钱沣视学湖南。行前，敦诚为其举酒饯别，作七律一首：《钱南园（沣）视学湖南，行有日矣。八月下浣，置酒于小园之藤雪山房，留别诸同人，即席分赋（得留字）》。其诗曰：“九月催鸣道上驺，松风泉石且淹留。君吟玉笋浑闲事，帝简银台自有由（钱以通政奉使）。白发十年滇海梦，黄柑一夜洞庭秋。使星近入文星里，翼轸天南分野求。”敦诚视钱沣为“文星”，赞美其“君吟玉笋浑闲事”，可见钦佩钱氏文采风流。钱沣有和诗《将赴湖南，敬亭宗室留饮四松草堂，哲昆懋斋族兄、镇国将军嵩山同集》：“又得衡湘三载游，南云无尽引行舟。王孙好客同青眼，祖席吟诗半黑头。亩蕙聊思为国树，陌花未敢为身谋。剪灯愿与酣今夕，度尽西堂蟋蟀秋。”“王孙”句，钱沣原注：“敬亭昆弟英王房、嵩山礼王房。”“未敢”句，钱沣原注：“敬亭语予迎家事。”钱氏称许敦诚“好客”，推尊其“吟诗”。平时是否熟悉敦诚诗文，是否见过其中四五首吟咏曹雪芹之诗，三四处关于曹雪芹的记载，则不得而知。

本书收钱沣行书七言联一件。从法书角度看，行书刚劲沉雄，稳健挺拔。从联语内容看，“明月满尊”“半榻藏书”等语描摹了恬淡闲适的文人生活情景，也可折射出钱南园的人生价值追求。

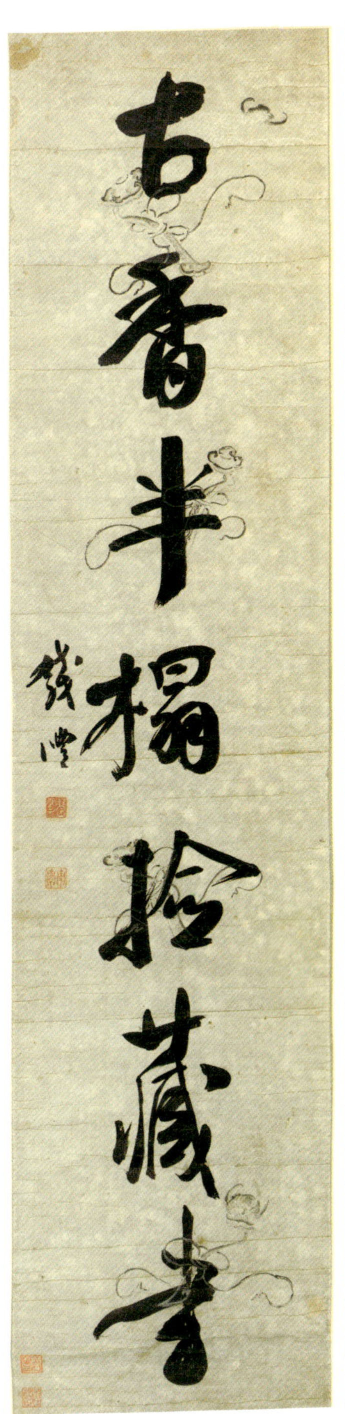

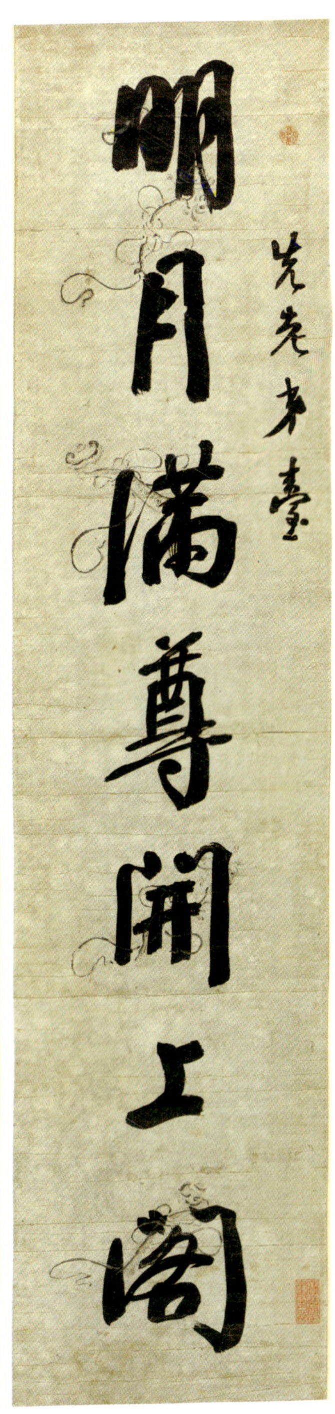

钱沣　行书七言联

石青描花笺　纵127.6，横30（每联）

释文：

明月满尊开上阁，古香半榻检藏书。

先老弟台。钱沣。

钤印：沣印（白文方印）、南园（朱文方印）、人在蓬莱（朱文圆印）

收藏印：昌豫鉴藏（朱文方印）、少石审定（朱文方印）、宝迁阁书画记（朱文长方印）

弘旿

弘旿（1743—1811），字仲升、卓亭，号恕斋、醉迂、一如居士、瑶华道人等 。玄烨（康熙帝）孙，诚恪亲王允秘第二子，弘历（乾隆帝）的堂兄弟，永忠堂叔。满洲右翼近支第四族族长。二十八年（1763）封二等镇国将军。三十九年（1774）晋封固山贝子。四十三年（1778）因事革退，终致夺爵。五十九年（1794）封奉恩将军。嘉庆四年（1799）又革退。十四年（1809）复封奉恩将军。十六年卒。

一生工书画。精于绘事，画备诸格，善画山水花木，讲究笔致墨韵，风格清新。师从董邦达，名与伯父紫琼道人允禧齐名并著。以“三绝”享誉当世;山水得董源、黄公望妙谛，花卉具陈淳、陆治之法，治印不失元、明之矩度，其所作尤近著名画家董邦达笔意。善篆隶，书兼四体，著有《瑶华道人墨宝》。传世作品众多。

更善于诗赋，自乾隆二十八年（1763）至嘉庆四年（1799）间，诗作颇多，从中遴出三百余首，别为十卷，辑为一集，名为《瑶华道人诗钞》，又名《瑶华诗钞》。多为即兴、写物、题画之作。诗钞中无长篇作品，诗风秀韵有致，而意境狭窄。多记游唱和之作。游踪见于诗者有盘山、热河、泰山等；唱和对象仅管世铭数人而已。其中，附《御览集》一卷，即为弘历过目或与弘历唱和之作。有嘉庆间刻本、光绪间刻本传世。又著有《恕斋集》。

弘旿可能在墨香或永忠处闻听过《红楼梦》。在乾隆朝文字狱盛行的年代，他又是皇帝的身边近臣，以至不敢阅读、不敢评论《红楼梦》。乾隆中，当他读了堂侄永忠的《因墨香得观〈红楼梦〉

小说吊雪芹》三首七绝之后，这样批道："此三章诗极妙。第《红楼梦》非传世小说，余闻之久矣，而终不欲一见，恐其中有碍语也。"弘旿为人处世，有些道学家的色彩。疑有"碍语"，避之不读，唯恐招祸也。弘旿虽然"不欲一见"《红楼梦》。但他又称赞永忠的三首咏红诗"极妙"，已经十分难能可贵了。弘旿的批语所表明的心理状态，体现着上层贵族官宦在接受《红楼梦》过程中左右摇摆的矛盾立场。

本书收弘旿致刘墉信札一通。刘墉（1720—1805），山东省诸城逄戈庄人（今属高密）。大学士刘统勋之子。乾隆十六年（1751）进士，官至体仁阁大学士。书法造诣深厚，尤长小楷，帖学大家，世人称为"浓墨宰相"，书法作品以行书为多。据信中"首夏""匆迫南旋""俟大人除服回京之日"等语判断，此信所写之事，发生于乾隆三十八年（1772）四月至七月间。三十八年父亲刘统勋病故，陕西按察使任上的刘墉匆忙辞官回家服丧。乾隆四十一年（1776）"除服"还京。弘旿信中说，因刘墉"使至，遥惠顶烟（用极细的松烟制成的上等墨）"，这个上等墨竟使弘旿家"光溢四壁，香馥一室"。弘旿因此"铭感不可名言"，回赠"鼻烟壶一件"。足见二人交往密切和当时文场风气。

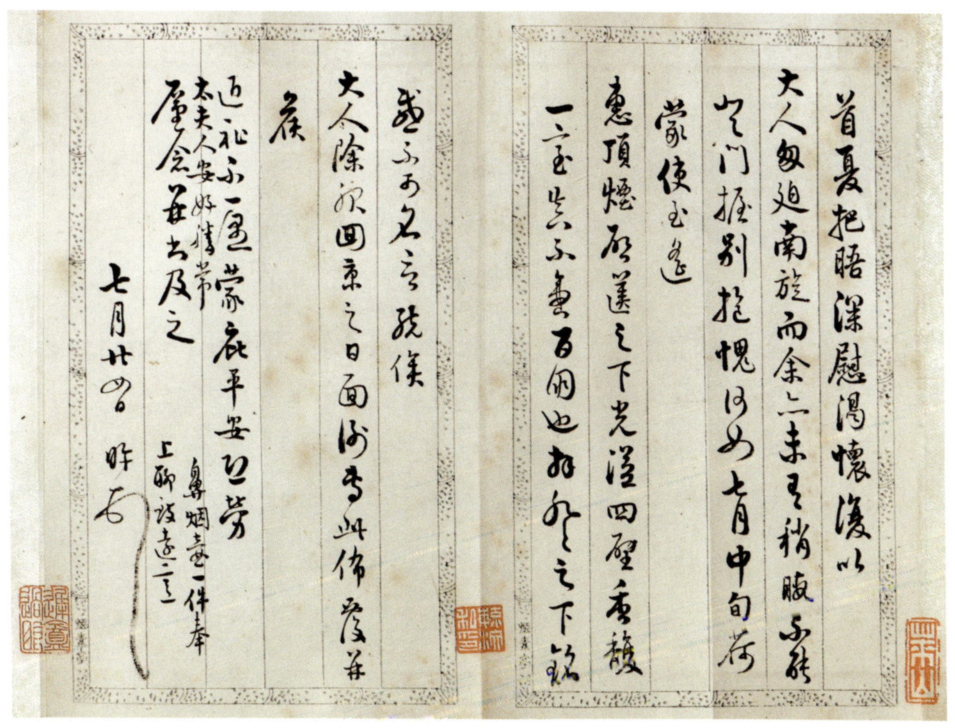

弘旿 致刘墉信札

纸本 纵23，横13.4（每页）

释文：

首夏把晤，深慰渴怀，复以大人匆迫南旋，而余亦未有稍暇，不能登门握别，抱愧何如。七月中旬，荷蒙使至，遥惠顶烟，启箧之下，光溢四壁，香馥一室，真不啻百朋也。拜登之下，铭感不可名言，统俟大人除服回京之日面谢。专此布覆，并候近祉。不一。太夫人安好胜常。愚蒙庇平安，恐劳廑念，并书及之。（鼻烟壶一件奉上，聊致远意。）

七月廿四日。旿顿首。

沈赤然

沈赤然（1745—1816），原名赤熊，字韫山，号梅村，罢官后号更生道人。原籍仁和（今杭州市），寓居浙江德清县新市镇（仙潭），遂为新市人。

年少时好读书，攻诗古文辞，后尤以诗著称。善书法，尤精草书，秀劲潇洒，有“铁划银钩”之誉。乾隆三十三年戊子（1768）举人，四十六年（1781）会试不中，以知县试用，任大桃知县，历置直隶平乡、南乐二县，补南宫，改丰润。因事削级，又知大城（今河北大城县）。居官有廉能，以“勤、俭、公”三字自励，妄念不动。案牍不稽，胥史不能高下其手。性倔强，有“强项令”之称。在丰润倡设义学，士民德之。

谢病免居官。罢官后，隐居祖籍地新市镇，闭户著书，不问外事。时或徜徉山水间，与绍兴章学诚、杭州吴锡麒交往密切。著有《五砚斋诗钞》二十卷、《文钞》十一卷，《公羊穀梁异同合评》四卷，《寄傲轩读书随笔》十卷、《续笔》六卷、《三笔》六卷，及《寒夜丛谈》三卷、《两汉语偶》一卷，《公余拾句》十二卷，《杂志》四卷，《杂言》一卷，《提耳录》一卷。其历时三年编纂的《新市镇续志》刊行于嘉庆十六年（1811）。《寄傲轩读书随笔》有嘉庆十年（1805）刻本，现藏哈佛大学图书馆。

乾隆五十六年（1791）之后，程伟元、高鹗整理刊印的百二十回《红楼梦》广为流传。约在此期，沈赤然读到《红楼梦》。六十年（1795），作《曹雪芹〈红楼梦〉题词四首》。后编入所著《五砚斋诗钞》卷十三《青鞋集》。其诗曰：

名园甲第压都庄，鹅鹜年年厌稻粱。绝代仙姝归一处，可人情景惕双光。花栏夜宴云鬟湿，雪馆寒吟绣口香。只有颦颦无限恨，背人清泪渍衣裳。

两小何曾割臂盟，几年怜我我怜卿。徒知漆已投胶固，岂料花偏接木生。心血吐干情未断，骨灰飞尽恨难平。痴郎犹自寻前约，空馆萧萧竹叶声。

仙草神瑛事太奇，妄言妄听未须疑。如何骨出心摇日，永绝枝莲蒂并时。独寝既教幽梦隔，游仙又见画帘垂。不知作者缘何恨，缺陷长留万古悲。

月老红绳只笔间，试磨奚墨为刊删。良缘合让林先薛，国色难分燕与环。万里云霄春得意，一庭兰玉昼长闲。逍遥宝笈琅函侧，同蹑青鸾过海山。

沈赤然属于乾隆后期《红楼梦》的读者和题咏者，其《曹雪芹〈红楼梦〉题词四首》为红学重要史料，常常为红学专家学人所征引运用。他在诗题里将《红楼梦》的著作权毫不怀疑地归属于曹雪芹的名下，正式表明曹雪芹是《红楼梦》的作者。他的四首题红诗所表达的评红观点，在乾隆晚期也有代表性。周汝昌先生评论道："沈赤然一读《红楼梦》，便深为宝、黛情缘所感动，并且认真严肃地题以律诗，编入全集，此人颇有胆量。他对宝黛二人之情不得遂，极抱憾恨。但是，他又认为薛宝钗也未可缘此而见弃，因而他提出'良缘合让林先薛，国色难分燕与环'的主张。

就是说，一方面他为宝黛不得成婚而憾恨不平，一方面他又认为宝钗‘国色’，也难‘割舍’，所以就想先娶黛玉，后娶宝钗，熊鱼得兼，‘两头为大’——在他看来，这样的一个‘方案’，最理想，最‘美满’！”（周汝昌《红楼梦新证》，人民文学出版社1976年版，第1079页）

本书收沈赤然行书轴一件，录苏轼尺牍《答胡道师》中文字，可看出晚年沈赤然的淡泊情致。

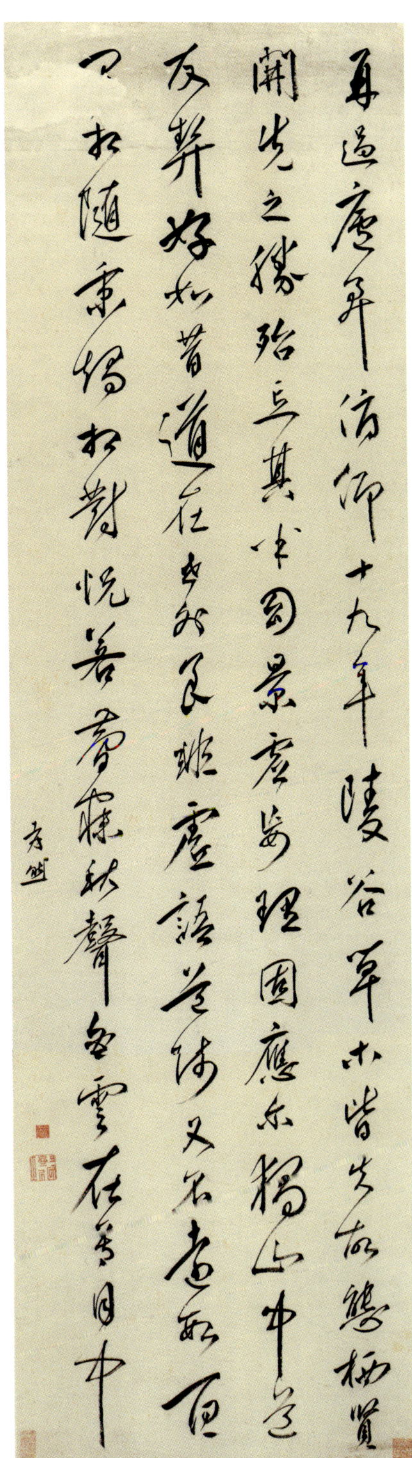

沈赤然 行书轴

纸本 纵164.4，横47

释文：

再过庐阜，俯仰十九年，陵谷草木，皆失故态。栖贤、开先之胜，殆忘其半，幻景虚妄，理固应尔。独山中道友契好如昔，道在世外，良非虚语。道师又不远数百里相随，秉烛相对，恍若梦寐，秋声白云，在吾目中。赤然。

钤印：赤然（白文方印）、五砚斋居士（朱文方印）

收藏印：徐克芳莒青父审定珍藏（朱文长方印）、家英辑藏清儒翰墨之记（朱文方印）

法式善

法式善（1752--1813），姓伍尧氏，字开文，号陶庐，一号时帆，又号小西涯居士。蒙古乌尔济氏，隶内务府正黄旗。本名运昌，高宗赐名式善，满语“勤勉”之意。乾隆四十五年（1780）进士，官至侍读学士、国子监祭酒。法式善初学王士禛，后受袁枚影响，广结文士，无分汉满蒙族，赏古论诗，座客常满。精经史考据学，诗文俱佳，尤长于诗，诗作质朴清丽，时人比作唐之孟浩然、韦应物。室名叫“诗龛”及“梧门书屋”，蓄法书名画其夥。故称之为“法梧门”。法式善曾参与撰修《皇朝文颖》及《全唐文》。著述甚丰，有《槐厅载笔》《清秘述闻》《陶庐杂录》《存素堂文集》《存素堂诗集》等存世。《清史稿》有传。

法式善对曹寅有评论，与敦敏、敦诚、高鹗都有交往。嘉庆初年，铁保受命编辑八旗文人诗歌总集，后来成《熙朝雅颂集》一书。法式善多年董理其事，他在《陶庐杂录》中记载：“《熙朝雅颂集》首集二十六卷，正集一百六卷，余集二卷，共一百三十四卷。嘉庆九年两江总督铁保奏进，御制序文，奖许甚至。法式善实久预纂校之役，有荣幸焉。十年刻成，颁行天下。”与法式善相友善的王昙（字仲瞿）在《题法梧门祭酒诗龛》诗中有注：“今上命铁冶亭尚书纂选顺康以来八旗诗集，尚书出帅南漕，未遑帙辑，祭酒已收集四百余家，时奉旨多收宗室。”

《熙朝雅颂集》收入了敦敏的诗三十五首，收入敦诚的诗五十八首，其中包括咏曹雪芹的诗四首：敦敏的《赠曹雪芹》《访曹雪芹不值》，敦诚的《佩刀质酒歌》《寄怀曹雪芹》。根据各种史料记载推测，敦敏、敦诚的九十三首诗（包括四首咏曹诗）乃法式善发现、选择并收入《熙朝雅颂集》。证据有四条：

其一，即法式善自己所说，十年时间收诗四百余家，且“奉旨多收宗室”，而二敦恰恰是宗室中名气很大的诗人。

其二，法式善是通过蒋攸铦（1766—1830）看到《懋斋诗钞》的。蒋攸铦字颖芳，号砺堂，乾隆四十九年（1784）进士。官至两江总督。蒋攸铦与法式善相友善。《懋斋诗钞》残稿本有“砺堂藏书”一章，这是蒋攸铦的藏书章。说明《懋斋诗钞》曾为蒋攸铦所收藏，法式善有可能读到《懋斋诗钞》。

其三，法式善有一首题为《〈懋斋诗钞〉〈四松堂诗集〉》的五言律诗，应作于读到二敦诗集并将其认可者选收入《熙朝雅颂集》期间或其后。其诗曰：“白发老兄弟，青山野性情。风骚不雕饰，骨格极峥嵘。直使鄙怀尽，能令秋思生。萧然理杯酌，同结岁寒盟。”（《存素堂诗初集录存》卷十四）其诗概括二敦性情特征、诗风特色、处世特点，全面评价诗人诗作，非对作者作品整体把握透彻分析者不能臻此。

其四，法式善《八旗诗话》中，在敦诚小传里有一段文字评其诗：“诗幽邈静靓，如行绝壑中逢古梅一株，着花不多，而香气郁烈。”这个评价，只有熟读深思敦诚《四松堂诗集》之后才能得出。

法式善与高鹗亦有交游。高鹗《月小山房遗稿》内有《同法梧门观蒋伶演剧，感成一绝奉柬》一诗。

本书收法式善行书五言古诗轴一件。这帧诗轴内容涉及王昶、王芑孙和“墨园年伯”。王昶号述庵，江苏青浦（今上海市辖区）人，乾隆十九年进士，赐内阁中书，官至刑部右侍郎。精经史、金石学，亦工诗词古文辞。法式善与王芑孙交谊甚深，早年受业于王昶门下。乾隆六十年（1795）冬，江苏长洲人王芑孙以咸安宫官学教习任期将满，乾隆帝在养心殿接见，以教职用，授之以松江府华亭县（今上海松江区）教谕之职。嘉庆元年（1796）五月，赴华亭县教谕任。离京时，法式善、张问陶、石韫玉、赵怀玉纷纷赠别，法式善写下五律《送王惕甫春官报罢赴华亭教谕任兼怀述庵先生二首》饯别之作。其后某时，法式善将其中一首抄成诗轴，赠给“墨园年伯”。此诗表达了法式善的送友怀师之情。值得特别指出的是王芑孙、张问陶、石韫玉等人，也都是与“曹红文化”有联系的人物。

法式善　行书五言古诗轴

描花笺　纵125.8，横30

释文：

庐沟桥上月，照见客重来。今又送归去，月圆刚两回。梦边涯水绿，酒里国花开（惕甫信宿小西涯，再饮国花堂）。此乐休忘却，江亭又举杯（谓述庵先生）。

送王惕甫春官报罢赴华亭教谕任兼怀述庵先生二首之一。墨园年伯大人教正。梧门法式善。

钤印：诗龛墨缘（白文方印）、陶士（白文方印）、小西涯（白文长方印）

铁保

铁保（1752—1824），字冶亭，号梅庵。姓董鄂氏，满洲正黄旗人。乾隆三十七年（1772）进士，授吏部主事。由郎中迁少詹事。历侍读、内阁学士。五十四年（1789），迁礼部侍郎兼副都统。嘉庆四年（1799），转盛京兵、刑部侍郎，兼奉天府尹。寻复召吏部侍郎，调漕运总督。历广东、山东巡抚，两江总督。十四年（1809），以河工日坏，酿成重狱事，褫职并遣戍新疆。后给三等侍卫充叶尔羌办事大臣，调喀什噶尔参赞大臣。再擢礼部尚书，调吏部。请芟吏部、兵部苛例，条陈时政，多被采纳。因林清起义被讦，褫职，发吉林效力。二十三年（1818），召为司经局洗马。道光初，以疾乞休，赐三品卿衔。

诗、文、书艺皆有精深造诣。其论诗贵真实，贵气体深厚。当时乾嘉形式主义诗风盛行之际，铁保之论力排颓风。其文学创作量多质优，为清代满族作者中的大家。同汉人百龄、蒙古人法式善三人诗齐名，时号“三才子”；又与成亲王永瑆、翁方纲、刘镛并称为清代四大书法家。

乾隆六十年（1795）钦命铁保为《八旗通志》总裁官。为编写其中的“艺文志”，铁保“遍搜八旗诗文集，拟选辑一编，副《通志》以行，共得诗四十余卷，篇帙浩繁，尚未卒业，兹萃其精华汇为一集，先行付梓，以存梗概”。成书《白山诗介》。是集收入曹寅三首诗：七言古诗一首——《铜鼓歌》，七言律诗两首——《读洪昉思稗畦行卷感赠一首兼寄赵秋谷赞善》和《三月九日田梅岑见访有作和之兼伤雪帆》。在卷首“爵里姓氏”栏注明：“曹寅：

子清，号楝亭，汉军人，官通政使，江宁织造。著有《楝亭诗钞》。”铁保在《白山诗介》的基础上，广收八旗文人的诗作，扩展为134卷的《熙朝雅颂集》。收入曹寅诗作五十五首，收入宗室诗人敦敏、敦诚的诗作，其中吟咏记载曹雪芹的诗四首:《赠曹雪芹》《访曹雪芹不值》《佩刀质酒歌》《寄怀曹雪芹》。字词有改动，有异文可考，保留下研究曹雪芹生平的重要文献。《佩刀质酒歌》《寄怀曹雪芹》二诗，提纲挈领书写了曹雪芹的生平和创作，可说是曹雪芹的诗史。《熙朝雅颂集》收入敦敏诗三十五首，其中不少可作为考证曹雪芹生平的旁证材料。此外收入恒仁、福增格（额）、永忠、嵩山（永奎）、明仁、福彭、富察昌龄、尹继善、玉栋、李世倬、高其佩、刘廷玑、朱伦瀚、施世纶、卓尔堪诸人之诗，也提供了研究曹雪芹和曹寅生平的辅助材料。

本书收铁保草书论书轴一件，系录董其昌论书法“藏锋”之道。

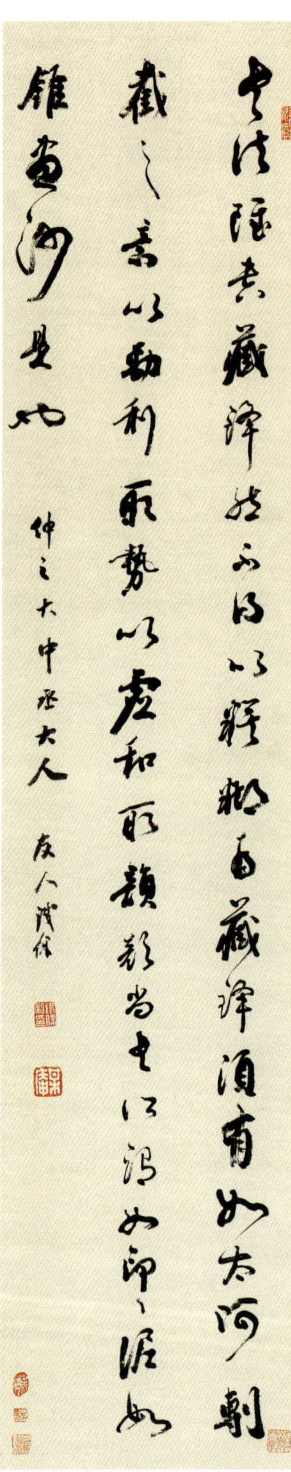

铁保　草书论书轴

纸本　纵144，横30.4

释文：

书法虽贵藏锋，然不得以模糊为藏锋，须有如太阿剸截之意，以劲利取势，以虚和取韵，颜尚书所谓“如印印泥，如锥画沙”是也。

仲之大中丞大人。友人铁保。

钤印：铁保私印（白文方印）、梅庵（白文方印）、奇文共欣赏（白文长方印）

收藏印：察□山馆珍藏书画（白文方印）、小莽苍苍斋（朱文方印）、崔谷忱收藏书画章（朱文方印）、老梅（白文随形印）

刘大观

刘大观（1753—1834），字正孚，号松岚。山东临清州邱县（今属河北省邯郸市）人。乾隆四十三年（1778）进士，初仕广西永福县令，五十九年（1794）底委治承德（时奉天府附郭县），旋补开原县知县。嘉庆元年（1796）升宁远州（今辽宁兴城）知州，十一年（1806）九月署山西布政使。十五年（1810）春，劾奏山西巡抚初彭龄“任性乖张，不学无术”。初彭龄被革职，刘大观亦因疏中一二款风闻未确，一并斥废。后寓居河南怀庆府（今沁阳市），读书著述，终老天年。

刘大观工诗善书，著有《玉磬山房诗文集》十七卷，其中诗集十三卷，文集四卷。内含乾隆五十四年（1789）至道光七年（1827）的诗文作品。初仕岭外时，学诗于高密李子乔。两次烧掉数年所积手稿，一意写出惊人之句，打下深厚功底。乾隆五十六年（1791），袖诗拜见袁枚于随园。袁枚摭卷中可为谈资者入《随园诗话》。又二年，客居吴门，与袁枚相质风雅，昕夕无间，诗艺大进。后人评其诗“天机清妙，寄托深远”，“气骨日益高，取法亦日益上矣”，可谓知人之论。

刘大观生山左，官岭南，仕关外，宦山右，居中原，交往甚广。与敦诚、晋昌、程伟元、张问陶、王芑孙、法式善、吴云、钱大昕、翁方纲、王文治、洪亮吉、阮元、乐钧、杨芳灿及朝鲜贡使金载瓒、徐滢修等高官大儒皆有过从。其中人物又多有染指“曹红文化”者。

刘大观与“曹红文化圈”的接触，主要在一篇跋语、一篇序言和一首诗上：

一是乾隆五十七年（1792）闰四月为敦诚《四松堂集》作跋，其中讲到阅读诗文集感受时说："观初阅四松堂诗，以为不过偶然遣兴而已，非如《谈龙录》所云'诗中有人，言外有事'也。及读其文，如《笔麈》，如《记梦》，如《南村记》，如注来笔札二十余帖：忽为漆园之达，忽为柱下之元，忽为释迦、维摩之通透；忽为正言庄论如陆贽，忽为旁引曲喻如淮南；忽为悲歌慷慨如易水之荆卿，忽为弄月吟风如濂溪之茂叔。相由心造，情随境生。一切欢喜烦恼之因，升沉聚散之感，悉于三寸管城子宣泄而无遗。夫然后乃知居士胸中固无物不有，其诗亦无义不该，向之所谓偶然遣兴者，非徒遣兴已也。自古金枝玉叶耽志风雅，如昭明太子而外，则唯唐之李才江、宋之赵松雪耳。才江爱贾岛为诗，铸其像，事之如神。吾今欲奉居士如岛，而窃僭拟于江，未知无本禅师塔下尘，容我敝帚一扫否？"《四松堂集》是有关曹雪芹生平最重要的文献，刘大观阅读评论的敦诚诗文，其中八九处描述过、提到过曹雪芹。他是否关注过，不得而知。

二是为程伟元编辑的晋昌诗集《且住草堂诗稿》作序。在辽东任上，他与晋昌、程伟元诗酒往还。嘉庆七年（1802）壬戌十二月，为《且住草堂诗稿》作序，可见关系非同一般。他在序中写道："壬戌嘉平十日，公述职赴阙，道出宁远，咨问地方公事外，出所和门下士程君小泉赠行诗三十首，俾观读之。诗虽偶然酬唱，不甚经意，而胸次之磊落，性情之敦厚，旨趣之幽闲，皆有过乎人者，读竟，剪烛深谈，意兴甚适。又出全稿一帙，持以示观，曰：'诗非余所习也，顾为余性之所近，尝藉是以为消遣，随作随弃去，不甚爱惜。今所存者，小泉、耕畬取纸簏捻团，私为收录者也。其果可存乎？否乎？吾未能决，将决于子之一言。'观唯唯谨受命。”晋昌即出示了和程伟元的“赠行诗三十首”，又征求诗集《且住草堂诗稿》可存乎可否乎的意见，若不视为知音不能有此举动。

三是《题觉罗善观察怡庵〈柳阴垂钓图〉》一诗。此诗编在他所著《玉磬山房诗文集》的《怀州二集》中。善怡庵曾于嘉庆九年补授锦州知府，他的两个儿子是高鹗的学生。《柳阴垂钓图》为程伟元所绘，画中有程伟元署名和钤印。嘉庆十九年甲戌（1814）秋天，刘大观于武昌写作此诗，其中说：“此图出自小泉手，我与小泉亦吟友。当时盛京大将军（宗室晋公昌），视泉与松（松岚也）意独厚。将军持节万里遥，小泉今亦路迢迢。”诗句中对与程伟元、晋昌的交往忆昔感今，难以释怀。

本书收刘大观致林芬信札一函。林芬（1764—？），字朴园，号希白，四川布政使林儁之子，张问陶内兄。嘉庆六年（1801）以举人知山西右玉县事。著有《妙香书屋诗草》（稿本）。这封信的发信人刘大观，收信人林芬，以及林芬的妹夫张问陶，中年以后都艰于子嗣，为后继乏人而“同病相怜”。这封信也告诉我们，他们之间的联系非同一般。刘大观与张问陶都与“曹红文化圈”有关联，事出有因，他们的交往圈又多林芬一人。

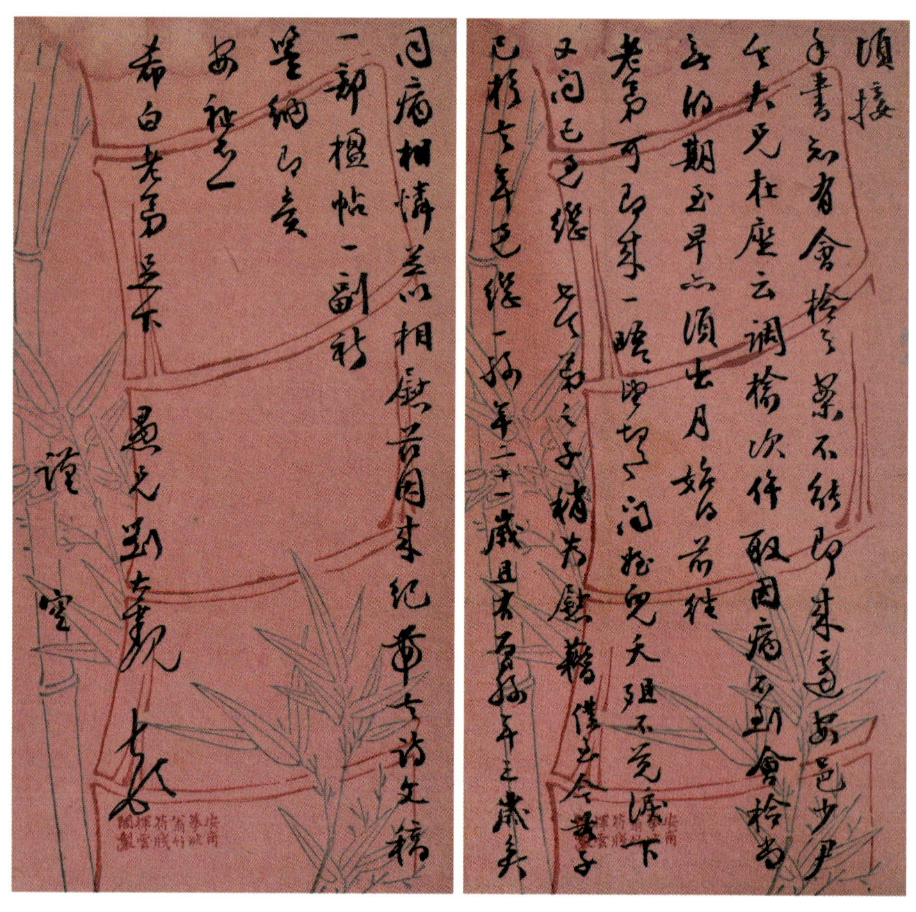

刘大观　致林芬信札

纸本　纵23.3厘米，横12.3厘米（每页）

释文：

顷接手书，知有会检之案，不能即来。适安邑少尹令大兄在座，云调榆次仵取因病不到，会检尚无的期，至早亦须出月始得前往，老弟可即来一晤，望切，望切！闻侄儿夭殂，不觉泪下。又闻已过继七令弟之子，稍为慰藉。仆至今无子，已于去年过继一孙，年二十一岁，且有曾孙年三岁矣！同病相怜，并以相慰。兹因来纪带去诗文稿一部、楹帖一副，祈鉴纳。即候安祉。不一。希白老弟足下。

愚兄刘大观顿首。谨空。

王芑孙

王芑孙（1755—1817），字念丰，一字沤波，号铁夫，又号惕甫、云房。长洲（今苏州市）人。工五言古体诗，尤以书法名。著述多种，有《渊雅堂编年诗稿》《渊雅堂集》等。“幼有异禀”，“年十二三能操觚为文”。乾隆三十九年（1774）年二十，“既冠，为诸生，不屑为时俗科举文字，独肆力于诗、古文，纵横兀奡，力追古人”。性简傲，不肯从谀，办事认真不苟，人以为狂。然多年往来于江南北京之间，文友甚众，与法式善、张问陶、石韫玉、阿林保时相唱和。

四十九年（1784）暮秋，偕续娶新婚妻子曹贞秀与岳父曹锐入京师，是年更号“惕甫”，自勉自警。开始了为期十二年的京师清客幕宾生活。五十年（1785）冬，始至京，馆于户部侍郎董诰（董邦达子）邸。五十一年（1786）正月，陪大学士梁国治、户部侍郎董诰入内直庐校书。二月随董诰扈从乾隆帝巡视五台山。六月，随董诰扈从热河行宫。本年与睿亲王淳颖始有过从，作《昭信李伯招集松轩奉陪睿亲王及王之客蔡方平与家弟听夫即席联句十韵》《读睿邸太福晋诗集题后四首》诸诗。五十二年（1787）四月，石韫玉下第，索王芑孙夫妇作书。秋，得石韫玉寄怀书（石韫玉曾将《红楼梦》改编为戏曲）。五十三年（1788），乾隆帝巡幸天津，独行前往，迎銮献赋，召试入格，赐举人。

五十六年（1791）春，应睿亲王淳颖之聘离董府，为其幕僚。前后共六年。本年前某时，淳颖作《读〈石头记〉偶得》。为淳颖诗卷跋以识语。淳颖诗卷中署“芑孙谨识”跋语的《无题诗三十首》中，有句诗为“眼空蓄泪向谁抛”，分明是《红楼梦》第三十四回林黛玉题帕诗之一“眼空蓄泪泪空垂，暗洒闲抛却为谁”的转化，所以又被点改成“粉泪如珠不可抛”了。这说明王芑孙与淳颖是读过或了解抄本《红楼梦》的。本年前后，与刘墉、张问陶、洪亮吉、法式善、玉栋等有交往。十二月，自编《渊雅堂编年诗稿》初集和妻曹贞秀《写韵轩小稿》成。

五十七年（1792）二月，客居淳颖海淀园，从幸五台山。三月，下榻汉军玉栋“读易楼”。六月十三日，始任咸安宫教习。《渊雅堂编年诗稿》卷十本年有诗《官馆晓坐，效山谷作六言六首》，其一云：“入自苍龙阙石，来趋紫禁城中。列坐床无下上，分曹廨有西东。”其二云：“官学名由宋始，上庠制自周垂。殿瓦黄分屋角，庭槐绿上窗来。”因咸安宫官学设在西华门内，可称“紫禁城中”。九月，诗寄怀湖南学政石韫玉。五十八年（1793）四月七日，会试榜发，复报罢。法式善、张问陶皆诗慰之。五十九年（1794）九月，跋玉栋所抄姚鼐《抱惜轩文集》。

六十年（1795）冬，以馆职任期将满，乾隆帝在养心殿接见，以教职用，授之以松江府华亭县（今上海松江区）教谕之职。嘉庆元年（1796）正月，为石韫玉评点《独学庐初稿》。四月，会试榜发，下第。乃赴天津，谋归计于长芦盐运使阿林保（乾隆五十六年，阿林保曾引证《红楼梦·芙蓉女儿诔》评点《夜谭随录》）。在其衙斋盘桓三日，并为序其诗稿，乃归京师。五月，赴华亭县教谕任。石韫玉、法式善、张问陶、赵怀玉纷纷赠别。六月到津门，再见阿林保。四年（1800），曾为乡里门人改琦题所绘《秋花》《仕女》二图，颇为欣赏其画艺。五年（1801），离华亭教谕任，应两淮都转运使曾燠邀请，任扬州乐仪书院讲席。十一年（1806），离开乐仪书院，居家整理平生所作诗文，直至终老。

本书收王艺孙行书七言联一件。王艺孙不走科举之路，晚年仅充华亭教谕，似对仕途看得较淡，他对落职家居的“晓楼四兄”以“一官来去风前絮”相慰勉，又以“万卷波涛雨后泉”的达观相期待，从中也透露出他淡泊名利的学人情怀，与他一生行事做人的风格颇为相符。

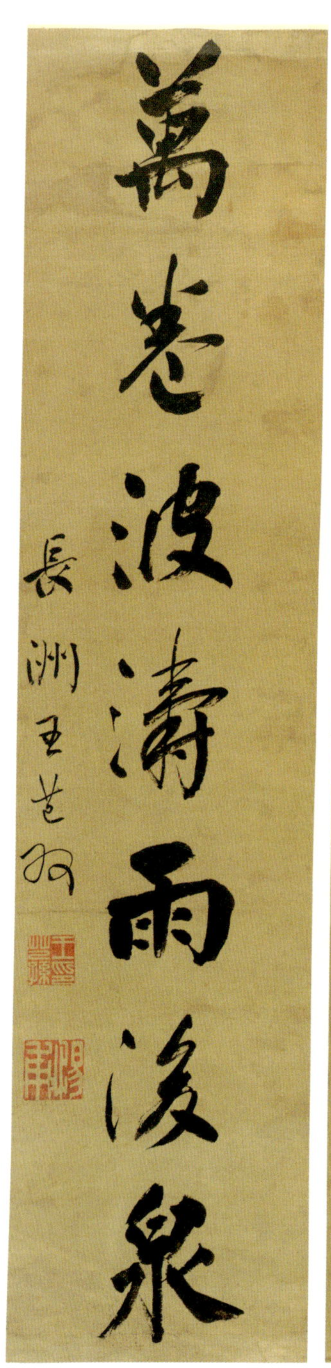

王芑孙　行书七言联

纸本　纵122.5，横28.5（每联）

释文：

一官来去风前絮，万卷波涛雨后泉。

书奉晓楼四兄一粲。长洲王芑孙。

钤印：王芑孙印（白文方印）、惕甫（白文方印）、三赋蓬莱（白文长方印）

石韫玉

石韫玉（1756—1837），字执如，号琢堂，一号竹堂居士，又号花韵庵主人，晚称独学老人，江苏吴县（今苏州市）人。

年十八补吴县举博士弟子员。乾隆五十五年（1790）中一甲一名进士，授翰林院修撰。五十七年（1792），任福建乡试正考官。旋视学湖南。历官四川重庆府知府、山东按察使等。因事被劾革职，其后复念旧劳，又赏编修。于是称病回，主讲苏州紫阳书院达二十余年。

性情奇癖，未第时，见淫词小说及一切得罪名教之书，辄拉杂烧之。家置一库，名曰“孽海”，收毁几万卷。一日阅《四朝闻见录》，见有弹劾朱文公奏疏，忽拍案大怒，亟脱妇臂上钏质钱五十千，遍搜东南坊肆，得三百四十余部，尽付一炬。

石韫玉躬行禁毁淫词小说，却十分青睐《红楼梦》，看到了它的艺术价值。据阿英《红楼梦戏曲集》所载，石韫玉改编《红楼梦》为戏剧，成《红楼梦传奇》一卷，嘉庆二十四年（1819）花韵庵刊本，原题“吴门花韵庵主填词”。内有“梦游”“游园”“省亲”“葬花”“折梅”“庭训”“婢间”“定姻”“黛殇”“幻圆”等十出。他改编的红楼戏独创有新意。《红楼梦传奇》演唱的宝黛钗婚恋故事，与程高本《红楼梦》是不同的。石韫玉对小说原著的认识有些与众不同，他不太认可后四十回续书，对其他红楼戏作者津津乐为的“掉包奇谋”不以为然。他在处理钗黛之争时，没有采用宝玉失玉、凤姐设谋之类的非正常手段，而是采取贾元春懿旨促成二宝联姻，林黛玉识大体殇逝升仙的方式。虽然以黛死钗嫁为结局，但是通过黛玉主动退出感情纠葛，淡化了黛钗之间的冲突；又演绛珠仙子在警幻仙姑开导下看破情缘，归真入道：从而把原书矛盾尽数消弭，创造出蕴涵新意的戏剧情节和人物命运。文友吴云曾任御史，嘉庆二十四年以"蘋庵退叟"之名为石韫玉的《红楼梦传奇》作"叙"，他写道："花韵庵主人衍为传奇，淘汰淫哇，雅俗共赏。《幻圆》一出，挽情澜而归诸性海，可云顶上圆光，而主人之深于禅理，于斯可见矣。"

嘉庆十九年（1814）三月，进士同年挚友张问陶病逝于苏州。第二年十月为其编成《船山诗草》及《船山诗草选》，刊行吴中。作《刻〈船山诗草〉成书后》一诗："文园遗稿叹丛残，手为删存次第刊。名世半千知己少，寓言十九解人难。留侯慕道辞官早，贾岛能诗当佛看。料理一编亲告奠，百年心事此时完。"张问陶与高鹗关于刊印《红楼梦》的唱和诗，他应该读过。

石韫玉诗学大苏，写作尤勤，著述颇丰。著有《独学庐诗文集》，为《竹堂诗稿》《竹堂文稿》的合集。著短剧九种：《伏生授经》《罗敷采桑》《桃叶渡江》《桃源渔父》《梅妃作赋》《乐天开阁》《贾岛祭诗》《琴操参禅》《对山救友》。后合编为《花间九奏乐府》。还著有《晚香楼集》《花韵庵诗余》等流传后世。晚年尝修《苏州府志》，为世所重。

本书收石韫玉隶书七言联一件。联语抒写了以晋人清言（谈）为足，以《汉书》下酒为乐的达观情怀，从中可见石韫玉性情奇癖中的魏晋风度之一斑。

石韫玉　隶书七言联

洒金蓝蜡笺　纵126.2，横30（每联）

释文：

清言如晋人足矣，浊酒以汉书下之。

伦先五兄正隶。石韫玉。

钤印：石韫玉印（白文方印）、执如之章（朱文方印）

张问陶

张问陶（1764—1814），字仲冶，号船山，祖籍四川遂宁，出生于山东馆陶县。早年与兄问安并有诗名，时人称为“二雄”。乾隆五十五年（1790）考取进士，历官翰林院庶吉士，授检讨，后累官御史、吏部郎中，莱州知府。嘉庆十七年（1812）以疾辞官，侨寓吴门（苏州）虎丘。自号“蜀山老猿”。

十九年（1814）三月，病逝于苏州。二十年（1815），同年挚友石韫玉刻《船山诗草》十册二十卷，作《刻〈船山诗草〉成书后》诗。张问陶主张诗歌抒写性情，反对摹拟，为“性灵派”诗人，其诗作多表现日常生活感受，情调流于感伤。诗风近似袁枚。曾为袁枚所赞扬。袁枚《答张船山太史寄怀即仿其体》云：“忽然洪太史，夸我得奇士。西川张船山，桀桀大才子。”可见船山当时影响之著。

乾嘉之际，张问陶为官居京多年。比时，《红楼梦》程高本（乾隆五十六年）广为流布。张问陶与涉曹涉红人物高鹗、王芑孙、石韫玉、改琦皆有过从交集。他在“曹红文化”的形成上主要做了两件事：

第一件是他记载下高鹗参与整理刊印百二十回《红楼梦》的史实。不过，他的记载也造成了红学界对《红楼梦》后四十回为谁所续的误读。张问陶与高鹗于乾隆五十三年一同参加顺天乡试，是科考的“同年”。《船山诗草》卷十六《辛癸集》中有《赠高兰墅鹗同年》诗云：“无花无酒耐深秋，洒扫云房且唱酬。侠气君能空紫塞，艳情人自说《红楼》。逶迟把臂如今雨，得失关心此旧游。弹指十三年已去，朱衣帘外亦回头。”并在诗题下注云：“传奇《红楼梦》八十回以后，俱兰墅所补。”百年前，胡适考证《红楼梦》的作者，就是引用这首诗及注作为《红楼梦》后四十回是高鹗续作的“最明白的证据”。经过红学界半个多世纪的考辨论争，认为高鹗的“所补”是补缀、补充、补订之意，性质属于编辑出版业务范围，并非是续写后四十回。但是，就其论证《红楼梦》的传播来说，张问陶的记载应有红学史料价值。

与此事相关联的是高鹗是否为张问陶的妹夫。震均在《天咫偶闻》记述：“张船山有妹嫁汉军高兰墅鹗，以抑郁而卒……兰墅能诗，而船山集中绝少唱和，可知其妹饮恨而终也。”这个记载一度造成学界对高鹗人品的误解。但也有不同意见，认为震均的说法缺乏根据。因为船山《哭四妹筠墓》的注中只是说“妹适汉军高氏”，不等于就指高鹗。从张问陶和高鹗二人以及他们友人的集中，都找不到他们有亲戚关系的证据。且既说张妹“饮恨而终”，则船山对高鹗必积怨于中，为何反在赠诗中一味颂其“侠气”，赏其“艳情”？近年，发现遂宁张氏族谱，证明张问陶妹夫并非高鹗。所以张高的“郎舅关系”公案彻底解决。

第二件是张问陶题咏改琦《红楼梦图》。改琦是早期红楼画艺术大家，他在嘉庆前中期创作的《红楼梦图》有很高的知名度，题咏者有几十家。张问陶题咏有诗词三题四首。第一题是《绮罗香·题史湘云》词：“褥设芙蓉，筵开玳瑁，玉斝以露为酒。小院重帘，扶出一枝花瘦。悄不管、石磴云窝，漫赢得、粉融香透。殿春芳、婪尾杯深，扶头眠起睡痕逗。 藏钩犹记袖底，争奈花阴拂处，新凉偏骤。软立东风，约略梦回时候。更何人、罗袜春钩，熨不醒、蝶裙痕皱。镜鸾开、重理娇鬟，者番喧笑口。”第二题是《一剪梅·题碧痕》词:“一生风月且随缘，朝在花间，暮在花间，鬓边斜亸小云鬟。开着罗衫，系着罗衫。　栟榈深处曲阑干，苔又斑斑，藓又斑斑，新荷池馆晚凉天。香怕轻寒，浴怕轻寒。”碧痕提水，见于第二十四回。题词之意，则寓指第三十一回晴雯所言与宝玉共浴事。第三题是《题秦钟》二绝句:“娇小痴儿弱不支，也寻瑶岛费相思。通灵自有三生契，分付春风好护持。”“自怜纨绔隔云泥，颠倒情怀恨不齐。检点琴书来伴读，那知莺燕互猜疑。”诗意指第九回“恋风流情友入家塾，起嫌疑顽童闹学堂”之事。

本书收张问陶行书五言联一件。此联法书放逸自然，情感奔腾豪迈，的是张氏书风文心。

张问陶　行书五言联

洒金粉笺　纵126，横28.5（每联）

释文：

瀑飞来万马，石削起双龙。

受堂大兄正。船山张问陶。

钤印：船山（白文方印），张问陶印（朱文方印）

舒位

舒位（1765—1816），字立人，小字犀禅，号铁云，直隶大兴（今属北京市）人。父舒永福随官江南的伯父舒希忠同行寄居吴门（今江苏苏州）。乾隆三十年（1765），“生于吴门大石头巷”。嘉庆二十一年（1816），母殁奔丧，悲伤过度，除夕卒，年五十一岁。少年颖悟，十岁下笔成文。十四岁随父官粤，居广西永福县（父为县丞）。安南入贡，随父迎使者，立赋《铜柱诗》相赠答，传颂南藩。因父官舍后有铁云山，后遂自号“铁云山人”。乾隆五十三年（1788）举人，会试落榜。九次参加会试，皆不中，遂绝意仕进。因家境贫穷，多以馆幕为生。

居京师时作戏剧，礼亲王爱其才，辄以其剧本付家乐演出，并酬以润笔。戏剧有《卓女当垆》《桃花人面》等多种。又有《瓶笙馆修箫谱》，收入其所作杂剧四种。舒位亦工诗，所作诗以歌行擅长，近体清峻，恣肆俊逸。其诗多羁旅、行役及咏史之作，少数作品对时政有所讽刺。虽然诗的思想不够深刻，但在当时拟古与形式主义统治文坛时，能独辟新径。龚自珍曾以与彭兆荪并举，称赞其诗歌风格郁怒横逸。著有《瓶水斋诗集》《乾嘉诗坛点将录》《皋桥今雨集》等。《清史列传》有传。

舒位善画能书。山水花鸟师徐渭，工人物、草虫；善诸体书。他对画技画理体验较深，颇多研究。据专家考证，他所作《瓶水斋诗集》中，大量收录了题画和论画的诗作，不下数十首。如卷十一有《与仲瞿论画十五首，并示云门》，其论画人云：“人心不同如其面，一人一面凡一变。忽然画手从同同，千山万水归一宫。假饶人面亦若此，焉辨祖宗与孙子。”其论山石画云：“顽山乱石恶树子，天地中间不得已。我意恨不尽扫删，奈何收入图画间。须知渠亦非所好，直是无端来作闹。”言浅意深，形活味浓。尽经验之谈，皆知画之论。

舒位对传播《红楼梦》的贡献，在于他绘制的彩画《红楼梦》图册。2013年10月，保利香港秋季拍卖会上舒位的这套红楼彩画图册上拍成交。图册共十八张，每张图画之后都附有题词。如第十幅绘炕上坐一妇女，临窗桌旁一男子正与一幼童谈话，所绘当为《红楼梦》第九十二回宝玉教习巧姐，题识云：“《列女传》，《孝经图》，此是闺中一凤雏。跳出太虚仙境外，三家村里见麻姑。”（《捣练子》）再如第十八幅绘人物四，一夫人，携一幼童，复有二女随从，不辨所云，按“题识”知系“李纨教子”，题识：“七叶珥貂，五花仪凤，如此收场。想主客图成，丹青富贵，神仙传好，粉黛文章。玉笛凄清，瑶琴幽怨，一曲伊州泪万行。还留得，在稻香村里，一瓣书香。　　画成尔许苍茫，画不出书声尔许长。但爱缕千丝，无人肯识，情尘八斗，有句难量。才子回顾，美人弹指，廿四番风十度霜。君不见，有朝云彩笔，甘露慈航。”（《沁园春》）

舒位的红楼画，图、词、印合璧，有人物有场景；自绘图自题词；彩绘绚丽；出现在嘉庆二十年（舒位卒年）以前，创作年代较早，在改琦作《红楼梦图咏》、汪惕斋作粉本绘图《红楼梦》问世之先。这些特点表明它是世人已知的最早的彩绘《红楼梦》图册，弥足珍贵，不可多得。

本书收舒位行书七言律诗页一件。诗句“枨触街尘万软红，卖花声记旧胡同”一联，描述了生活困窘聊以自适的生存状态；

诗句“秋色一肩香是债，文殊两手笑还空”一联，则表达了香债难还悲喜皆空无所安放的灵魂依托。“自有仙才自不知”的闲章所表达的人生感慨与曹雪芹的“无才可去补苍天”的生命浩叹有异曲同工之妙。

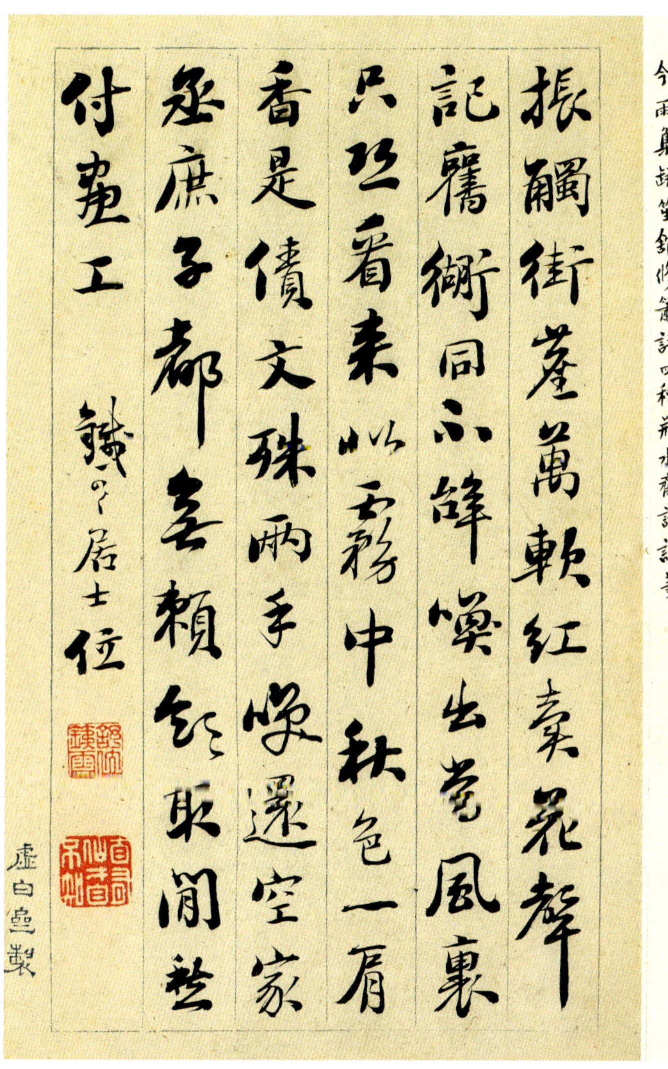

舒位字立人號鐵雲大興人生乾隆三十年卒嘉慶二十年著有瓶水齋詩集皋橋今雨集瓶笙館修簫譜四種瓶水齋詩話等

舒位　行书七言律诗页

纸本　纵21.6，横13.4

释文：

帐触街尘万软红，卖花声记旧胡同。不辞唤出当风里，只恐看来似雾中。秋色一肩香是债，文殊两手笑还空。家丞庶子都无赖，领取闲愁付画工。

铁云居士位。

钤印：舒位铁云（朱文方印）、自有仙才自不知（白文方印）

改琦

改琦（1773—1828），字伯韫，号香白，又号七芗（香），别号玉壶山人、玉壶外史、玉壶仙叟等。回族，先世西域人，后世居北京，祖、父均以武职官松江（今属上海市）。生于华亭（今上海市松江区）。

改琦自幼聪敏，喜爱诗文绘画，青年时在绘画方面即崭露头角。诗近温庭筠、李贺，气格清丽。如他的诗《题洞庭友人画扇怀真适园红蕙》："春窗对旧雨，一室生兰气。借问山中人，红蕙花开未？"用笔超逸，清雅俏皮。他于画上题诗，每与画格相称。改琦的词有轻巧脱俗之趣。如《江城子》写回乡情景："小西湖上赤栏桥，柳摇摇，水迢迢。鞋痕一路，草长杂花飘。上学光阴浑似梦，风竹乱，纸鸢高。"词的意境恬然而轻倩。吴江诗人郭麐谓其词如"烟波渺然，孤云无迹"。著有《玉壶山人集》《玉壶山房词选》等。

精工书法，擅画人物，尤精仕女，笔墨设色秀雅洁净，形象娟秀妩媚，开仕女画新格。时人将其仕女画评为"妙品"，并说他"落墨洁净，设色妍雅"。亦画花卉、兰竹、山水。宗法华喦，喜用兰叶描，仕女衣纹细秀，树石背景简逸，造型纤细，敷色清雅，创立了仕女画新的体格，时人称为"改派"。凡画花草兰竹，多用小写意法，工写兼施，笔调隽秀洒脱，色彩淡冶。

改琦在《红楼梦》传播史上的地位，是由他所绘制的《红楼梦图咏》《改七香红楼梦临本》等红楼题材画册广泛流传促成的。

《红楼梦图咏》是改琦的代表作之一，有光绪五年（1879）四卷刊本。共通灵宝石绛珠仙草、警幻仙子、黛玉、宝钗、元春、探春、惜春、史湘云、妙玉、王熙凤、迎春、李纨、可卿、香菱、晴雯、平儿、袭人、宝玉、秦钟、北静王、甄宝玉等画五十幅。每幅有题咏一二篇，最早者如张问陶（嘉庆十九年，1814年），晚者如王希廉、周绮（道光十九年，1839年）。这些作品人物性格各具，线条精细流畅，准确、洗练而有力，就画工而言这套画作几无可挑剔，白描方面的基本功已经达到炉火纯青的地步。为清代插图版画之上品。淮浦居士在序中评论："华亭改七芗先生""所做卷册中，惟'红楼梦图'为生平杰作，其人物之工丽，布景之精雅，可与六如、章侯抗行。"吴熙绮山氏序《改七芗先生人物仕女画谱》时，亦说："华亭改七芗善画，其人物仕女尤能以拙见媚，尝读《红楼梦》而艳之，补成画像四册。…… 颜曰《红楼梦图咏》。…… 观其刻画之精，何其似于用笔者，其为技亦巧矣。人之擅人物仕女者，即此而抚摹之，如得其秘奥，即视为画像之真者可也。还以质之达者，以为何如？"

改琦流传下来的作品还有《改七香红楼梦临本》。此图册为民国四年（1915）上海神州国光社珂罗版印本，十二年（1923）有正书局珂罗版印本，一册，共十二幅。第二幅史湘云醉卧芍药裀的题诗是："醉卧惺忪石磴斜，酒酣赪颊晕朝霞；只愁衣上春痕重，羞落一丛红药花。七芗居士戏媵一绝。"可见，改琦读《红楼梦》，绘红楼画，诗画双绝。改琦所绘红楼画、仕女图，清末民初流传广泛，深得时人好评。

本书收改琦工笔扇面人物画一幅。作者在有限的画面上，展示了十分丰富的内容，但见凤尾森森、芭蕉冉冉，小桥流水、山石叠翠，二十位人物游乐其间，或酌酒品茗，或吟诗作画，或抚

琴低吟 …… 描绘了一幅置身世外的古代士大夫的生活情趣。在若小的画面上能表现如此丰富内容的作品，十分罕见。画面左下方署名改琦，下钤“七芗”朱文方章、“香白”白文印章。

改琦 工笔扇面人物

纸本 纵16.5，横52

钤印：七芗（朱文方印）、香白（白文长方印）

梁章钜

梁章钜（1775—1849），字闳中，一字芷邻（一作茝林），晚号退庵。祖籍福州府长乐县（今福建省福州市长乐区），自称福州人。生长在明清以来“书香世业”之家，“幼而颖悟”，四岁从母开蒙读书，九岁能诗。乾隆五十四年（1789），十五岁中秀才。五十九年（1794），二十岁中举人。嘉庆七年（1802），二十八岁成进士。“座主”为满族巨公玉麟。历官翰林院庶吉士、军机章京、礼部主事、江苏布政使、甘肃布政使、广西巡抚、江苏巡抚，署两江总督，以病乞归。道光十八年（1838），上疏主张重治鸦片囤贩之地，强调“行法必自官始”，并积极配合林则徐严令梧州、浔州官员捉拿烟贩，采取十家连保法，杜绝复种罂粟。

二十一年（1841），亲自带兵防守梧州，并增兵浔州、南宁，运送大炮支援广州防务。同年，调任江苏巡抚，带兵到上海会同江南提督陈化成部署抗英，组织宝山、上海、川沙、太仓、南汇、嘉定等地兴办团练，严密设防，使英军未敢妄动。同年八月，因两江总督裕谦自杀，奉命署理两江总督兼两淮盐政。不久后又奉旨回苏州办理粮台。十一月病发，专折奏请开缺调理。

二十七年（1847），其三子梁恭辰署理温州知府，梁章钜同住温州。晚年从事诗文著作。他好学深思，综览群书，熟于掌故，立志著作。喜作笔记小说，题材广泛，文笔畅达。精于书法，其小楷、行书，笔意劲秀。因居于福州黄巷，建一藏书楼名“黄楼”，藏书数万卷。藏书印曰“芷林珍藏”。所藏书主要用于著述、创作。

能诗文，著作繁富，一生共著诗文近70种。其在楹联创作、研究方面的贡献颇丰，乃楹联学开山之祖。著有《藤花吟馆诗钞》《归田琐记》《退庵随笔》《南省公余录》《浪迹丛谈》《文选旁证》《制义丛话》《楹联丛话》《称谓录》等。

梁章钜是有作为有业绩的政治家，在文学创作上著述甚丰，同代学者难以匹敌。但他却一生偏激地看待《红楼梦》。这是因为受到玉麟的巨大影响。据《清史稿》本传，玉麟是满洲正黄旗人，乾隆六十年进士，嘉庆十二年八月充顺天乡试监临官，旋命提督安徽学政。任职期间，严禁《红楼梦》刊刻传播，并焚毁了《红楼梦节要》一书的板片。此时，梁章钜已在京为官六年。某次玉麟对他说:“《红楼梦》一书，我满洲无识者流，每以为奇宝，往往向人夸耀，以为助我铺张。甚至串成戏剧，演作弹词，观者为之感叹欷歔，声泪俱下，谓此曾经我所在场目击者。其实毫无影响，聊以自欺欺人，不值我在旁齿冷也。其稍有识者，无不以此书为污蔑我满人，可耻可恨。若果尤而效之，岂但《书》所云‘骄奢淫佚，将由恶终’者哉？我做安徽学政时，曾经出示严禁，而力量不能及远，徒唤奈何！有一庠士颇擅才笔，私撰《红楼梦节要》一书，已付书坊剞劂。经我访出，曾褫其衿，焚其板，一时视听，颇为肃然，惜他处无有仿而行之者。那绎堂先生亦极言:‘《红楼梦》一书为邪说诐行之尤，无非蹧蹋旗人，实堪痛恨；我拟奏请通行禁绝，又恐立言不能得体，是以隐忍未行。’则与我有同心矣。此书全部中无一人是真的，惟属笔之曹雪芹实有其人，然以老贡生槁死牖下，徒抱伯道之嗟，身后萧条，更无人稍为矜恤，则未必非编造淫书之显报矣。”

梁章钜牢记恩师教诲，不看好《红楼梦》，主动禁止《红楼梦》的传播，甚至要求子孙后代也不要接触《红楼梦》一书。他的三子梁恭辰曾做过府道一级的官，将此事记载在《北东园笔录四编》卷四。其书还曾记载："《红楼梦》一书，诲淫之甚者也。乾隆五十年以后，其书始出，相传为演说故相明珠家事。以宝玉隐明珠之名，以甄（真）宝玉贾（假）宝玉乱其绪，以开卷之秦氏为入情之始，以卷终之小青为点睛之笔。摹写柔情，婉娈万状，启人淫窦，导人邪机。"

梁章钜、梁恭辰父子秉承玉麟之说，对《红楼梦》持否定态度，但同时他们又承认《红楼梦》的作者是曹雪芹，肯定《红楼梦》"属笔之曹雪芹实有其人"。

本书收梁章钜行书五言联一件。此联为梁章钜逝前一年所作，以不俗多情为仙骨佛心，表明其晚年倾向佛道修炼品行。以书法论，笔墨浓重苍润，为其书法上品。

梁章钜　行书五言联

洒金笺　纵124.2，横31.5（每联）

释文：

不俗即仙骨，多情真佛心。

七十四叟梁章钜。

钤印：梁氏茝林（朱文方印）、章钜私印（白文方印）

姚燮

姚燮（1805—1864），字梅伯，号复庄，又号大某山民，浙江镇海崇邱乡（今属宁波北仑区）人。道光十四年举人。能诗善画，诗、词、骈体文均负盛名。不少反映鸦片战争的诗篇，歌颂反侵略斗争，揭露敌人罪行，谴责清朝的投降派官僚和将领，情词悲愤激昂。晚年寓居鄞县，与诸少年为诗社。著有《大梅山馆集》，辑有《蛟川诗系》。有《复庄诗问》《复庄骈俪文榷》《疏影楼词》《今乐考证》等。

姚燮是嘉道以降评点派红学三大家（另两家为王希廉、张新之）之一。姚燮在青年时代就喜读小说，写过小说。据说，他写作了《退红衫》《梅心雪》等多部“绮语”小说。某些小说还上过“刻板”，几乎印刷。这或许就因为受了《红楼梦》的影响。

他的红学著作首先是《读红楼梦纲领》（抄本）。此外，还有他在《红楼梦》各回的回末评。《读红楼梦纲领》作于咸丰十年（1860）以前，民国年间，上海珠林书店将此书以石印木刊出时，因其评点内容多为分类索引，故改书名为《红楼梦类索》。

《读红楼梦纲领》共三卷，卷一是“人索”，其中列举小说人物的类型、地位、亲缘关系、性格容貌和人物统计数字等。如说《红楼梦》中有男性二百八十二人，女性二百三十七人。卷二是“事索”，推算出小说故事发生的年月、地域、第宅和书中提到的器物、戏剧节目等。卷三是“余索”，其中又分“丛说”“纠疑”和“诸家撰述提要”三个部分。

姚燮点评《红楼梦》，比之王希廉、张新之，整体水平不高，其间时有糟粕。但披沙拣金，也不失亮点之处。

其一，红楼纪历。他的评论有一个特点，就是在每回回末都指出本回所写系何年何月之事。如第十八回回末评云："自此回省亲起，为入书正传之第四年壬子岁正月半。至二十二回宝钗生日，尚是正月。二十三回，二月二十二日，始入园分住，写黛玉葬花，是三月中。二十六回，已交夏初。二十七回中，点明四月二十六日，已近五月。二十九回，清虚观作醮事，是五月初一日。三十回是六月间事。至三十八回，点明过了八月。三十八回咏菊，是九月。至五十三回，方过是年之冬。壬子一年，共计书三十五回，俱写两府极盛之时。"姚燮这种主观推论，难免胶柱鼓瑟之讥，也难以处处考实。文学作品中的事件情节，都是经过生活提炼、艺术概括、典型塑造而后描绘出来的。所以有人说："（大梅）山民评无甚精义，惟年月岁时考证綦详。山民殆谱录家也。"但从艺术规律的另一角度看，此种文本考证方法也有助于对作品整体构思、情节推进的时间要素的理解。现在研究《红楼梦》艺术结构、研究《红楼梦》叙事学的专家，常常引用姚氏此类议论。

其二，人物评论。姚燮的品评人物主导倾向受到"褒黛贬钗"时风的影响，对黛玉、晴雯时有好评，对宝钗、凤姐则多处贬斥。然臧否人物也有中肯到位之语。如第一回回末评中概论贾雨村："此时雨村在穷困中，犹不失读书人本色，不知后来一入仕途，且居显要，便换一副面目肺肠，诚何故也？然今日已成通病矣。"准确而深刻地揭露出贾雨村"一阔脸就变"（鲁迅语）的世态人情的迅即变换，同时指出这是一种社会通病和世风。这是读懂了曹雪芹设计和塑造这个人物的艺术匠心后做出的评论。

其三，分类统计。《读红楼梦纲领》中"人索""事索""余索"三个方面，其中有的索解统计失之琐碎无聊，缺乏文学解读价值；

而有些归纳集合则有帮助认识事物，辅助文学欣赏的功用。如卷三“丛说”中有一则云：“林如海以病死；秦氏以经阻不通，水亏火旺，犯色欲死；瑞珠以触柱殉秦氏死；冯渊被薛蟠殴打死；张金哥自缢死；守备之子以投河死，秦邦业因秦钟、智能事发老病气死；秦钟以劳怯死；…… 凤姐以痨弱被冤魂索命死；香菱以产难死。则足以考终命者，其惟贾母一人乎！”姚燮一连列举《红楼梦》中尤三姐、尤二姐、司棋、黛玉等十四人死，“竟无一同者。非死者之不同，乃作者之笔不同也”的观点，大体近似。姚燮索解在于说明“作者之笔不同”，即曹雪芹摹写人物之死的笔法变化多端绝不雷同。姚燮索出的曹雪芹艺术手段是有美学价值的。

其四，续书点拨。《读红楼梦纲领》卷三“诸家撰述提要”的大部分内容，是对白云外史的《后红楼梦》、兰皋居士的《绮楼重梦》、海圃主人的《续红楼梦》等人多种《红楼梦》续书的介绍评述。点评虽然多数只是三言两语，但是信息量大，评价较为平实肯切，如关于《绮楼重梦》，姚燮写道：“兰皋居士著，嘉庆乙丑（1805）瑞凝堂刊本。原名《红楼续梦》，缘坊刻有《续红楼》与《后红楼》，遂易此名。其大旨翻前书之案，以轮回再世圆满之。然词多亵狎，与原书相去远矣。”作者、刊刻者、易名原由、续写“大旨”以及败笔之处，款款注明，详尽确当。

姚燮《读红楼梦纲领》在评点派红学中有一定地位。光绪十年（1884），上海同文书局出版《增评补像全图金玉缘》石印本，就同时收有王希廉、张新之和姚燮三人的评语。以后，在大约半个世纪的时间里，又有各种不同的出版单位（或不署名），出版各种不同名称的《红楼梦》版本，有的仍收王、张、姚三家的评语，有的则只收王姚两家。“大某山民”之名，因《红楼梦》之流传而家喻户晓。他的评语，也就为红学圈内人广为注意。

本书收姚夔行书七言联一件。其内容是一副流传较久的名联。文字略有改动，“酒瓶”常写作“酒杯”。大意是若有美酒在口，强似苏秦、张仪名满天下，权倾六国；若得花落一身，观红看绿，强似高官厚禄，位极人臣。这是“不为五斗米折腰”的陶渊明思想，以淡泊安闲退入田园为人生依归。

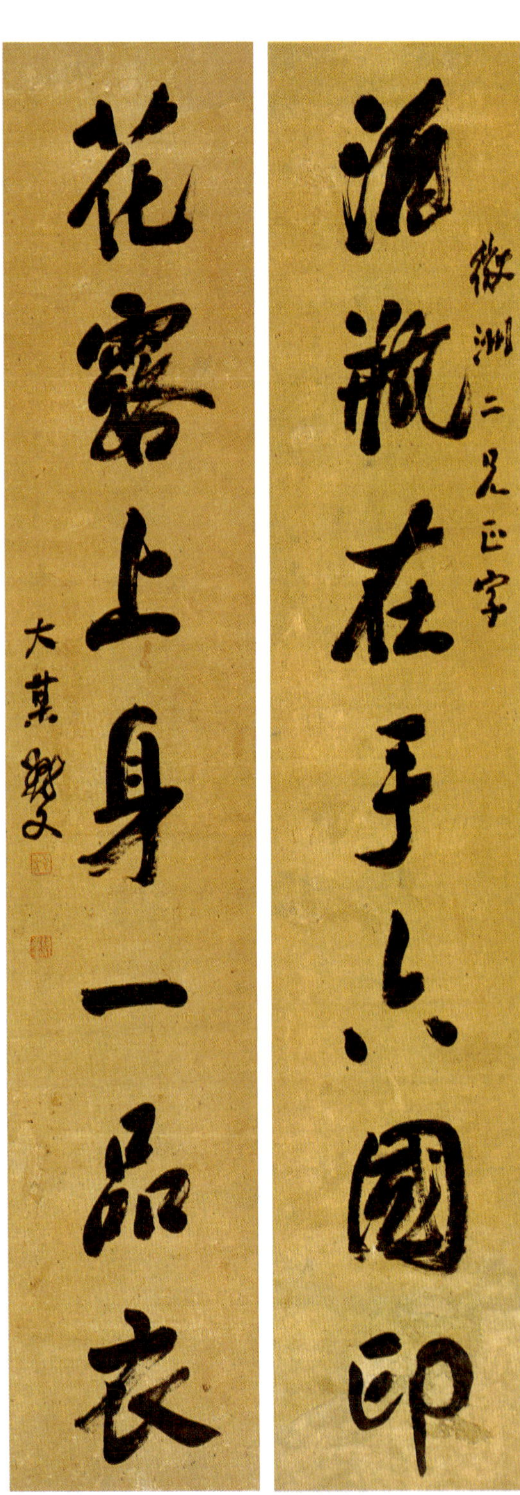

姚燮　行书七言联

纸本　纵121，横22（每联）

释文：酒瓶在手六国印，花雾上身一品衣。

徽洲二兄正字。大某燮。

钤印：大某山民（朱文方印）、后庄书画（白文方印）

俞樾

俞樾（1821—1907），字荫甫，号曲园，晚年号曲园居士，浙江德清人。他四岁迁居杭州外祖母家就读，道光三十年（1850）成进士，授翰林院编修，不久又简放河南学政。咸丰五年（1856），被御史曹登庸以“试题割裂经义”为由弹劾罢官。曾国藩保他脱罪，后迁居苏州，奋力治学。同治四年（1865），江苏巡抚李鸿章推荐他当苏州紫阳书院讲习。不久，浙江巡抚马新贻又聘他当杭州诂经精舍山长（相当于校长），授徒多人，章炳麟出其门下，为闻名全国之经学家。讲学治校长达三十一年之久，为一时朴学之宗。

所著凡五百余卷，总集为《春在堂全书》。另有《曲园杂纂》《俞楼杂志》等。他在学术上有突出成就，贡献是多方面的。治经、子、小学；宗法王念孙父子，致力于正句读、审字义、通古文假借，并分析其特殊文法与修辞。代表作有《群经平议》《诸子平议》《茶香室经说》和《古书疑义举例》等。又精于古文字学，也能诗词。颇注重小说、戏曲和通俗文学，强调其教化作用。又喜作笔记，搜罗甚富，包含着若干关于学术史、文学史的资料。曾在《三侠五义》的基础上加工润饰修改成《七侠五义》。

俞樾对曹雪芹的传闻、对《红楼梦》的传播较为关注。他的红学成就，得益于他秉承的乾嘉以降的治经考证方法（有时也混杂着索隐法）。他的考证有三个方面的成果。

关于《红楼梦》的作者曹雪芹的考证。他在《小浮梅闲话》中说：“此书末卷自具作者姓名曰曹雪芹。袁子才《诗话》云：‘曹楝亭康熙中为江宁织造，其子雪芹撰《红楼梦》一书，备极风月繁华之盛。’则曹雪芹固有可考矣。”这是清末期关于《红楼梦》作者是曹雪芹最明确也是最准确的记载。尽管他引自袁枚《随园诗话》的证据本身也有不妥之处（如雪芹非曹寅之子，而是其孙），但作者的指向和结论是正确的。

关于《红楼梦》后四十回的“续作者”的考证。他说：“《船山诗草》有《赠高兰墅鹗同年》一首云：‘艳情人自说红楼’，注云：‘传奇《红楼梦》八十回以后俱兰墅所补。’然则此书非出一手。按乡会试增五言八韵诗，始乾隆朝，而书中叙科场事已有诗，则其为高君所补可证矣。”张船山（问陶）与高鹗是“同年”，俞樾引他赠诗，证明《红楼梦》“非出一手”，即“八十回以后俱兰墅所补”，又举出“乡会试增五言八韵诗，始乾隆朝”以丰富自己的观点，而《红楼梦》中有此类诗，因而为高鹗续书的重要证据。俞樾此说，曾长期为红学界接受和采用。近年关于高鹗续书说被推翻，关于“乡会试增五言八韵诗，始乾隆朝”的话题仍在争论。但俞樾关于高鹗与《红楼梦》的记载，仍然有红学史研究课题的学术价值。

关于《红楼梦》本事“明珠家事”说的考证。他原也认为“《红楼梦》一书，脍炙人口，世传为明珠之子而作。明珠之子，何人也？余曰：明珠子名成德，字容若。《通志堂经解》每一种有纳兰成德容若序，即其人也。恭读乾隆五十一年二月二十日上谕，成德于康熙十一年壬子科中式举人，十二年癸丑科中式进士，年甫十六岁，然则其中举人止十五岁，于书中所述颇合也”。他在夹注中又说：“纳兰容若《饮水词集》有《满江红》词，为曹子清题其先人所构楝亭，即曹雪芹也。”但是，后来俞樾改变了看法。他引《啸亭杂录》说，明珠早年得势后，便“广置田产，市贾奴仆”，

“‘其后田产丰盈，日进斗金，子孙历世富豪。至成安时，以倨傲和相故撄法网，籍没其产，有天府所未有者’。世所传《红楼梦》小说为演说明珠家事，今观此，则明珠之子纳兰成德至成安籍没时，几及百年矣，于事固不合也”。看来，俞樾的考证，也可谓“跟着证据走”。证据变了，观点跟着变，勇于否定自己。

本书收俞樾隶书四屏一件。俞樾工书法，精篆隶，此屏法书别具一格。其文骈体，为道教迎神内容。俞樾治经，以儒学为宗，以理学为用，兼及道家。此屏四幅，讲道教迎神“盛仪”，“金壶流十旬之气，玉案备千品之羞”是其具体形态。寥寥数语，可视为道教迎神仪式兴衰承转简史。

俞樾　隶书四屏

纸本　纵162.5，横39.8（每屏）

释文：

自东京晚世，旷代无闻。西汉盛仪，复睹今日。金壶流十旬之气，玉案备千品之羞。昔绛罗为荐，既延王母；紫盖为坛，允招太乙。同斯爽号，理致众星。

竹圃仁兄大人雅属即正。曲园俞樾。

钤印：俞樾长寿（白文方印）、曲园居士（朱文方印）、先皇天语写作俱佳（朱文长方印）

李慈铭

李慈铭（1830—1894），字悉伯，号莼客，浙江会稽（今绍兴）人。光绪六年（1880）进士，官至山西道监察御史。其诗在形式上模拟唐人，但也吸取宋诗的一些特点。亦能词及骈文。室名越缦堂。著作以《越缦堂日记》较著名，此系按日记述的读书札记。始于1854年，止于1894年。内容涉及经史百家及时事，但观点多有迂腐顽固之处，政治态度也很保守。另有《白华绛跗阁诗集》《越缦堂词录》《湖塘林馆骈体文》等。

李慈铭对《红楼梦》可谓钟爱一生。他从少年到中年阅读《红楼梦》的痴迷情景，令人动容。他在《越缦堂日记》中写道："阅小说《红楼梦》。此书出于乾隆初，乃指康熙末一勋贵家事，善言儿女之情。甫出即名噪一时，至今百余年，风流不绝，裙屐少年以不知此者为不韵。凡智慧痴騃，被其陷溺，因之茧葬艳乡者，不知凡几，故为子弟最忌之书。予家素不蓄此。十四岁时，偶于外戚家见之，仅展阅一二本，即甚喜，顾不得借阅全部，亦不敢私买。十七岁后，涛更忧疢，又多病，虽时得见此书，不暇究其首尾，而中之一二事、一二语，镂心钛肾，锢惑已深。十年以来，风怀渐忘，人事亦变，遂有禅榻鬓丝之忏，要亦非学道所致也。戊午夏常病，看书极眩瞀，乃取稗贩市书以寓倦目，因及此种。适家慈以寇警忧惊，屡形不怿，令子妇辈排日读小说演义，若《西游记》《三国志》《唐传》《岳传》，以自消遣。予因暇辄讲此书，多述其家事，及嬉游笑骂，以博堂上一粲。今复因病阅此，危城一身，高堂万里，不觉对之呜咽。”

对流传已久的《红楼梦》本事“明珠家事”说，李慈铭有自己的看法。他在日记中说：“此书相传所称贾宝玉即纳兰成德容若，按之事迹，皆不相合。要为满洲贵介中人。其中矛盾盭戾甚多，此道中未为高作。”

对《红楼梦》的作者，李慈铭提出“贾宝玉者创草此稿”，“曹雪芹殆其家包衣”，只是“改定者”。把历史人物曹雪芹与文学人物贾宝玉相提并论，难免牵强。这“创草”与“改定”之说又为后世寻找《红楼梦》第一作者开了先河。

《越缦堂日记》还记载了《红楼梦》的两种抄本，有版本价值。李慈铭说：“泾县朱兰坡先生藏有《红楼梦》原本，乃以三百金得之都门者。六十回以后，与刊本迥异。壬戌岁余姚朱肯夫编修于厂肆购得六十回钞本，尚名《石头记》。雪芹为曹楝亭子。楝亭名寅，曾官江宁织造、两淮盐政，著有《楝亭诗钞》，又尝校刊字学五种、扬州诗局十二种。”

本书收李慈铭楷书六言联一件。光绪十二年（1886）三月，李慈铭与同年“子献二兄”（生平待考）“同客京师”。李慈铭摘用宋儒朱熹《鹅湖寺和陆子寿》诗句，书赠“子献二兄”以共勉，在赞扬子献“学养粹然，与日孟晋”的同时，表达了对旧学新知“葭玉相依，切瑳交勉”的学术交谊和情怀。

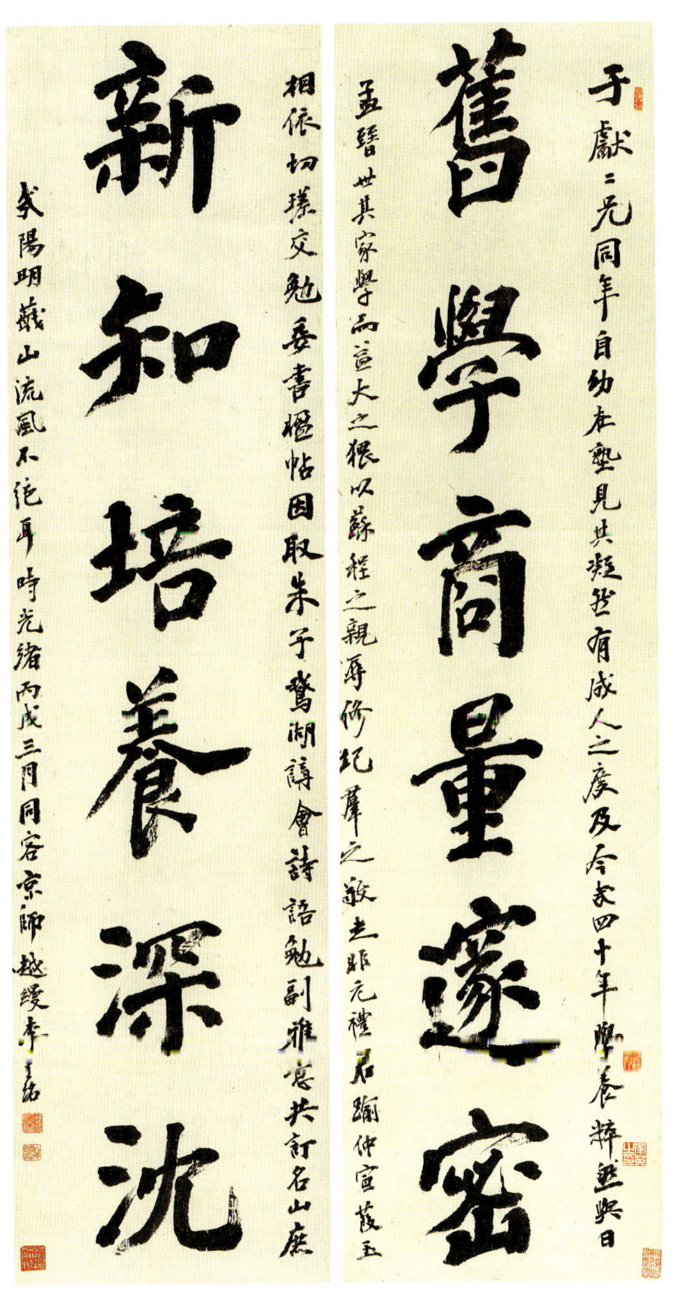

李慈铭 楷书六言联

高丽笺 纵110.4，横28.4（每联）

释文：

旧学商量邃密，新知培养深沉。

子献二兄同年，自幼在塾，见其凝然有成人之度，及今几四十年，学养粹然，与日孟晋，世其家学而益大之。猥以苏程之亲，辱修纪群之敬，走非元礼，君逾仲宣，葭玉相依，切瑳交勉。委书楹帖，因取朱子鹅湖讲会诗语，勉副雅意，共订名山，庶几阳明蕺山流风不绝耳。时光绪丙戌三月同客京师，越缦李慈铭。

钤印：慈铭印信长寿（白文方印）、白华绛跗阁清深（朱文方印）、湖塘林馆（白文长方印）、越缦老人（白文方印）

收藏印：成都曾氏小莽苍苍斋（白文方印）、家英之印（白文方印）、家英所藏清代学者墨迹（朱文长方印）

叶昌炽

叶昌炽（1849—1917），字兰裳，又字鞠裳、鞠常，自署“歇后翁”，晚号“缘督庐主人”。祖籍浙江绍兴，后入籍江苏长洲（今苏州）。祖父以经商起家，遂营建“花桥老屋”，开始藏书。早年就读于冯桂芬开设的正谊书院，与陆润庠、王颂蔚等同学，曾协助编修过《苏州府志》。光绪二年（1876）中举，十五年（1889）进士。授翰林院编修，兼职国史、会典两馆。任至甘肃学政。三十二年（1908）撤销各省学政，他不愿再为官，遂退居故里，以读书、著述、藏书终老。是清末著名藏书家和金石学家，是第一位确认敦煌莫高窟藏经洞宝藏价值的学者。

叶昌炽以治廧室名藏书处，藏至一千余部。收藏吴中先哲遗书甚富，单种占至三分之一。喜钞书、校书，藏校钞本亦富。另藏有拓片九箱，先后以五百经幢馆、佛顶尊胜陀罗尼经堂及双云阁名室，当时曾著名于世。1914年五百经幢让归嘉业堂，其余售于聚学轩。后聚学轩所藏归于潘承弼，中华人民共和国成立后悉赠上海历史文献图书馆，乃得所归。

叶昌炽还是藏书史研究家。所作《藏书纪事诗》七卷（家刻本）最为学林所重，对后世影响较大。《藏书纪事诗》是一部记载历史上藏书家事迹的专著。时代起自五代末期，迄于清代末期，计收集有关人物七百余位。所引用资料大量采录自正史、笔记、方志以及官私目录、古今文集等文献，并将记述一人或相关数人的有关资料各用一首叶氏自作的七言绝句统缀起来，间附叶氏案语，实际上是一部资料汇编式的藏书家辞典。本书同时还收录了历代刻书、校书、抄书、读书等方面的资料，对于研究目录、版本、校勘及文化学术的演变发展，具有重要的史料价值。被誉为“藏家之诗史，书林之掌故”。

《藏书纪事诗》有曹寅和富察昌龄的藏书纪事。这是叶昌炽著作中留存的曹学、红学文献。

《藏书纪事诗》卷四记载曹寅，首项是七绝咏曹寅藏书：“绿树芳秾小草齐，楝花亭下一尊携。金风亭长来游日，宋椠传钞满竹西。”次项是引述《昭代名人尺牍小传》中的曹寅传，三项是摘录宋荦、王槩、吴之騄关于《楝亭图》《楝亭夜话图》的跋语题诗，四项是李文藻《琉璃厂书肆记》中的曹寅藏书轶事：“楝亭掌织造、盐政十余年，竭力以事铅椠。又交于朱竹垞，曝书亭之书楝亭皆钞有副本。以予所见，《石刻铺叙》《宋朝通鉴长编纪事本末》《太平寰宇记》《春秋经传阙疑》《三朝北盟会编》《后汉书年表》《崇祯长编》诸书，皆钞本。魏鹤山《毛诗要义》《楼攻媿文集》诸书，皆宋椠本。”五项为钱大昕跋天台徐一夔编《艺圃搜奇》：“此书世无刊本，曹子清巡盐扬州时，尝抄以进御，好事者始得购其副录之。”

《藏书纪事诗》卷五有长白敷槎（富察）氏堇斋昌龄图书记：“丰沛从龙诸子弟，亦知注墨与流丹。汰除羸卒论精骑，富察终教胜纳兰。”李文藻《琉璃厂书肆记》：“延庆堂刘氏夏间从内城买书数十部，每部有‘曹楝亭印’，又有‘长白敷槎氏堇斋昌龄图书’记，盖本曹氏物而归于昌龄，昌龄官至学士，楝亭之甥也。”《平津馆鉴藏书籍记》：“新刊《名臣碑传琬琰集》，楝亭曹氏藏书，有‘长白敷槎氏堇斋昌龄图书印’。”

这是认识曹寅文化素养精神风貌以及了解曹家文化传统，曹雪芹小说的传统性的宝贵史料，历来为专家学者征引。

本书收叶昌炽致查燕绪信札一件。此信可谓“三句话不离本行”，或“代购”，或“先寄”，或“敬留”，一连提到《慧琳音义》、唐人写经、《倭名类聚钞》、新刻仿宋丛书等。此信可见大藏书家叶昌炽日常聚书生活之一斑。

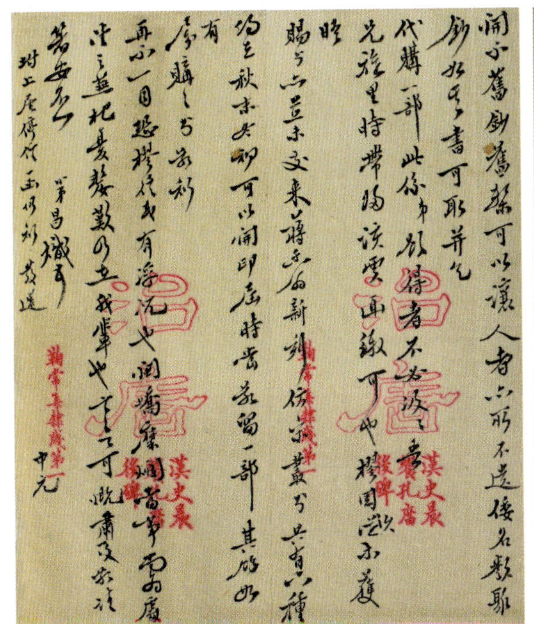

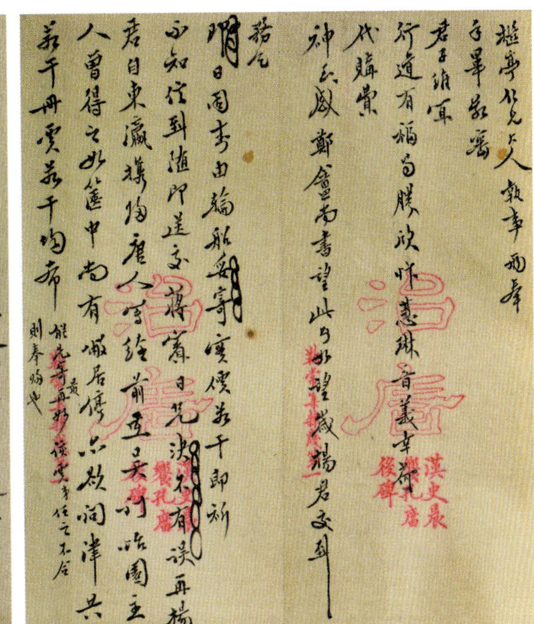

叶昌炽　致查燕绪信札

纸本　纵23，横19.2（每页）

释文：

樾亭仁兄大人执事：

两奉手毕，敬审君子维宜，行道有福，曷胜欣忭！《慧琳音义》幸荷代购费神，至感！郑盦尚书望此书如望岁，杨君交到，务乞即日固封，由轮船妥寄。实价若干？即祈示知，信到随即送交蒋宾日兄，决不有误。再杨君自东瀛携归唐人写经，前在吴门，怡园主人曾得之，如箧中尚有，敝居停亦欲问津。共若干册？价若干？均希开示（能先寄最妙。该价弟任之不合则奉归也）。旧抄旧椠可以让人者，亦所不遗。《倭名类聚钞》，如其书可取，并乞代购一部，此系弟欲得者。不必汲汲，吾兄旋里时带归，该价面缴可也。樛园久未莸晤，赐书亦并未交来。蒋香翁新刻仿宋丛书共有六种，约在秋末冬初可以开印。届时当敬留一部，其余如有属购之书，敬祈再示一目，恐樛信或有浮沉也。闽峤糜烂，当事尚为处堂之燕，杞忧嫠叹乃在我辈也，言之可慨！肃及，敬请著安，不一。弟昌炽顿首。中元

附上居停信函，仍祈发还。

罗振玉

罗振玉（1866—1940），字式如、叔蕴、叔言，号雪堂，晚号贞松老人、松翁。祖籍为浙江上虞（今绍兴市上虞区），出生在江苏淮安。

1890年在乡间教私塾。甲午战争之后，他深受震动，为增强国力而学习西方科学，潜心研究农业，与蒋伯斧于1896年在上海创立“学农社”，并设农报馆，创《农学报》，专译农书。反对“戊戌变法”。后从事教育工作，1898年又在上海创立“东文学社”，王国维便是东文学社诸生中的佼佼者。1900年秋，任湖北农务局总理兼农务学堂监督。1901年在上海创办《教育世界》杂志。1903年被两广总督岑春煊聘为教育顾问。1904年创办江苏师范学堂，后任学部二等咨议官。1906年调北京，任学部参事兼京师大学堂农科监督。1924年应清废帝所召，入直南书房，助溥仪逃入日本使馆。溥仪后经天津逃到东北，勾结日本帝国主义建立伪满洲国。罗振玉曾任伪满洲国监察院院长。后退居大连，至死以整理档案文献、著书立说为务。

罗振玉一生学术成果甚丰，是农学家、教育家、考古学家、古文字学家、金石学家、敦煌学家，是甲骨学的奠基者。

他对保存和流传敦煌石室遗书有大功。当20世纪初这些宝藏被斯坦因、伯希和等一批国外探险家大量掠走后，为了保存那些劫后的文化瑰宝，罗振玉捐出俸禄，筹措资金，奔走呼号，购买余下卷轴，后又主倡集资影印敦煌遗书。

他为保存清廷内阁大库史料及文渊阁藏书也作出了贡献。大库是清代内阁库藏档案、书籍的处所。东库贮存《实录》《圣训》《起居录》等，西库书籍多为明文渊阁藏书之孑遗，档案则是清列朝内外臣工的题本、奏本、历科殿试的大卷等。清末民初，时局动荡，内阁库藏大多被盗，散失在外。罗振玉主动承担起书籍的保存、整理、归类工作，将库档移往国子监，几经周折，这批史料总算保存了下来。

罗振玉也是目录学家、校勘学家。书目有《大云书库藏书目》《罗氏藏书目录》《唐风楼藏书目》等。这项爱好和专业使他拥有了曹寅的《楝亭书目》抄本。他对曹学红学的贡献在此一书。民国初年，东北地区史地专家金毓黻编辑《辽海丛书》，从罗振玉处借到曹寅《楝亭书目》抄本，抄录校订，编入丛书。他在《辽海丛书·总目提要》中记载："《楝亭书目》四卷，清曹寅撰，传钞本。寅字幼清，一字子清，号楝亭，沈阳人，自署则曰：'千山曹寅。'又籍于辽阳矣。此本乃其家藏书目，上虞罗氏跋云：'光绪丁未秋，从长白宝孝劼太守藏稿本，传写于春明象来街寓居。罗振玉记。'北平《图书馆月刊》曾取而印行，惟分期散见，且不易得。兹从罗氏借钞而校印之。"1933年，金毓黻在《静晤室日记》卷第七十五又记载："校《楝亭书目》凡四卷三十六目，藏于上虞罗氏之钞本，余假得之，欲刊入《辽海丛书》者也。""丁未"为光绪三十三年（1907）。罗振玉收藏《楝亭书目》抄本二十六年后，金毓黻将其借抄、校订、刊刻，编入《辽海丛书》，广为流布。

本书收罗振玉临甲骨文轴一件，殊为难得。罗氏研究甲骨学有开创之功，他的临甲骨文在书法史上亦有肇始之义。

罗振玉　临甲骨文轴

纸本　纵133，横64.2

释文：

𡆥于河一牢，𦶷二牢。乙丑卜，酒御于妣庚，伐廾，㞢卅。庚辰卜，大贞来，丁亥其𥛚丁于大室，勿丁西乡贞，勿侑于高妣己、高妣庚。己丑卜，行宾贞，王兄巳岁叙亡，尤贞于甲介御妇好。

公雨仁兄大人大雅之属。贞松罗振玉。

钤印：罗振玉印（白文方印）、楙雨楼（白文方印）

蔡元培

蔡元培（1868—1940），字鹤卿，一字孑民，浙江绍兴人。革命家、教育家、政治家。

蔡元培出身于商人家庭。1892年进士，光绪二十年（1894）补翰林院编修，后任绍兴中西学堂监督。光绪二十八年（1902），与章炳麟等发起组织爱国学社和爱国女学，组织中国教育会。1903年创办《俄事警闻》(后改名《警钟日报》)，提倡民权，鼓吹革命。1904年，与陶成章等组织光复会，密谋武装起义。1905年加入同盟会，是该会上海分部的负责人。1907年赴德留学，1911年辛亥革命后回国，次年任南京临时政府教育总长，发表《对教育方针之意见》，批判封建教育制度，主张教育应从造成现世幸福出发，提出修改学制、男女同校、废除读经等改革措施，模仿西方资本主义教育制度，确立了我国资产阶级教育体制。

1917年，出任北京大学校长，积极支持李大钊等倡导的新文化运动。实行教授治校，宣传劳工神圣。1919年“五四”运动爆发，辞去北大校长之职。1927年，任国民党政府大学院院长，后改任中央研究院院长。“九一八”事变后，奔走呼号，倡导抗日，并与宋庆龄、鲁迅等组织中国民权保障同盟，积极开展爱国民主抗日活动。1940年，病逝于香港。著作有《蔡元培选集》传世。

蔡元培还是著名的红学家。是索隐派红学的主要代表人物之一，他的红学活动开始于1898年以前，其代表作为《石头记索隐》，本书民国五年（1916）先于《小说月报》一至六期连载，次年9月由上海商务印书馆出版。此外，还有一些红学论述散见于其他著作中。他认为《红楼梦》是一部“清康熙朝政治小说”。他的基本研究方法是“阐证本事”。

蔡元培研究《红楼梦》，有鲜明的政治倾向和明显的功利目的。当时，处于辛亥革命刚刚胜利的社会环境，民族主义大行其道，他在《石头记索隐》中即开张明义：“《石头记》者，清康熙朝政治小说也。作者持民族主义甚挚，书中本事在吊明之亡，揭清之失，而尤于汉族名士仕清者寓痛惜之意。”显然，其研究《红楼梦》之目的在于宣传民族主义思想。近些年学者专家研究蔡氏红学，认为此说系蔡氏红学的合理内核，有其进步性和积极价值。当年蔡说影响极大，至民国十九年（1930），《石头记索隐》连续印行到第十版，成为旧红学索隐派的名作。

蔡元培认为他的这个结论在《石头记》中是有根据的：（一）书中红字多影朱字，朱者明也，汉也，所谓曹雪芹于悼红轩中增删本书，则吊明之义也。（二）贾府，即伪朝。宝玉有爱红之癖，是指满人而爱汉族文化；好吃人口上胭脂，是说满人而拾汉人余唾。（三）《红楼梦》中的人物形象，是影射康熙朝政治生活中的现实人物。如以宝玉为太子胤礽。“十二钗”为当时十二个著名文人。宝钗影高士奇，湘云影陈其年，王熙凤影余国柱，探春影徐乾学，等等。这三条根据是不成立的，因为它们显然都是事物的表面联系和偶然相合，并不是事物的本质联系和必然组合。其错误的产生源于研究方法的不科学。

蔡元培的基本研究方法是所谓“阐证本事”。他自揭运用了三条索隐方法：“一品性相类者；二轶事有征者；三姓名相关者。”他还说“每举一人，率兼用三法或两法，有可推证，始质言之”，所以他“自认为审慎之至，与随意附会者不同”。所以说他的研究方法是不科学的、错误的，是因为在他的头脑中事先预设了小说中的十二钗是康熙朝十二个大名士这个大前提，所以他依据所谓三原则去寻求、去论证，也只能是从康熙朝名士和十二钗中人之间寻找出某些表面的东西，去任意牵合比附。

蔡元培的红学研究也有不少可取之处。除了他认为这部书可入世界文学之林、书中有政治寓意外，他对《红楼梦》的思想内涵揭示得也较深刻。他以为曹雪芹反对强制婚姻，主张自主结婚；反对肉欲，提倡真挚爱情；反对“禄蠹”，提倡纯粹美感的文学；反对男尊女卑，说男污女洁；反对主奴的分别，主张贵公子与奴婢平等相待；反对厚貌深情，赞成天真烂漫：都是很可贵的。蔡元培说他看过的书，只有德国第一诗人歌德《浮士德》可与此比拟。这些评红观点，出现在百余年前，石破天惊。在《红楼梦》的表达艺术上，蔡元培也有不凡的见解。如说曹雪芹“言情之中善用曲笔”，并举了三个典型例子以佐证之：“宝玉中觉，在秦氏房中布种种疑阵”“宝钗金锁为笼络宝玉之作用，而终未道破”“于书中主要人物设种种影子以畅写之，如晴雯、小红等均为黛玉影子，袭人为宝钗影子”。这些说法都比较中肯，符合书中实际。又说到：“当时既虑触及文网，又欲别开生面，特于本事以上加以数层障幂，使读者有‘横看成岭侧成峰’之状况。”这说明领会《红楼梦》之思想意义会因人而异，仁者见仁，智者见智。

本书收蔡元培行书轴一件，是谈远古《韶》乐和《武》乐教化作用的，来自王阳明《传习录》，阐述的是孔学的音乐思想。

韶之九成便是舜的一本戲子武王九變便是武王的一本戲子聖人一生實事俱播在樂中所以有德者聞之便知他盡善盡美與盡美未盡善處

哲夫仁兄先生正

孑民蔡元培

蔡元培　行书轴

纸本　纵166，横41

释文：

《韶》之九成便是舜的一本戏子，《武》王（之）九变便是武王的一本戏子。圣人一生实事俱播在乐中，所以有德者闻之，便知他尽善尽美与尽美未尽善处。

哲夫仁兄先生正。孑民蔡元培。

钤印：鹤庼（朱文方印）、蔡元培印（白文方印）

王国维

王国维（1877—1927），字静安，一字伯隅，号观堂，亦曰永观，浙江海宁人。清秀才，是近现代学术史上享有国际声誉的杰出学者。

早年入罗振玉“东文学社”，学习日文，并从日本人藤田丰八、田冈佐代治学习西洋哲学、文学、美术，而于叔本华、尼采之说，钻研尤深。受到德国资产阶级唯心主义哲学和文艺思想的影响。其后留学日本东京物理学校，回国后从1903年起，任通州、苏州等地师范学堂教习，讲授哲学、心理学、伦理学。1904年发表《红楼梦评论》。1907年起，任学部图书编译局编译，从事中国戏曲史和词曲的研究，著有《曲录》《宋元戏曲考》《人间词话》等，于文艺界颇有影响。

1911年辛亥革命后，王国维主要从事中国古代史料、古器物、古文字学、音韵学的考订，对甲骨文、金文和汉晋简牍的考释，成果卓著，力主以地下史料参订文献史料，对史学界影响较大。1925年至北京，任清华国学研究院教授。1927年6月，自沉于颐和园昆明湖。生平共有著作六十多种，收入《海宁王静安先生遗书》者四十余种，一些考证文章曾汇编成《观堂集林》。

王国维是清末学者研究《红楼梦》的代表人物之一。他的《红楼梦评论》是红学史上第一篇比较系统的研究《红楼梦》的专论。敏锐指出和高度评价了《红楼梦》的美学价值，认为这部小说是“悲剧中之悲剧”，具有中国传统文学作品所从未有过的悲剧精神。从某种意义上说，《红楼梦评论》比起前于它的那些猜谜的旧红学家和后于它的某些新红学考证派来说要高明。同时它提出了一种辨妄求真的考证精神，指破旧红学猜谜附会、索隐本事之谬误，为新红学的研究指明了一条正确的途径。

《红楼梦评论》是中国文学批评史上首次运用西方哲学、美学的观点和方法研究中国文学作品的专著。王国维试图用叔本华的哲学来解说《红楼梦》的精神，将小说当做叔本华哲学观念的图解和佐证，见解难免有牵强生硬之处。《红楼梦评论》的基本观点是唯心主义的，它宣扬了消极颓废的人生观，要人们离开现实斗争，而“入于无生之域”。这一点受到红学史家和红学专家的诟病和批评。但是，在当时的背景下，他站出来介绍西方文艺思想，对于长期围困在封建营垒中的文化人来说，是起了扩大眼界的作用的。从这种意义上说，他是介绍西方文艺的一位先驱。

本书收王国维楷书诗轴一件。诗轴共两题三首诗：前部《寿杨留垞六十》二首为庆贺杨钟羲（号留垞，1865—1939）六十寿辰而作。后面《题乐游原游赏图》一首，虽非为寿庆作，但思想主旨与前两首有联系，旨趣类同。

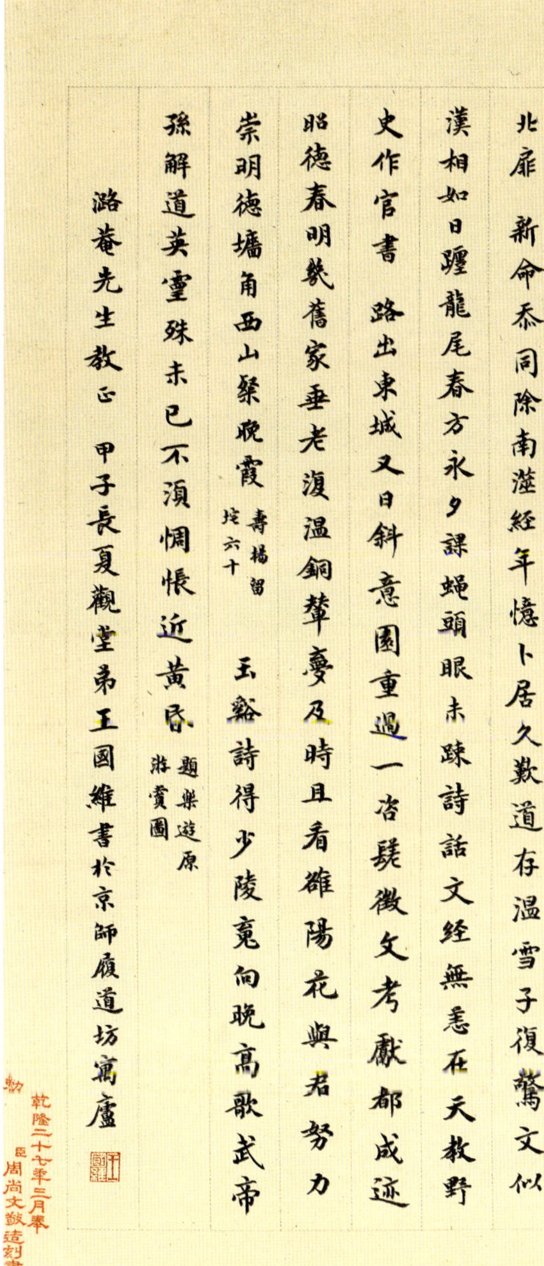

王国维　楷书诗轴

纸本　纵62.8，横30.8

释文：

北扉新命忝同除，南滋经年忆卜居。久叹道存温雪子，复惊文似汉相如。日躔龙尾春方永，夕课蝇头眼未疏。诗话文经无恙在，天教野史作官书。

路出东城又日斜，意园重过一咨嗟。征文考献都成迹，昭德春明几旧家。垂老复温铜辇梦，及时且看雒阳花。与君努力崇明德，墙角西山粲晚霞。（寿杨留垞六十）

玉溪诗得少陵魂，向晚高歌武帝孙。解道英灵殊未已，不须惆怅近黄昏。（题乐游原游赏图）

潞庵先生教正。甲子长夏观堂弟王国维书于京师履道坊寓庐。

钤印：王国维（朱白文方印）

收藏印：成都曾氏小莽苍苍斋（白文方印）、家英辑藏清儒翰墨之记（朱文方印）、家英之印（白文方印）

附录

曹雪芹《红楼梦》著作权的又一新证

——周春致吴骞一封书信的解读*

董志新

清代乾嘉时期的经史考据家周春，是目前所知撰有红学专著的第一人，他的《阅红楼梦随笔》很知名。笔者手头的五部红学史著作都给予其人其著以专节大段评论位置的殊荣[①]。周春的《阅红楼梦随笔》对《红楼梦》的作者曹雪芹及其先人曹寅做了一些研究。

新近披露的周春致大藏书家吴骞的一通书札影印件，使人们对周春研究曹雪芹及其先人曹寅的认识有所转变，前进了一大步。在曹雪芹逝世二百五十周年的时候，发现他拥有《红楼梦》著作权的又一新证，这是献给这位举世知名伟大小说家的一份最好祭礼。

本文结合《阅红楼梦随笔》的记载和评论，从曹雪芹拥有《红楼梦》著作权的角度，试解周春致吴骞信札的价值。

曹楝亭墓铭行状及曹雪芹之名字履历

毛泽东的秘书田家英曾有研究清史写作史著之宏愿，收集清人书札信件颇

* 本文原题《曹雪芹拥有〈红楼梦〉著作权的又一新证——周春致吴骞一封书信的解读》，发表于《红楼梦学刊》2014年第2期，收入本书时作者又进行了修订。

① 这五部红学史著作分别为：郭豫适著，上海文艺出版社1980年版之《红楼研究小史稿》；韩进廉著，河北人民出版社1981年版之《红学史稿》；陈维昭著，上海人民出版社2005年版之《红学通史》；白盾、汪大白著，天津人民出版社2007年版之《红楼争鸣二百年》；李广柏著，广东教育出版社2010年版之《红学史》。

丰，其婿陈烈先生将其主编成《小莽苍苍斋藏清代学者书札》一书出版。书中收入周春致吴骞信札十六通，其中一件涉及《红楼梦》作者曹雪芹。为不致混淆，暂将此通信札称为“周春涉红书简”。现将全信迻录于此，并将涉及《红楼梦》作者曹雪芹处加重标出：

昨接翰教，具稔道履佳胜为慰。

今科榜发，我邑如此寂寥，魁卷亦极草草，盛衰倚伏，当倍偿于来年，转瞬为期，不敢以客套语为令郎兄称屈也。此榜除禾中王君仲瞿外，无一人相识者。王君天才超绝，诗字并工，若以时文论之，不免为修罗外道矣。

殿版《十三经》，倘令侄孙买就得借，感激何如！日内又将拙著增删改订一过，必阅此书方好，所以急于访寻也。

拙作《题红楼梦》诗及《书后》，绿（渌）饮托钱老广抄去，但曹楝亭墓铭行状及曹雪芹之名字履历皆无可考，祈查示知。

今夏偶念近来谈经者多尚汉学，而宋学渐微，弟雅不喜言古文《尚书》之伪，因费半月工夫成《古文尚书冤词补正》，现在家耕厓孝廉处，闻丁小疋大不以为然，拾阎百诗之唾余，殊不可解也。容日奉政。

家泰三兄得生入玉门，实为大幸。今年恰七十。舍侄远馆滇南，虽有节相照应，然归家未卜何日也。

新宪书坊间已有刻本，弟所见者疑有刻讹，未知尊处有否？如有，乞便中将正月望时刻分秒见示，未知同否？

续刻《论印绝句》第二张后页第七行“郎”字缺一点，讹为“即”字，未改。又亡友陈谁园亦有此题十二首，顷从其郎处见之，自注内有云：“晁克一赐国姓赵。”未知其说何本？甚矣！考订之难也。

堇浦先生《词科掌录》闻已刻成，此系未成之书，老广经手校雠，未知能尽美尽善否？

《道古堂诗文集》被西颢、大川两人刻坏，恐亦先生生前骂人之报也。

匆匆走笔，语无诠次，聊代面谈。并候槎客七兄先生日安。不既。九月十八日，愚弟周春顿首。

别纸附政。①

原信并不分段，为一目了然，这里分段抄录。

解读此信，要弄清受信人吴骞的身份。据《中国藏书家辞典》记载：吴骞（1733—1813），字槎客，号兔床，浙江海宁人，贡生，是清代藏书家、文学家。尤嗜典籍，遇善本图书，倾囊相购，校勘精审。又得藏书家马氏“道古楼”、查氏“得树楼”的部分图书，多有宋元精椠，建“拜经楼”收藏。先后得书五万余卷。所藏善本书，多由名家如杭世骏、卢文弨、钱大昕、周春、鲍廷博等人作题跋。请好友黄丕烈、丁杰写题记。子寿旸取“拜经楼”中有题跋之书，手录成帙，作《拜经楼藏书题跋记》。辑刻有《拜经楼丛书》，初名《愚谷丛书》。晚年，撰有《拜经楼书目》，卒后由寿旸编辑刊行。著有《愚谷文存》《拜经楼诗文集》《论印绝句》等书。传世的周春《阅红楼梦随笔》即依据吴骞拜经楼抄本影印。

解读此信，还要了解周春阅读和评论《红楼梦》的情况。这里据周春《阅红楼梦随笔》、程伟元《红楼梦序》以及李广柏先生《红学史》的记述，罗列其简史如次：雍正七年（1729），他出生于浙江海宁。乾隆十九年（1754），科考中进士。乾隆三十一年（1766），授广西岑溪知县。第二年（1767），以父死丁忧离任。从此不再仕进，以读书撰著为业，直至嘉庆二十年（1815）

① 陈烈主编《小莽苍苍斋藏清代学者书札》上册，人民文学出版社2013年版，第164—167页。

离世。

乾隆五十五年（1790）秋天，杨畹耕告诉周春，表弟徐嗣曾（雁隅）“以重价购钞本两部：一为《石头记》，八十回；一为《红楼梦》，一百廿回；微有异同。爱不释手，监临省试，必携带入闱，闽中传为佳话”[①]。徐嗣曾（雁隅），浙江海宁人，本姓杨，杨姓是周春的舅家。周春的表弟。乾隆二十八年进士，历任户部主事、郎中，福建布政使和巡抚，曾督学陕甘，做过顺天乡试的房考官。《清史稿》卷三百三十二有传。杨畹耕，名芬，字九滋，号畹耕，是徐嗣曾的堂兄弟。

乾隆五十六年（1791）冬，程伟元、高鹗于北京萃文书屋用木活字摆印《红楼梦》（世称“程甲本”）。

乾隆五十七年（壬子，1792）春，程伟元、高鹗于北京萃文书屋摆印出《红楼梦》修订版（世称“程乙本”）。“壬子冬，知吴门（今苏州）坊间已开雕（《红楼梦》）矣。”[②]

乾隆五十九年（甲寅，1794），周春从“苕估”（书贩，苏杭间贩书商贾多苕人）手里买到新刻本《红楼梦》，得以“阅其全”书。“甲寅中元日”（七月十五日）撰成《红楼梦记》。《题红楼梦》《再题红楼梦》八首七律亦为本年所作。

乾隆六十年（乙卯，1795），“乙卯正月初四日”撰成《红楼梦评例》。《红楼梦约评》亦为本年所作。《红楼梦评例》为《红楼梦约评》的例言。《阅红楼梦随笔》应于此时或此后结集，书中除收入了周春上举红学著述外，还附有友人俞思谦、钟晴初《红楼梦歌》和钱塘人徐凤仪的《红楼梦偶得》。

嘉庆二十年（1815），86岁，卒。

结合周春的“研曹治红”经历，可分三个层次解

①② 周春：《阅红楼梦随笔·红楼梦记》。

读“周春涉红书简”的涉红内容：

“拙著《题红楼梦》诗及《书后》”。《阅红楼梦随笔》的记载表明：“《题红楼梦》诗”即周春所撰《题红楼梦》《再题红楼梦》七律八首；“及《书后》”即指“《题红楼梦》诗”后附载的友人俞思谦（秉渊）、钟晴初《红楼梦歌》七言歌行各一首。周春于《题红楼梦》诗书后两则小序说：

> 余作此记成，以示俞子秉渊。亦以为确寓张侯家事。翌日即集古作歌一首题之。包括全书，颇得翦绡著绵之巧，因录存于此。
>
> 又钟子晴初虽病废，不辍吟咏。亦拟《红楼梦》一章，缠绵悱恻，堪与前作颉颃，因并存之。

这表明，此信写于“《题红楼梦》诗”七律八首和俞思谦、钟晴初《红楼梦歌》七言歌行创作之后。小序的“此记成”，应指《红楼梦记》写成；俞思谦“亦以为确寓张侯家事”，因周春在《红楼梦记》中大段阐述了“张侯家事”说。这两件事都发生在乾隆五十九年。信中署款处标明“九月十八日”，信首“昨接翰教”之“昨”，应为九月十七日。也就是说周春于乾隆五十九年九月十七日接到吴骞的来信，第二天即写下此封回信。

另外，渌饮与钱老广抄书，只抄“《题红楼梦》诗及《书后》”，并不涉及作于乾隆六十年初的《红楼梦评例》与《红楼梦约评》，也证明此信写于乾隆六十年初春之前。

《小莽苍苍斋藏清代学者书札》卷首有陈庆庆所撰《翰札集萃 —— 小莽苍苍斋藏清代学者书札评述》一文，其中也考证了“周春涉红书简”的写作时间：“周春在此信的开头提到：‘今科榜发，我邑如此寂寥，魁卷亦极草草 …… 此榜除禾中王君仲瞿外，无一人相识者。’据《王仲瞿墓表铭》记载，王氏为浙江秀水（今属嘉兴市）人，乾隆五十九年举人。由此可知，这通信应写于乾隆五十九年（1794）。这是与曹雪芹同时代学者留下的有关《红楼梦》的墨迹，非常难得。”

综上，可知周春此信写于乾隆五十九年九月十八日。即写于《红楼梦记》《题红楼梦》诗之后，而在《红楼梦评例》《红楼梦约评》之前。

这提供了“周春涉红书简”写作的准确时间证据。

“绿（渌）饮托钱老广抄去”。据《历代藏书家辞典》记载，“绿（渌）饮”为鲍廷博（1728—1814）之号。鲍廷博祖籍今安徽歙县，字以文，号渌饮。随父以商籍生员寄居杭州，后徙桐乡。家富藏书，尤喜搜罗散佚。乾隆时开四库馆，献书近七百种。旋刻秘籍数百种，曰《知不足斋丛书》。著有《花韵轩咏物诗存》。他托人抄“《题红楼梦》诗及《书后》”，也是一时世风所致。周春在《红楼梦评例》中记载：

余所作七律八首、记一篇，杭越友人多以为然，传抄颇广。

看来，周春的《红楼梦记》与“《题红楼梦》诗及《书后》”，在“杭越友人”中影响很大，“传抄颇广”。这个传抄队伍当中，即有渌饮和钱老广。周春的《记》与诗，都主张《红楼梦》为曹雪芹所作，并提出“张侯家事说”，一时得到杭越舆论认可——“杭越友人多以为然”。周春也与“杭越友人”讨论《红楼梦》中的具体问题，《红楼梦约评》中记载：

杭友人以《分骨肉》一支曲为专指探春，此误于俗说也。夫放风筝者何止探春一人？画册明云两人矣，一人又指谁乎？

这里讨论《红楼梦曲》中《分骨肉》是“专指探春”一人还是指“两人”。观点对错且不论，从中可见“杭越”学界、书界的“红楼热”。以周春为核心，与《红楼梦》沾点边儿的人有杨畹耕、徐嗣曾、俞思谦、钟晴初、徐凤仪、钱竹汀、吴骞、鲍廷博（渌饮）、钱老广和不知名的苕人书商（苕估）等一大群“杭越友人”。

关于抄书的钱老广，身份还不十分清晰。信中还有一处提到他：“堇甫先生《词科掌录》闻已刻成，此系未成之书，老广经手校雠，未知能尽美尽善否？”据此判断，此人能书法，会校雠，也是“杭越友人”圈子中一位乡邦文人；大约水平不甚高，周春对他校勘的《词科掌录》能否尽美尽善没有信心。但是，这不等于他的字写得不好。他的存在，至少说明“《题红楼梦》诗及《书后》”还有一份抄件在藏书家鲍廷博（渌饮）之处。更主要的，两人的抄书创造提供了周春继续考察《红楼梦》作者的念头和契机。

这构成了“周春涉红书简”的历史背景和文化氛围。

“但曹楝亭墓铭行状及曹雪芹之名字履历皆无可考，祈查示知”。信中这句话，提供了三个层面的历史信息：第一，周春虽然读过全本即一百二十回程本《红楼梦》，写过《红楼梦记》和《题红楼梦》诗，略知曹寅生平梗概（还有错误之点，下详），对《红楼梦》作者曹雪芹的生平则一无所知。他承认自己手头的资料对曹雪芹、曹寅的生平“皆无可考”。第二，“可考”“祈查”用语表明，周春提出了用考据的办法来了解曹雪芹及其先人曹寅。他已经不满足于只从《红楼梦》文本中猜测作者及其先人历史活动的做法，而要求从碑刻文献、传记文献和履历档案中来考证作者生平。第三，“考”什么？“查”什么？周春在信中非常明确也是非常准确地提出：考证查找“曹楝亭墓铭行状及曹雪芹之名字履历”。也就是说，用墓铭、行状、履历等可靠可信文献史料，考证曹雪芹及曹寅的生平。治曹学，即治《红楼梦》作者之学，这个命题是学术之核，理论之基。“祈查示知”，表明他寄希望于大藏书家吴骞的收藏与发现，也表明他对考证《红楼梦》作者身世的热切和努力。

这构成了周春“研曹治红”最新最有价值的学术命题！

《红楼梦》“当以何义门评十七史法评之”

周春提出了正确的学术命题，但并没有解决和完成这个命题。目前我们还没有见到吴骞的回信，吴骞是否查到有关曹寅、曹雪芹生平的文献史料不得而知。

但是，据现有材料，也可以初步做出判断：周春没有从吴骞那里得到可供进一步“考”“查”的新材料。因为在周春致吴骞“涉红书简”后几个月（乾隆六十年正月），他即写成或着手写作《红楼梦评例》《红楼梦约评》两文，其中对作者的诸多“考信”，沿袭了《红楼梦记》和“《题红楼梦》诗”中的“拆字”“附会”的方法。

把周春《阅红楼梦随笔》中“研曹”的全部实例分类分组考察，可以看出他对《红楼梦》作者曹雪芹研究的整体结果，也可以反衬出“考”“查”“曹楝亭墓铭行状及曹雪芹之名字履历”这个命题的正确性。

先来看一下周春对“研曹治红”方法的表述：

> 阅《红楼梦》者既要通今，又要博古，既贵心细，尤贵眼明；当以何义门评十七史法评之。若但以金圣叹评四大奇书法评之，浅矣。……有欲再用金喟批法付梓，势必尽发阴私，不必增此罪过矣。[①]

倘十二钗册、十三灯谜、中秋即景联句，

① 周春：《阅红楼梦随笔 · 红楼梦评例》。

> 及一切从姓氏上着想处，全不理会，非但辜负作者之苦心，且何以异于市井之看小说者乎？一笑。[①]

> 此书以双玉为关键，若不溯二姓之源流，又焉知作者之命意乎？故特详书之，庶使将来阅《红楼梦》者，有所考信云。[②]

> 盖此书每于姓氏上着意，作者又长于隐语庾词，各处变换，极其巧妙，不可不知。[③]

何义门即何焯（1661—1722），义门是其号。康熙时期的著名学者，长于经史的校勘考订，曾评十七史。金圣叹，明末清初小说评点家，曾评点《水浒传》等“四大奇书”。

周春明确提出对《红楼梦》当以何义门“评史法”评之，不要用金圣叹那种“浅矣”的小说评点法评之。周春“研曹治红”的基本方法，是主张用史学批评方法（考据法），而反对用文学批评方法（评点法）。正如李广柏先生所说：“周春本是经史方面的考据家。…… 是以考据眼光读小说，主观意图是以考据的方法评《红楼梦》。”[④]一般说来，这种方法应用到“研曹”上，即考证小说作者生平上，有可取之处；应用到“治红”上，即小说文本评论上，则容易产生牵强附会的弊病。

周春的考据法运用到“研曹治红”上，又有自己的特色，就是一味地强调“一切从姓氏上着想”，“每于姓氏上着意”，如对宝黛二玉就要“溯二姓之源流”。周春以为这样才能懂“作者之苦

① 周春：《阅红楼梦随笔·红楼梦评例》。
② 周春：《阅红楼梦随笔·红楼梦记》。
③ 周春：《阅红楼梦随笔·红楼梦约评》。
④ 李广柏：《红学史》上册，广东教育出版社2010年版，第152页。

心”，“知作者之命意”。那么，怎样在姓氏上“着想”“着意”呢？周春认为《红楼梦》作者曹雪芹“长于隐语廋词，各处变换，极其巧妙，不可不知”，读者要从“隐语廋词”中“考信”。曹雪芹也声明过自己用“假语村言”敷演故事，也用过“一从二令三人木”等拆字法塑造形象，但是周春过度从“隐语廋词”中猜测《红楼梦》本事，考据曹雪芹和曹寅生平，则难免陷入牵强附会的错误之中。这就是后人称这种方法为“索隐”的来由。请看他对《红楼梦》作者曹雪芹及其先人曹寅的“考信”：

周春“考信”曹寅的情况。周春写作完《阅红楼梦随笔》的乾隆六十年，上距曹寅辞世的康熙五十一年，已过去八十余年（1712—1795）。细读《阅红楼梦随笔》，我们已知周春从袁枚《随园诗话》、朱彝尊《曝书亭集》和《江南通志》等书中，略知曹寅生平。为了证实曹雪芹是《红楼梦》的作者，他从证实曹寅的身份入手做起。《阅红楼梦随笔》有三处“考信”曹寅的生平：

> 其曰林如海者，即曹雪芹之父楝亭也。楝亭名寅，字子清，号荔轩，满洲人，官江宁织造，四任巡盐。曹则何以廋词曰林？盖曹本作𣍘，与林并为双木。作者于张字曰挂弓，显而易见；于林字曰双木，隐而难知也。[①]

> 廋词隐约姓名传，双木林曹小比肩。廿载江南持使节，一门蓟北写吟笺。同心栀子当窗艳，并蒂芙蓉出水鲜。试踏石头城外路，蘼芜涨绿起寒烟。[②]

> 林如海即曹楝亭。案楝亭非科甲出身，由通政使出差外任。此曰探花者假也，曰兰台寺大夫者真也。书中半真半假，往往如此。汉时兰台令史，主章奏。[③]

① 周春：《阅红楼梦随笔·红楼梦记》。
② 周春：《阅红楼梦随笔·再题红楼梦》其二。
③ 周春：《阅红楼梦随笔·红楼梦约评》。

周春关于曹寅名、字、号、籍贯、官职、出身的记载基本是正确的。诗中说“廿载江南持使节，一门蓟北写吟笺”，也是曹寅任织造、曹氏一门善吟咏的写实。这是他正确使用考据法的结果。学者专家们考证到今天，对曹寅的认知，大致还是在这个框架之内。他对曹寅生平的记载也有两点不准确：曹寅不是雪芹之父，而是雪芹之祖；“由通政使出差外任”一语的记载也与史实有误。曹寅是于康熙二十九年由内务府郎中“出差外任”苏州织造的；康熙四十四年，曹寅因康熙帝南巡接驾有功赏赐京衔通政使司通政使，而后“四任巡盐”。如果说他“由通政使出差外任”巡盐，倒还说得过去。

但是，为了证实曹雪芹把他的先人曹寅写入小说中，周春却使用“拆字法”，推导出曹、林两字“并为双木”，证明“其曰林如海者，即曹雪芹之父楝亭也”。接着，周春又用“附会法”，把《红楼梦》中描写林如海被“钦点巡盐”与曹寅“四任巡盐”相附会。说曹寅“非科甲出身”，因此描写林如海高中“探花者假也”；又因曹寅被赐衔通政使司通政使，这个京衔在汉代相当于主章奏的“兰台令史”（也称“兰台寺大夫”），所以小说中称林如海为“兰台寺大夫者真也”。周春由此得出结论：《红楼梦》中描写曹寅（林如海）是“半真半假”。这就把文学人物坐得太实，把文学形象等同生活原型了。试看《红楼梦》（程甲本）第二回的描写：

那日，（贾雨村）偶又游至维扬地方，闻得今年盐政点的是林如海。这林如海姓林名海，表字如海，乃是前科的探花，今已升兰台寺大夫，本贯姑苏人氏，今钦点为巡盐御史，到任未久。原来这林如海之祖，曾袭过列侯，今到如海，业经五世。起初只袭三世，因当今隆恩盛德，额外加恩，至如海之父，又袭了一代；至如海，便从科第出身。虽系世禄之家，却是书香之族。

周春主要是从这段描写中作出判断的。如果周春从生活原型、创作素材与文学形象相互关系的角度，阐述曹雪芹创作林如海的盐官形象身上有曹寅盐官生活的影子，那又当别论。可惜，周春没有这种文学观念，这使他在考证曹寅时是非混淆，正误杂陈，此处陷入"索隐"的泥潭。

周春"考信"曹雪芹的情况。曹雪芹辞世于乾隆二十七年除夕（壬午说）或乾隆二十八年除夕（癸未说），下距周春写作《阅红楼梦随笔》时三十年左右。按说生于雍正七年的周春，与雪芹是同代人，曹雪芹逝世时他已三十多岁。但在见到《红楼梦》一书时，他对曹寅略有所知，对曹雪芹却毫不知晓。也难怪，周春一生活动于江南，雪芹虽然生于江南，但少年时即因家被抄而北返，是钦犯罪囚后人，没有社会地位，也无从闻名于世。只是《红楼梦》一书因程伟元、高鹗的摆印而流传到江南，"人以书传"，周春才从书中知道曹雪芹：

> 此书曹雪芹所作，而开卷似依托宝玉，盖为点出自己姓名地步也。曹雪芹三字既点之后，便非复宝玉口吻矣。[①]

> 又将孔梅溪题曰《风月宝鉴》，陪出曹雪芹，乃乌有先生也。其曰"东鲁孔梅溪"者，不过言山东孔圣人之后，北省人口语如此。[②]

> 偷鸡戏狗爬灰养小叔，借焦大口中痛骂，又借宝玉口中一问，不待明言而知矣。故曹雪芹赠红楼女校书诗，有"威仪棣棣若山河"之句，初怪美人词料甚多，何以引用不类？今观此，方知其用如山如河之为有意也。[③]

①②③ 周春:《阅红楼梦随笔·红楼梦约评》。

此中前两条，显然是从程甲本《红楼梦》第一回的描写中得出。请看小说原文：

> 空空道人听如此说，思忖半晌，将这《石头记》再检阅一遍，因见上面大旨不过谈情，亦只是录其事，绝无伤时淫秽之病，方从头至尾抄写回来，闻世传奇。从此空空道人因空见色，由色生情，传情入色，自色悟空，遂改名情僧，改《石头记》为《情僧录》。东鲁孔梅溪题曰《风月宝鉴》。后因曹雪芹于悼红轩中披阅十载，增删五次，纂成目录，分出章回，又题曰《金陵十二钗》。

程甲本《红楼梦》第一回，从“此开卷第一回也”到“此便是《石头记》的缘起”，扼要叙述了《红楼梦》的创作成书过程，曹雪芹有意顺势把自己安排其间。周春读后，体会出曹雪芹这样写“似依托宝玉”“点出自己姓名地步”。同时他注意到，曹雪芹点出自己姓名之后叙述口吻就变了。周春还认为孔梅溪是乌有先生，让他出场只为“陪出曹雪芹”。周春据前两点判断：“此书曹雪芹所作。”这个判断是很有眼力的，至今也是不易之论。从小说第一回曹雪芹的自白来考证《红楼梦》的著作权归属，至今还有人采取这个办法。

关于《红楼梦》作者的“考信”，南方的周春与此时在北方的程伟元，思路不谋而合。乾隆五十六年，程伟元在《红楼梦序》中说：“《红楼梦》……作者相传不一，究未知出自何人，惟书内记雪芹曹先生删改数过。”这里的“书内记雪芹曹先生删改数过”的话，也是根据《红楼梦》第一回的叙述得知。程伟元的话，先犹疑而后肯定，说得不如周春干脆。但是很显然，两人把作者的指向都聚焦于曹雪芹。

这里第三条材料评小说中“焦大痛骂”情节，周春误信了袁枚《随园诗话》中的错误记载。“威仪棣棣若山河”之句，本是明义《绿烟琐窗集》中《题红楼梦》二十首七绝第十五首的一句，并非“曹雪芹赠红楼女校书诗”。周春据此推许“焦大痛骂”是雪芹“用如山如河之为有意也”，则张冠李戴，判断失误。不过，从此事可看出周春在手头没有材料又急于“考信”时，陷入盲目信奉不实材料的窘境。因为对袁枚关于《红楼梦》的记载，他本来就不太信实。就在《红楼梦约评》中，他说：“袁简斋云：‘大观园即余之随园。’此老善于欺人，愚未深信。”袁简斋即袁枚。周春“未深信”袁枚“大观园即余之随园”的说法，但是他“深信”了所谓的“曹雪芹赠红楼女校书诗”。周春随着袁枚把“考信”的材料搞错了，但这也证明他主观上仍相信“焦大痛骂”有曹雪芹的用意，也就是此书为雪芹所作。

周春“考信”曹姓的情况。周春不但“考信”曹寅、曹雪芹，而且“一切从姓氏上着想”，用各种办法“考信”曹姓，作为《红楼梦》为曹雪芹所作的佐证：

> “黛玉”二字，未详其义。或云即“碧玉”之别，盖取偷嫁汝南之意，恐未必然。案香山《咏新柳》云：“须教碧玉羞眉黛，莫与红桃作麴尘。”此“黛玉”两字之所本也。我闻柳敬亭本姓曹，“曹”既可为“柳”，又可为“林”，此皆作者触手生姿，笔端狡狯耳。[①]

> 湘、黛中秋联句，著书者多寓深意。……“分曹争一令”，借点“曹”字。“骰彩红成点，传花鼓滥喧”，六博分曹，说骰子暗点“曹”字。[②]

> 曹子建的谎话，六字眼目。[③]

①②③ 周春：《阅红楼梦随笔·红楼梦约评》。

灯谜儿……至薛小妹“怀古灯谜”十首，第一《赤壁怀古》，拟猜走马灯之用战舰水操者，内“徒留名姓载空舟”，暗藏“曹”字。①

如今兄弟，又自为曹唐再世了。唐诗人不少而独及尧宾，可见作者之姓曹矣。②

周春是相信曹雪芹“触手生姿，笔端狡狯”的。此处五条材料，或用拆字法，或用附会法，谜底都是揭出“借点‘曹’字”“暗点‘曹’字”“暗藏‘曹’字”，目的在于证明《红楼梦》“作者之姓曹”！

周春“研曹治红”方法的检讨及其对推进红学发展的价值

如果我们把“考”“查”“曹楝亭墓铭行状及曹雪芹之名字履历”这句话，放在周春探求《红楼梦》作者全部活动中来考察，如果我们把这句话放在今天曹学红学的整体发展中来考察，就会看到周春这个提议，这个命题，无论对当时的“研曹治红”，还是对今天的曹学红学推进来说，都是不凡之论，可谓价值连城。

周春“研曹”（包括“治红”）的方法值得全面检讨，以便是其所是，非其所非。他主张阅《红》用何义门的“评史法”，反对用金圣叹的小说“评点法”。他本是经史考据家。他的“考信”，主观上用的是乾嘉考据学的治学方法，这使得他的“研曹治红”取得一些真理性的成果。但是，周春误把“拆字法”“附会法”当成了考据的具体办法，这就开了“索隐”的先河。

实际上，周春生活的乾嘉时代，考据家们手中的考证法，使用对象往往文史不

①② 周春:《阅红楼梦随笔·红楼梦约评》。

分；也没有考据、索隐的严格界限。周春也是考据、索隐不分家，两种方法混着用。红学史家有的称他是考据家，有的称他为“索隐派”的鼻祖，有的说他考据、索隐两法都用，原因也在这里。

因此，周春“研曹”时所表现出的方法论特点是：有时方向对头，但是方法偏离；有时论点正确，但是论据错误。当然，他也有方向与方法、论点与论据相一致，两者都正确的时候。这导致了他的“研曹治红”有谬论，也有真理。不能因为他有“索隐”的弊端，有的题诗格调不高，就否定他真理性的认识和结论。

检讨周春的“研曹”，有两个彼此联系最可宝贵的学术观点：

其一，是《红楼梦》“此书曹雪芹所作”！他的书中，三次“考信”曹寅，三次“考信”曹雪芹，五次“考信”曹姓，他为证明曹雪芹拥有《红楼梦》著作权可谓煞费苦心。从乾隆五十五年与闻《红楼梦》两种抄本，到乾隆六十年写出《阅红楼梦随笔》一书，六年时间，他为证明曹雪芹拥有《红楼梦》著作权不懈努力！一个不容否定的事实是：对《红楼梦》的作者，除了曹雪芹，周春没有再提过任何人，他的这个信念是如此坚定执着。

其二，就是此信提出的“考”“查”“曹楝亭墓铭行状及曹雪芹之名字履历”！考证“曹雪芹之名字履历”是“曹学”的核心命题，是中国“知人论世”学术传统在《红楼梦》作者研究中的具体体现。考证“曹楝亭墓铭行状”是“曹学”必然外延，因为曹雪芹文献存世太少，曹寅的文献可资利用；因为曹寅不只“持使节”，而且“写吟笺”，体现着曹家文学传统。从曹寅到曹雪芹有着清晰的文学发展脉络。研究《红楼梦》作者曹雪芹就要研究他的先人曹寅，或以研究曹寅为切入点，这为特殊的历史条件所规定，是《红楼梦》作者研究不同于其他古典小说作者研究的特殊性。周春勾勒出“曹学”的大致框架，是真理性的学术观点。

第三章

云锦与《红楼梦》

综论

南京云锦与《红楼梦》述略*

雷广玉

在我国古代丝织物中，“锦”是代表最高技术水平的品种，而南京云锦又是集历代织锦工艺技术之大成者，以其用料考究、织造精细、构图精美、锦纹绚丽、格调高雅，被列为中国四大名锦之首。

我国的桑蚕丝织业起源于约7000年前，至公元前9世纪的西周时已发明织锦技艺，公元前6世纪，锦绣已从北方草原经游牧民族之手远销欧洲，公元前2世纪，由长安经河西走廊通往欧洲的“丝绸之路”开通，丝织品经此源源不断地运往西方，西方人也大都是通过丝绸而知道了中国，并称中国为“丝绸之国”。

东晋末年，大将刘裕北伐灭后秦后，将长安的百工全部迁到建康（今南京），其中织锦工匠占很大比例，而这些织锦工匠完整地继承了两汉、曹魏、西晋和十六国前期少数民族的织锦技艺。公元417年东晋在建康设立了专门管理织锦的官署——锦署，这被公认为是南京云锦诞生的标志，距今已有1600多年的历史。南京云锦织造鼎盛时期拥有织机三万多台，有近30万人以此和相关产业为生，是当时南京规模最大的手工产业。“江南好，机杼夺天工。孔翠妆花云锦烂，冰蚕吐凤雾绡空，新样小团龙。”明末诗人吴梅村的这首《望江南》，就是对当时南京云锦织造真实形象的写照。明清时期，云锦是皇家专享的御用锦缎，朝廷在江南设江宁、苏州、杭州三处

* 本文撰写参阅了尤景林先生编著的《稀世珍锦》一书，周汝昌、严中先生合著的《江宁织造与曹家》一书，《红楼梦学刊》总第130辑刊登的吕启祥、吴新雷、黄进德、王人恩等红学专家关于云锦的文章，在此一并致谢。

织造署（局），大规模买丝招匠，负责专供朝廷的云锦生产。

云锦的品类基本包括“库缎”“织金”“库锦”“妆花”等，“织金”亦称“库金”，因为织就的成品都要入内务府的“缎匹库”而被冠以“库”字。云锦的质料以蚕丝为主，丝为经线，用棉线为纬线，再据所织花色的需要，补之以金丝银丝或用孔雀羽绒和织金配合使用，织就的锦缎更显华丽、典雅、高贵。

云锦的织造工艺复杂而独特，分为画样、织物组织设计、挑结花本、织机装造、原料准备、织造、织品整理等步骤。其中最为关键的就是挑花结本，先由画师将花样画于纸上，工匠凭其心智手巧，将花样编结成花本，过程据《天工开物·乃服·结花本》的描述，即“结本者以丝线随画量度，算计分寸杪忽而结成之。张悬花楼之上，即织者不知成何花色，穿综带经，随其尺寸度数提起衢脚，梭过之后居然花现。”制作云锦的织机是座5.6米长、4米高、1.4米宽的大花楼木质提花机，由提花工和织造工两个人配合完成，两个熟练工匠每天也只能生产5至6厘米，真可谓“寸锦寸金”，这种工艺至今仍无法用机器替代。由于在元、明、清三朝，云锦被确定为皇家御用贡品，所以在织造过程中用料考究、不惜工本、精益求精。在皇家云锦绣品上的纹样都有其特定的含义，如果要织一幅78厘米宽的锦缎，在它的织面上就有14000根丝线，所有花朵图案的组成都要在这14000根丝线上穿梭，从确立丝线的经纬线到最后织造，整个过程如同给计算机编程一样复杂而艰苦。

我国古典文学巨著《红楼梦》与南京云锦有着不解之缘。清顺治二年，江宁织造恢复生产，十几年后的康熙二年（1663）《红楼梦》作者曹雪芹的曾祖父曹玺便被选派江宁任织造一职，自此曹玺、曹寅、曹颙、曹𫖯三代人四任江宁织造长达六十余年之久。曹雪芹的祖父曹寅任职江宁织造时恰值云锦生产的全盛之期。史载，曹寅是康熙皇帝的宠臣，康熙六下江南，四次驻跸于江宁织造署。曹寅不仅任织造一职，而且还监管盐务、以钦差身份押运糟米接济灾区、主持刊刻《全唐诗》《佩文韵府》等，不仅仅是经济活动还常常涉及文化及政治活动，并且拥有当时极少数亲信重臣才有的向皇帝亲书密折的权力。然风光背后总有不为人知的苦衷。生在这样的家庭，曹雪芹见尽繁华，也感受到荣华过后的悲凉。“满纸荒唐言，一把辛酸泪。都云作者痴，谁解其中味”，《红楼梦》的诞生不是偶然的，书中所描写的沾亲带故的贾、史、王、薛四大家族，也可以视作江南几大织造府的缩影：江宁织造府由曹家当家；苏州织造府由李煦当家，曹寅续娶之妻李氏是李煦的堂妹；杭州织造府由孙文成当家，而孙家又与曹寅之母孙氏同宗。可见，康熙鼎盛之时的江南三织造有着“一损俱损、一荣俱荣”的亲缘关系。

曹雪芹从小生长在织造世家，耳濡目染，因此才有了他笔下人物服饰的色彩斑斓、争奇斗艳。其中虽也有苏州的刺绣、杭州的丝绸，但是重点是曹家的云锦。《红楼梦》开篇就用了“锦衣纨绔，饫甘餍肥”一词，一者说穿、一者说吃，写穿当然是作者轻车熟路的看家本领。《红楼梦》描写人物往往先从人物的服饰说起，甚至可以通过其穿着打扮来表现性格特点；《红楼梦》的许多情节是通过服饰或织物来构造故事；《红楼梦》往往通过服饰或室内织物的铺陈来表现人物的地位与嗜好；《红楼梦》中的织物是朝廷赏赐重臣或亲友往来最不可缺少的礼品……

《红楼梦》全书写织物服饰虽未直呼云锦，但通观全篇，有涉云锦的内容则俯拾皆是，这里例举如下：据有关专家统计，整部《红楼梦》出现“锦”字多达一百余处，直接与织物有关的如“锦缎”“锦褥”“锦袄”等三十余处，未直呼“锦”字的如“妆缎”“二色金”等明显指称云锦织物的也不时出现。《红楼梦》的作者为了表现贾府的“鲜花着锦”“锦衣纨绔”，将云锦的富丽堂皇发挥到了极致。先是穿着，如王熙凤出场打扮“身上穿着缕金百蝶穿花大红洋缎窄裉袄，外罩五彩刻丝石青银鼠褂，下着翡翠撒花洋绉裙……”（第三回）其中的“缕金”便是云锦最具特色的织造工艺“织金”（又称“库金”）无疑，刻丝石青银鼠褂中的“刻丝”即缂丝，同样是一种典型的云锦织造工艺；仍是在第三回的贾宝玉出场，“穿一件二色金百蝶穿花大红箭袖，束着五彩丝攒花结长穗宫绦，外罩石青起花八团倭缎排穗褂……”其中的“二色金”即云锦中“二色金库锦”的简称，指用“红金”“青金”两种金线混合织就的产品。此外，薛宝钗在梨香院会宝玉时穿的“玫瑰紫二色金银鼠比肩褂”（第八回），北静王穿的“江牙海水五爪坐龙白蟒袍”（第十五回）等都应看作是云锦织物。对云锦最精彩的描述是“勇晴雯病补孔雀裘”一回，宝玉不小心把贾母送的孔雀裘烧了个洞。这孔雀裘实乃云锦天衣，矜贵之物，织工绣匠无人会织补，只好由心灵手巧且在病中的晴雯熬夜补救。但这里需要说明的是，影视作品为了加强观众的视觉效果，夸张地将书中所写用“雀金呢”织就的孔雀裘描绘成似孔雀开屏时尾部翎毛的形状，其实不然，作者在书中通过贾母之口明白地介绍了这“雀金呢”是“拿孔雀毛拈了线织的”，其实就是前面介绍的一种用孔雀羽绒和织金配合使用，织就的一种更显华丽、典雅、高贵的云锦。再说说用度，《红楼梦》里除了描写穿着中的云锦，还不时向人们展示云锦的其他用途，如精致的锦盒、锦册、锦套、锦罩；用云锦制作的被褥、靠垫、锦帐甚至屏风等。如筹备元春省亲，贾琏向贾政汇报采办明细时，就有“妆蟒绣堆、刻丝弹墨并各色绸绫大小幔子一百二十架……”（第十七回至十八回）可见用锦量之大。《红楼梦》所描写的云锦不仅有实用价值，还是亲友间礼尚往来必备的赠品或贡物，如元春省亲代表朝廷向贾府所赐物品中就有“富贵长春”宫缎、“福寿绵长”宫绸等织物（第十七回至十八回）；江南甄家入京，先派家人向贾府送礼请安，礼单上尽是“上用缎匹”，其中有“上用的妆缎蟒缎十二匹，上用杂色缎十二匹，上用各色纱十二匹，上用宫绸十二匹，官用各色缎纱绸绫二十四匹……”（第五十六回）将包括云锦在内的各色织品作为家族往来的赠品或礼品，体现了一向的高贵典雅。

试想，如果不是曹家几代人承袭江宁织造，如果曹雪芹根本不了解云锦织造的精细工艺，如果不是作者从小耳濡目染，如何能写出这样细腻逼真的情节。《红楼梦》中五彩斑斓的云锦，对贾府始于繁华终于衰落的主题起着烘衬的作用，从鲜花着锦到白茫茫大地一片，其中不知蕴含着多少作者抚今追昔的感伤。

曹家没落之后，江宁织造府的官员几经轮换，新上任的官员对云锦没有倾注应有的情感，甚或将官职作为敛财的手段，云锦也如同大清朝运数一样，由盛转衰。光绪三十年，江南织造停止运作。云锦从诞生到步入辉煌，用了上千年时间的磨砺，但是从辉煌到坠入谷底仅用了几十年的瞬间。“忽喇喇似大厦倾，昏惨惨似灯将尽”，云锦的命运有如《红楼梦》中贾府的命运。

南京云锦兴于六朝，衍于宋元，盛于明清，衰于民国。1949年后，我国政府非常重视南京云锦的研究及传承，为保护和恢复云锦的传统工艺，专门成立了南京云锦研究所并且投入巨资。但是，由于自身工艺的复杂性以及几经时代的变迁，云锦仍然面临着后继无人的局面。现在全国真正懂得云锦技术的不过几十人。2006年南京云锦被列入中国首批非物质文化遗产名录，并于2009年9月成功入选联合国《人类非物质文化遗产代表作名录》。

云锦作为皇家贡品，原本存世量就非常少，加之鸦片战争以后，中国几经乱世，侵略者的疯狂掠夺以及境内外不法商人的攫取牟利，使大量云锦珍品流落海外。改革开放之后，特别是最近二十年，国内收藏界对中国传统文化艺术品给予了越来越多的重视，随着市场价值的提升，中国书画、瓷器、漆器、青铜器等大量从海外回流。令我们欣慰的是，近年来一些成匹保存完好的云锦也随之回归祖国。

20世纪末，本人有幸结识田家英的女婿陈烈、女儿曾白，并成为好友。小莽苍苍斋的丰富艺术宝库，加之陈烈老师对文物研究的精深造诣，引导我对艺术品收藏产生了浓厚的兴趣。特别是最近十几年，在陈烈先生的热心帮助并指导下，我和朋友李顺兴先生接收了大量海外回流的云锦珍品，藏品中几乎涵盖了妆花、织金、库缎、库锦四大种类。本书选择部分藏品图片展示给广大读者，特别是云锦爱好者及《红楼梦》研究者。希望由此加深大家对云锦的了解和喜爱，使我国这项流传千百年的民族瑰宝世世代代得以传承下去。

清代云锦图例

图片与文字整理：李顺兴、陈啸

江南織造臣忠誠

黑地獬豸补子织金缎

尺寸 77cm×820cm

说明

此补料是织金缎织物，为片金线所织。机头织有『江南织造臣忠诚』款识。这匹织金缎上，金线还分成冷金和暖金，其中主体为暖金织出，冷金加以勾勒，层次愈加分明，图案更为生动。金线制作技术最早应该是从西域传入中原的。金线是云锦的主要原材料之一，分片金线和捻金线。片金线因受光面积大、平整光亮而多用于库金织物，捻金线则更多时候用于妆花图案的勾勒。

江南織造臣慶林

明黄地六则缠枝勾莲织金缎

77cm×953cm

此锦明黄为地，上用金丝线织出缠枝莲纹，机头织有『江南织造臣庆林』款识。

织金也叫库金，在缎地上以金线织出各式花纹。植物花卉题材的纹饰，是在魏晋南北朝时期受佛教装饰艺术的影响而渗透到人们日常生活中的。缠枝花雍容华贵的纹样在唐代受到推崇并广为流行，后来一直延续下来。

缠枝纹是云锦图案中应用较多的纹样，婉转流畅的缠枝，盘绕着敦厚饱满的主体花纹，形成一个个花环；柔韧灵巧的枝藤、丰满的花苞和隽秀的花芽穿插点缀，形成一种优美的纹样节奏和优雅的视觉韵律。圆而饱满的主体图案花朵如满月，环绕在花朵外的花梗则如月晕之光环，而附生花梗上的藤叶缠布于花朵和花梗之间，恰似穿行于月空光晕中的苍龙，显现出艺人们丰富而浪漫的艺术想象力。

江南織造臣慶林
机匠
王

蓝地四则缠枝宝相花织金妆花缎

尺寸 77cm×790cm

说明

『妆花』是云锦类织品中织造工艺最为复杂的品种。清代苏杭两地的官办织造也有生产，但以江宁织局为盛，技艺也最娴熟精妙。因此，通常妆花也被认为是最有南京地方特色并具代表性的提花丝织品种。妆花在织造方法上采用各种颜色的彩绒纬管，对织物图案作局部的盘织妆彩，没有限制，在一件织物上可以配二三十种颜色，形成『逐花异色』的缤纷效果。

宝相花是古老而传统的吉祥纹样之一，又称『宝仙花』『宝莲花』。『宝相』，佛教用语，最早出现在魏晋南北朝的文献中。

宝相花庄严、丰满的纹饰符合人们吉祥、美满的审美需求，从唐代的单个纹样到明清的缠枝组合，一直盛行不衰。纹饰构成一般以某种花卉（如牡丹、莲花）为主体，中间镶嵌着形状不同、大小粗细有别的其他花叶、花蕾，尤其在花蕊和花瓣基部，用圆珠或莲瓣作放射状规则排列，像闪闪发光的宝珠，加以多层次退晕色，显得富丽、珍贵。在金银器、敦煌图案、石刻、织物、刺绣等各方面，常见有宝相花纹样。

明黄地八吉凤莲纹妆花缎

尺寸 77cm×737cm

说明

此锦以五彩妆花织出凤纹和佛教八宝，逐花异色，以大凤和缠枝莲相间为纹样主体，每个莲纹之上添加佛教八宝之一。机头织有『江南织造臣七十四』款识。八宝指宝瓶、宝盖、双鱼、莲花、右旋法螺、吉祥结、尊胜幢、法轮，是藏传佛教中八种表示吉庆祥瑞之物；凤代表皇后；莲花象征贞洁与贤淑，『莲』『年』同音，有万年吉祥之寓意。『龙吐九珠，凤含八宝』也是旧时民间新婚洞房门口上方的常见对联。织品色彩鲜明，用色大胆又不失度，于强烈对比中求协调，在绚丽中蕴藉沉静，呈现出五彩斑斓的华丽天章。

大云龙、大凤莲、八吉凤等彻幅纹样为南京云锦所独有，色彩凝练、明确，表现手法集中、概括，多是作为宫廷里喜庆吉典殿堂大柱上的蒙被用料，和宫殿建筑彩画中的配色手法相同，在实用效果上典丽辉煌、气势豪壮，是宫廷庆典的一笔『浓妆重彩』。

明黄地童子攀枝织金妆花缎

尺寸 77cm×766cm

说明

此锦以五彩妆花织出童子与缠枝宝相花，机头织有『江南织造臣庆林』款识。中国传统思想中，多子多孙是一种多福的表现，因此，婴戏图一直受到人们的欢迎。童子攀枝属于婴戏纹饰，由持荷童子演变而来。持荷童子在宋代时是七夕乞巧的吉祥物，也称摩合罗，出自佛经中『鹿母生莲』本生故事。明清的婴戏题材应用广泛，绘画、瓷器、雕刻和其他领域中都很常见。

江南織造臣七十四

大红地大凤莲织金妆花缎

尺寸 77cm×800cm

说明

此锦大红为地，以五彩织出凤翅和凤尾，凤身加织孔雀羽，片金绞边（花纹轮廓用金线织出）。机头织有『江南织造臣七十四』款识。凤纹外填以大莲纹。织金与孔雀羽毛并用，色彩强烈。这些用『大云龙』『大凤莲』织出的整匹缎料，一般在庆典时用于壁挂或包柱，以此彰显出皇家宫廷豪华而又威严的气派和隆重热烈的气氛。

曹雪芹在《红楼梦》中写到省亲大典、寿庆祭祀等活动时，多有『帐舞蟠龙，帘飞彩凤』『屏开孔雀，褥设芙蓉』『锦幔高挂，彩屏张护』一类略写、虚写，让人感到满目龙飞凤舞，彩绣辉煌。他的这些描述，让我们感受到宫殿由这些云锦装饰后令人目眩的效果。

黄地四团龙八宝纹织金妆花缎

尺寸 77cm×810cm

说明

此锦主体纹样团龙通身鳞片皆以孔雀羽织成。同时还以五彩妆花织出宝伞、金鱼、宝瓶、莲花、白海螺、吉祥结、胜利幢、金轮佛教八吉祥纹样，将无限美好的愿望织造在灿烂、华丽的云锦之中。机头织有『正源兴本机妆缎』款识。

明末诗人吴梅村有诗云：『江南好，机杼夺天工，孔翠妆花云锦烂，冰蚕吐凤雾绡空。新样小团龙。』描绘的正是用孔雀羽毛（捻成线）织进锦缎中以装饰团龙纹的情景。

江南織造臣七十四

黄地云龙纹天华锦

尺寸 77cm×970cm

说明

天华锦，『添花锦』，『锦上添花』的意思，属于满地规矩纹锦，也称『锦群』。天华锦是一种古老纹样的织锦，在各个时期的发展中被填以不同内容的纹样而构成，最早形式可追溯到唐代的『云裥瑞锦』，元代称为『八搭晕』。基本构成是用圆、方、菱形、六角、八角形等各种几何形，作有规律的交错排列，组成富有变化的锦式骨架。在小面积辅纹中填以回纹、万字、古钱和锁子等纹样，在主体几何形纹饰中填入较大的主花，使之成为一种主花突出，锦式和锦纹变化丰富的满地纹锦。天华锦的特点是锦中有花，花中有锦，花纹繁复规矩，整体效果和谐统一。

此锦以云龙纹为主题花，间以锁子、万字等锦地，组成风格鲜明的纹样。色彩运用上，艳而不火，繁而不乱，富有明丽古雅的韵味。明清两代，这种锦多用于佛经经面、书画包首，配色丹碧玄黄，错杂融浑，华美而精丽。

蓝地喜字并蒂莲妆花缎

尺寸 77cm×790cm

说明

此锦以五彩妆花织出喜字与缠枝莲花，图案风格雍容华贵、丽而不浮。金色『喜』字表示百年好合、喜气洋洋。莲花本是纯洁贤淑的象征，同时又谐音『连』结、相『连』，而并蒂盛开的莲花则取意『在天愿作比翼鸟，在地愿为连理枝』（白居易《长恨歌》）诗意。其中心含意就是祝颂双方喜结连理、婚姻美满、白头到老。丝织物图案被赋以吉祥的内容，早在汉代即已出现。

江南織局内造

赭黄地吉庆双鱼孔雀羽织金妆花缎

尺寸 77cm×825cm

说明

此锦纹样以双鱼为主体，添加磬纹、折枝佛手、石榴、寿桃，并以鲜活、生动的五彩纹饰聚合起来，表达年年有余、多子多福等美好寓意。主体纹饰『双鱼』鱼鳞以孔雀羽织成。

吉祥图案体现了中华民俗文化的传承，及至清代的发展最为繁盛，几乎所有的图案都有其吉祥寓意。或谐音，或取意，把一些素材组合起来，赋予一定的祥瑞主题，以表达吉祥、喜庆、顺遂的美好愿望。这样的『图必有意，意必吉祥』的情感物化寄托的象征方式或直接表达，或间接含蓄地反映着统治者的心理和思想感情，也深深地寄托了人们对生活的美好希望。

黄缎五彩过肩龙云肩通袖龙襕袍料

说明

黄色是封建王朝皇室身份的象征。此黄色缎面为制作龙袍材料，上有五爪彩色飘髯过肩正龙两条，金龙双目圆睁，周身有红色及墨色云纹环绕，外饰海水江崖纹，威武雄壮，气宇轩昂。又于上下底缘膝襕处绣赶珠行龙四条，龙身周围海水云纹缭绕，构图繁复有序，疏密得宜。

黄地云锦龙袍

说明

本品圆领，右侧大襟，石青素绸接袖，马蹄袖口，片金缘。袖口、领口饰有黑地海水云龙纹。黄色缎地袍面满饰祥云，其中两肩前后有正龙各一条，前后下摆行龙各二条，里襟行龙一条。另在领边及交襟处饰米珠正龙二条、行龙三条，左右马蹄袖端饰米珠正龙各一条。前胸背后各一平金绣正面龙于五彩云间，龙身三挺九转，腾挪有力，威武勇猛。全袍的龙纹以缉米珠刺绣技法绣成，其中龙身为米珠。袍身通体点缀各色祥云，形如灵芝，寓意吉祥。下幅为海水江崖，水浪波涛汹涌，象征『江山永固』。海天之间绣十二章纹与暗八仙纹样。十二章纹是中国帝制时代的服饰等级标志，为中国古代帝王礼服上绘绣的十二种纹饰，以其为饰象征皇帝为大地主宰，其权力『如天地之大，万物涵覆载之中；如日月之明，八方囿照临之内』。

后记

陈烈

记得十多年前，南京市文物局原副局长陈平大姐到北京，在江苏省驻京办事处请我吃饭，席间谈到她退休后的生活，眼下正帮助浙江某集团公司在南京筹建一座《红楼梦》书中提到类似“大观园”的场景。仿古建筑全国都有，无非在南京又增添了一处人造景点，我当时并无兴趣，也就没有在意。

2018年4月我去南京，听说此“大观园”早已被南京市政府回购了，并于2013年5月1日挂牌为“江宁织造博物馆”对公众开放。这倒引起了我的兴趣，须知博物馆与仿古建筑有着本质的区别，前者学风严谨、注重科学物证，给人以知识；后者往往是文化休闲场所，且常以营利为目的。

果然，该馆展陈丰富，资料充裕，把康熙时期江宁织造曹寅的履历介绍得清清楚楚。我还注意到在牌匾、说明处，凡有曹寅的名字，都被参观者摩挲得起了一层“包浆”，成了网红打卡处，可见当地人对曹寅的喜爱，甚至把此地戏称为“曹府”，鲜有人称江宁织造博物馆了。

当然也有不足，整个博物馆居然找不到一件曹寅书写的真迹。这使我想起田家英小莽苍苍斋收藏的一幅《曹寅行书七言律诗轴》，有专家对这幅作品做了详尽的考证，我在这里不赘述，只谈谈33年前为考证这件作品，曾有过一次激烈的“争执”。

那时岳母董边想向中国历史博物馆捐赠一百多件田家英小莽苍苍斋的藏品，于是我们与“历博”的专家将藏品做了一次真伪鉴定。为防止出现偏差，特别请来外单位书画专家——故宫刘九庵、北京市文物鉴定机构章津才二人进行复查。果然在个别作品的真伪上有不同意见，其中就包括曹寅的字轴。

刘九庵认为曹寅的绫本有染色的嫌疑，而历博专家史树青则坚持此件“必真无疑”，甚至以项上头颅作保。还是章津才提了个折中方案，说：“库房灯光昏暗，不利于辨认，不如拿到户外，在自然光下看得更清楚。”果然在户外，三位专家统一了认识。以后文物出版社拟出版《小莽苍苍斋藏清代学者法书选集》时，又请启功先生把关，确认曹寅字轴为真品。

我记得当时专家们鉴定书画的标准多放在作者的习惯用笔、签名、印章、避讳、纸张等方面，很少研究作品的内容。我亲眼看到启功先生往往打开字轴三分之一，便已说出作者姓名、字号及作品真伪，我当时还特别惊异。以后看到徐邦达先生、刘九庵先生都有这种本事，人称“某半尺”时，也就见怪不怪了。

我在“曹府”消磨了一上午，午饭后再次去参观时，一个大胆的想法便形成了。曹寅虽曾官居江宁织造，但我更看重其学者身份。曹寅曾为康熙皇帝侍卫（也有伴读一说），享有其他同龄人未曾有的皇家教育资源，若加上个人的天赋和努力，他在学术领域中的建树应该远远高于他的为官政绩。据史书记载，曹寅在江宁织造任上结识了不少生活在南方的学者，如宋荦、陈维崧、周亮工、徐元文、朱彝尊、尤侗、彭定求、徐乾学等。这些学者中有状元，有权重一时的一品大员，也有只重学问的布衣，他们与曹寅的交往，多在于著书立说，这也成就了曹寅主持校刻的《全唐诗》《佩文韵府》等宏文巨著。上述这些学者的作品小莽苍苍斋都有收藏，如在“曹府”办一展览，这些“老友们”的作品三百年后汇集一堂，会是一件有意思的事情。

回京后我将想法告诉了孩子陈啸，不出半月，他草就了一份三四十位与曹寅有关联的学者名单及展览大纲，还拟了个符合现代年轻人口味的展名——“曹寅和他的‘朋友圈’”。

老话儿讲“术业有专攻”。我们的展览大纲是否被学界认可，当时心里没底。办展的缘由：曹寅是曹雪芹的祖父，曹雪芹倾毕生之力所著《红楼梦》，成了家喻户晓的经典，其研究被称为“红学”，可见影响之大。我们举办“曹寅展”，也有蹭曹雪芹的“热度”的意思。可问题来了，祖父去世时，孙子还未出生，如何在展览中讲清楚曹寅与曹雪芹祖孙二人在文学传承上的关系是我们认知中的一道坎儿。当然，曹寅作品在“曹府”展出应该没有问题，但换个地方，当地观众未必知晓和感兴趣，这恐怕是另一件心中没底的事儿。

带着疑问求教专家。2018年7月11日，好友雷广玉做东，请教中国红楼梦学会会长张庆善、中国红楼梦学会学术委员会主任胡文彬、中国红楼梦学会理事雷广平及云锦收藏家李顺兴等人。

席间，张会长首先发言，提了两点：如今还能看到这么多康熙时期与曹寅有关联的学者作品实属难得，但毕竟曹寅的知名度远逊于曹雪芹，如果加上曹雪芹同时代与他有关联的学者墨迹，不是更完美吗？展地也可以不再拘泥南京一地了；另一点，小莽苍苍斋到底收藏了多少与“红学”相关学者的作品，需要家属提供一份清单，看能否出一本图录，展览与著书互补，也为全国广大“红学”爱好者提供更多信息与资料。

张会长建设性的发言，引起众议。胡文彬主任赞成展览与出书并举，提出增加清中期学者作品的必要性。他也赞同张会长所说现在社会上已有人在研究曹寅《楝亭集》与曹雪芹《红楼梦》的关系，祖孙之间文化传承的深层关系还有待发掘。胡主任提议展览和图录都可附上“云锦”实物和图像，他说：曹家三代世袭江宁织造六十多年，干的就是这差事，而且《红楼梦》中贾母可是位“颜色”大家，书中多处提到贾母对织物的表述和颜色的分析，可见其功力。

其他与会者也都谈了自己的看法，甚至有学者提出增加一组清末对《红楼梦》有研究的学者作品，这样出版此书的意义就越发重要了，它将为全国“红学”研究者和爱好者提供小莽苍苍斋“涉红”藏品的一整套有价值的资料。

我没想到南京之行有感而发的构想，如今已像雪球般越滚越大了。我们家属先期要做的，譬如小莽苍苍斋有关“红学”的家底有多厚，能覆盖有清一代吗？出版学术性很强的书，会有出版机构承接吗？前期工作，如藏品挑选及拍照、撰写论文、作者小传、前言、后记等落实到人头的事，都不是一次会上能解决的，还需会后做更深更细致的工作。

第二次聚会是在当年9月7日人民文学出版社的会议室，可见前期工作是有成效的，开启了小莽苍苍斋文化交流有限责任公司与中国红楼梦学会、人民文学出版社三家联手的一次尝试。“人文社”参会的有时任副总编辑周绚隆（现任中华局书执行董事兼党委书记）和古典文学室副主任胡文骏，看见“红学会”和“人文社”的专家悉数到场，我的心踏实了许多。

此次会上达成如下共识：由三家合作编辑出版《小莽苍苍斋藏与红学相关人物墨迹汇辑》，张庆善会长写一篇序言；雷广平、陈庆庆、董志新、雷广玉各写论文，从不同视角深掘各个历史阶段、不同地域学者与曹家的关系；田家英家属则细搜小莽苍苍斋，尽量多地找出与曹家祖孙二人相关联的学者作品，并拍摄符合出版要求的照片；董志新、石中琪、雷广平撰写清代早、中、晚期与“红学”相关学者的小传，我则补上一篇后记，记述成书始末。雷广平荣担主编重任，他除撰写文章、小传外，还需承担与各方联络之责；胡文骏为本书责任编辑。

对于张会长、胡主任都提到编书、展览使用“云锦”作为参照物，我赞同并深有感触。

谈到《红楼梦》，我只是上小学时读过，自然看不出门道。好在以后从事文物工作，对器物学有了兴趣，对《红楼梦》中描写物质方面的文字，还是多有关注。

如《红楼梦》第五十二回：贾母因下雪送乌云豹的氅衣给宝玉，“宝玉看时，金翠辉煌，碧彩闪灼……只听贾母笑道：‘这叫作“雀金呢”，这是俄罗斯国拿孔雀毛拈了线织的……”看到这一段，我记起清初词人吴梅村的“孔翠妆花云锦烂，冰蚕吐凤雾绡空”的词句，一语道出云锦中的“妆花”之妙，可谓传承有序。云锦如此货真价实，难怪宝玉不慎，后襟子上烧了一块，心急如焚，才有了“勇晴雯病补雀金裘”这一章节。

现实中，曹家江宁织造送上的织物，据清宫内务府《曹頫送来缎匹如数收讫》的奏折：“臣等查收，看得上用满地风云龙缎一匹，大立蟒缎六十九匹，蟒缎十一匹，片金十四匹，妆缎一百四十匹……总共缎匹等项九百八十五匹，已如数收讫。”总数不及千匹，单匹的价格因品种不同另算。清代叶梦珠《阅世编》卷八：“今有孔雀毛织入缎内，名曰毛锦，花更华丽。每匹不过十二尺，值银五十余两。”

再看看那个时代的瓷器。《红楼梦》第四十一回，贾母带刘姥姥至栊翠庵妙玉处吃茶，“只见妙玉亲自捧了一个海棠花式雕漆填金云龙献寿的小茶盘，里面放一个成窑五彩小盖钟，捧与贾母”。贾母吃了半盏，递给刘姥姥尝尝。事后，妙玉命道婆“将那成窑的茶杯别收了，搁在外头去罢”，一旁的宝玉会意，知道刘姥姥用过这茶盏，妙玉“嫌脏不要了”。

明中期的“成窑五彩”到了清末被称为“成化斗彩”，是形容器物制作工艺复杂，由釉下青花与釉上五彩，分二次烧造。不同温度的彩，呈现出争奇斗艳的效果。

再看曹雪芹父辈时期瓷器的价格。据清宫档案记载，督陶官唐英雍正六年“奉差督陶”至雍正十三年，7年间，“计费帑金数万两，制进圆琢等器，不下三四十万件”(《瓷务事宜示谕稿序》)。就是说，景德镇每年进贡宫中的官窑瓷器，其烧制成本平均每件也不到一两白银。

小说中所闻和现实中所见，瓷器与织物、品种与数量，其价格大体对得上。仅仅过了二百多年光景，官窑瓷器与“江南织造”的云锦，其价格已然天壤有别了。尽管南京云锦有官宣“背书”，被列入“中国非物质文化遗产名录”。

我很欣赏和赞同瓷器专家钱伟鹏先生的说法，瓷器是把最廉价的“泥土”，通过淘洗、成型、配置釉料、绘画、作色、上釉、烧造等工艺，变成巧夺天工、如金似玉、灿烂夺目的皇家日用品和观赏件。如眼下康乾时期的对盘，拍卖价没有上百万元是拿不到手的。类似明中期小盅的“成化斗彩鸡缸杯”，拍卖价甚至达到2.8亿港币。50克的瓷土，创造出近3吨黄金的价格。相对而言，晚清的成匹云锦，其价格甚至赶不上南京云锦研究所研制的当代复制品，可见曾经风光一时的云锦，如今其价值与当年严重背离，已到了“明日黄花”的窘境。

2020年初，因新冠病毒疫情的肆虐，本书出版受到耽搁，迟至2021年人文社才着手编辑。有道是“酒香不怕巷子深”，相信本书的出版对《红楼梦》研究将大有裨益。

李顺兴先生、雷广玉先生提供云锦及龙袍藏品的照片，为读者更深一步了解南京云锦提供参照物，在此致谢。

雷广玉先生为本书出版提供资助，谨致谢忱。

2022年元月于北京清芷园寓所